단국대학교
일본연구소 학술총서 5

일본의 전쟁영웅
내러티브 연구

정형 · 김정희 · 한경자 · 조혜숙
이권희 · 서재곤 · 노병호 · 윤석상

제이앤씨
Publishing Corporation

오늘날 사람과 문화의 자유로운 월경(越境)을 통한 수많은 지식과 정보, 나아가서는 문화를 공유한다는 트랜스내셔널리즘(trance-nationalism) 사상의 발흥과 확산은 이문화의 혼교(混交)와 지역 경제공동체 형성을 배경으로 일국 중심의 편협한 내셔널리즘을 지양하며, 실현 가능한 공동체적 문화권의 창출과 새로운 역사인식의 구축을 통해 초역적 문화공동체 창출의 가능성을 제시하고 있다. 역사적으로 볼 때 특히 한국과 중국, 일본을 중심으로 하는 동아시아 3국은 자민족의 힘과 문화가 다른 민족의 그것보다 우월하다고 자만하거나, 이를 바탕으로 때론 자민족의 이익을 위해 타민족을 압박해 왔고, 끊이질 않는 영토분쟁, 자국 중심적 역사의 왜곡, 각종 운동경기를 통해 볼 수 있는 스포츠내셔널리즘 등, 이른바 내향적 내셔널리즘을 자극하는 요인이 언제나 상존해 왔다.

한중일 동아시아 삼국은 언제나 '미래지향'적 관계를 지향한다. 불행했던 과거에 대한 반성과 이를 바탕으로 하는 미래지향적 관계구축을 위해 민관 구별 없이 표면적으로는 선린우호의 관계를 지향한다. 그러나 자국의 이익에 상충하는 사건이 일어나거나 자국의 역사를 기술할 때에는 이러한 '미래지향'이라는 미사여구는 자취를 감추고, 극한 감정적 대립에 한 치의 양보를 보이지 않는다. 애국심에 집착하는 내셔널리즘이란 용어는 근대에 만들어진 말이기는 하지만 아주 오래 전부터 동아시아 3국의 근저에 흐르는 가장 강력한 민족 통합의 힘이었으며, 그것은 때때로 한중일 3국의 불행한 역사를 초래하기도 하였다. 어느 시대, 어느 국가를 막론하고 모든 가치를 초월하여 온 국민의 사상과 이념을 하나로 통합해 왔던 것은 민족주의, 즉 내셔널리즘이라는 궁극적 가치였음을 간과해서는 안 될 것이다.

　우리의 관심사인 일본의 경우, 1990년대 후반 이후 한국의 민족사관의 강화, 경제대국으로 발돋움 한 중국의 새로운 중화사상의 출현과는 대조적으로 '잃어버린 20년'이라는 말로 대표되는 장기간에 걸친 불황을 겪고 있다. 동아시아를 둘러싼 국제 상황의 변화 속에서 일본의 존재감의 약화는 패배주의적 자학사관을 비판하며 보수주의적 역사인식의 강화를 자극하는 새로운 형태의 내셔널리즘 현상으로 나타나고 있고, 이것을 우리는 네오내셔널리즘(neo-nationalism)이라 부른다. 1990년대 중반부터 시작된 급속한 경기침체로 인해서 전후 최대의 위기의식을 느끼며 강한 일본을 표방하는 고이즈미(小泉)・아베(安倍)로 이어지는 극우성향 내각의 출현 속에서 종전의 '자학사관(自虐史觀)'에 대한 비판의 목소리는 높아져 갔다. 일부의 연구자들을 중심으로 하는 '자유주의사관(自由主義史観)'에 의한 역사인식은 '새로운 역사교과서를 만드는 모임(新しい歴史教科書をつくる会)'의 모태가 되었으며, 무조건적으로 일본을 찬미하는 일련의 저서들의 유행은 탈영역・탈경계적 트랜스내셔널리즘의 확산 이면에 여전히 자국 중심적 내셔널리즘이 뿌리 깊게 존재하고 있음을 극명하게 보여주고 있다.

　일본의 민족주의는 보통 근세시대의 국학(國學)의 발흥에 의한 존황(尊皇)사상을 근간으로 하는 황국론(皇國論)을 사상적 근거로 삼아, 군국주의·제국주의로 치닫는 격동의 근대시대에 그 절정을 맞이한다는 식으로 이해하고 있다. 그러나 일본의 자국 중심주의사상은 7, 8세기의 고대시대로부터 21세기 현재에 이르기까지, 표현 방법과 정도의 차는 있었을지언정 영구불변의 가치와도 같은 국민통합의 기재(器材)로써 작용해 왔고, 그 중심에는 언제나 공동체적 전쟁영웅의 존재가 있었다. 특히 사회가 불안해지거나 전쟁 등으로 인한 국가의 안태(安泰)가 위태로울 때 초인적 인물로서의 영웅이 요구되었으며, 한번 전쟁영웅으로 창출된 후에는 시공을 초월하여 수많은 전승과 소문이 만들어지고, 그 행위를 확대·과장시켜가며 결국에 가서는 신(神)과 같은 존재로서 사회 통합의 중심적 역할을 담당하게 되는 것이다.

　그런데 여기서 우리가 주목하여야 할 것은, 종래의 일본 민족주의는 전통적 보수사상에 기인했던 것으로, 그 주창자와 찬동자 또한 극히 일부의 극우주의자나 극우단체에 한정되어 있었던 것에 비해, 오늘날 나타나고 있는 일본의 네오내셔널리즘 현상은 각계각층의 폭 넓은 지지를 받고 있다는 점이다. 특히 전쟁을 경험해보지 못한 일반대중과 젊은이들로부터도 지지를 받고 있다는 점은 특기할 만한데, 이것은 전란(戰亂)을 소재로 한 역사·전쟁소설의 유행이나, 이를 원작으로 하는 전란 속 전쟁영웅들을 소재로 한 영화나 대하드라마, 공연예술의 제작 등, 종래에는 주로 문학텍스트를 중심으로 하여 만들어진 내러티브에 더해서 미디어나 영상매체, 공연예술물 등을 통해 형성된 다양한 '내러티브'가 시간과 공간의 균질화를 가능케 했기 때문일 것이다. 거기에다가 1990년대 이후 이어지고 있는 장기불황 속에서 단편화 되어가는 개인의 아이덴티티를 통합하며, 불안감을 해소하고 심리적 안정을 가져다주는 매개체로써 공동체적 전쟁영웅을 중심으로 하는 내러티브가 적극적으로 활용되고 있기 때문이기도 하다. 여기서 말하는 '내러티브'라는 용어는 문학텍스트는 물론, 미디어나, 영화, 연극, 음악 등의 모든 표현방식을 통해 전해지는 '이야기'와 '담론'이라는 폭 넓은 의미로서 사용하고 있음을 미리 밝혀둔다.

이 책은 이상과 같은 문제의식을 바탕으로 근세기 이후 현대에 이르기까지, 일본사회의 통합의 기제로써 작용하는 전쟁영웅의 창출과 변용·수용양상 분석이라는 뚜렷한 목적의식 하에 2011년도 한국연구재단의 기초학문육성사업(NRF-2011-32A-A00116)의 지원을 받아 1년 간 진행된 연구의 결과물을 엮은 것이다. 연구에는 모두 8명의 연구자가 참여했는데, 연구의 이론적 토대구축을 위해 일본문화학 전공자를 중심으로 일본의 고전문학과 근대문학 전공자가 다양한 텍스트분석에 주력했다. 연구진은 각기 전공하는 시대와 테마는 다르지만 자국중심의 보수적 사상과 이념 형성에 문학텍스트를 비롯한 다양한 매체 속 전쟁영웅의 내러티브가 어떻게 작용해 왔는지를 구체적으로 검토한다는 공통된 주제와 키워드를 공유함으로써 최종적으로 일본의 전쟁영웅 내러티브의 형성과 그 변화 추이를 통시적으로 조망할 수가 있었고, 이를 통해 현대 일본·일본인의 정체성과 그 한계를 실증적으로 분석할 수가 있었다.

그러나 근세기 이후 현대에 이르기까지, '다양한 텍스트 속 내러티브 분석을 통한 일본사회의 통합의 기제로써 작용하는 전쟁영웅의 창출과 변용·수용양상의 연구'라는 문제의식이 충분히 논의되지 못하고 방법에 있어 다소 미흡한 부분이 있었다는 아쉬움이 남는다. 연구진 모두 또렷한 주제의식과 목적을 갖고 연구에 전념했으나 근·현대의 방대한 텍스트를 섭렵하기에 1년이라는 시간은 그리 넉넉하지 않았고, 여러 가지 현실적 여건 등으로 당초에 계획했던 의도에 미치지 못하는 결과로 끝날 수밖에 없었던 점, 방법적으로 보다 효율적인 접근이 이루어지지 못했던 점 등에 대해서는 앞으로의 과제로 삼고자 한다. 그렇긴 하나 본 연구를 통해 우리는 최근 들어 강화되고 있는 일본의 우경화 경향을 미리 예측하고, 공동체적 전쟁영웅이 어떻게 만들어지고 자리매김 되어 왔는가에 대한 심층적 분석을 통해 '우리'라는 집단적 아이덴티티의 형성과정과, 우리와 다른 타자를 구별하는 국가적 애착 및 민족적 자긍심을 강조하는 일본사회의 통합의 논리에 접근한 것은 본 연구가 처음이라는 점에 자부심을 갖는다.

또한 다문화사회로 점철되고 있는 현대 일본 사회에 있어 공동체적 전쟁영웅에 대한 재발견이 일본의 전통적 가치 및 일본문화의 확산, 또는 정치적·사회적 주체형성을 위한 도구로서 어떠한 기능을 하고 있는가에 대한 실증적인 분석을 통해 앞으로도 반복될 유사(類似) 내셔널리즘의 예측과 함께 일본인의 에스니시티(ethnicity)를 분석하는 하나의 단초를 제공해줄 것이라 확신한다.

일본은 예나 지금이나 변하지 않았다. 중국도 마찬가지다. 우리가 일본의 민족주의, 자국수의의 원친은 무엇이며, 어떠한 과정에 의해 확대, 발전해 왔고, 그것이 현재 동아시아 3국의 정치·경제·사회·문화 등의 제 분야에 어떻게 영향을 미치고 있으며, 앞으로 어떻게 전개되어 갈 것인가에 대해 심각하게 고민해야 하는 이유는 미래에 대한 예단과 해결책 제시 없이 진정한 의미의 화해는 불가능하기 때문이다. 본서가 앞으로 동아시아 3국간에 가속화될 자국 중심적 국가주의·민족주의 성향을 정확하게 이해하고, 일본의 극우주의 성향의 근원을 이해하는 작은 밑거름이 되기를 기대함과 동시에 미래지향적 한일친선에 일조할 수 있게 된다면 더 바랄 나위가 없을 것이다.

끝으로 이 연구서『일본의 전쟁영웅 내러티브 연구』의 간행에는 8명의 공동연구원들의 적극적인 참여와 집필작업이 있었기에 가능했다. 공동연구원들의 노고에 연구책임자로서 심심한 사의를 표함과 동시에 특히 전체적인 편집작업을 위해 노고를 아끼지 않은 김정희 선생과 이권희 선생에게 감사의 뜻을 전하고자 한다.

2013년 8월 24일
연구책임자 전 성

서문 · 003

총 론 전쟁영웅 내러티브 연구의 방법과 실제

정   형(鄭灐)

Ⅰ. 머리말 ……………………………………………………… 17
Ⅱ. 평정·통합의 군신 ………………………………………… 20
    1. 오다 노부나가의 영웅화과정 ………………………… 20
    2. 구스노키 마사시게의 인물상의 변용 ……………… 23
Ⅲ. 신격화된 전쟁영웅 ……………………………………… 26
    1. 메이지기 창가(唱歌)교육과 전쟁·전쟁영웅 ……… 26
    2. 일본교과서를 통헤서 본 노기장군 ………………… 30
Ⅳ. 일본사회의 우경화와 전쟁영웅의 부활 …………… 34
    1. 일본사회의 우경화와 전쟁영웅 부활의 양상 ……… 34
    2. 전후 소설과 영화 속에 나타난 도조 ……………… 39
Ⅴ. 맺음말 …………………………………………………… 41

제1부

 중세 영웅의 이미지 창출과 획일화

제1장 구스노키 마사시게(楠正成)와 삼덕(三德)
─명군(明君)으로서의 이미지 형성을 중심으로─

김정희(金靜熙)

Ⅰ. 머리말 ……………………………………………………… 47
Ⅱ. 『다이헤이키(太平記)』에 나타난 덕정관(德政觀) ……………… 51
Ⅲ. 『중용(中庸)』에서의 삼덕의 의미 ……………………………… 58
Ⅵ. 중세시대 삼덕(三德)의 수용과 명군(明君) 이미지의 형성 …… 60
Ⅴ. 맺음말 ……………………………………………………… 68

제2장 근대기 오다 노부나가(織田信長)의 영웅상 형성

한경자(韓京子)

Ⅰ. 머리말 ……………………………………………………… 71
Ⅱ. 에도시대의 노부나가에 대한 평가 ………………………… 73
　　1. 에도시대 희곡에 그려진 노부나가 ………………………… 73
　　2. 역사서에 기술된 노부나가 ………………………………… 78
Ⅲ. 근대기 희곡의 노부나가 표상 ……………………………… 81
Ⅳ. 근대기 역사서의 노부나가에 대한 기술 …………………… 84
　　1. 메이지시대 - 근황적 충신 ……………………………… 84
　　2. 다이쇼시대 - 영웅화 …………………………………… 89
　　3. 쇼와 시대 - 국체의 옹호자 …………………………… 97
Ⅴ. 맺음말 ……………………………………………………102

제2부

 군신을 둘러싼 내러티브

제3장 교과서 속 전쟁영웅
　― 군신 노기장군에 대해서―

조혜숙(趙惠淑)

Ⅰ. 머리말 ……………………………………………………………109
Ⅱ. 노기장군의 생전(生前) 평가 ……………………………………111
Ⅲ. 전전(戰前)의 교과서 ……………………………………………113
　　1. 국정교과서 2기(1910-1917) ………………………………113
　　2. 국정교과서 3기(1918-1932) ………………………………115
　　3. 국정교과서 4기(1933-1940) ………………………………117
　　4. 국정교과서 5기(1941-1945) ………………………………120
Ⅵ. 전후(戰後)의 교과서 ……………………………………………122
　　: 문부성저작교과서기(1946-1948) 및 현행검정교과서기(1949-현재)
Ⅴ. 맺음말 ……………………………………………………………125

제4장 국민교육과 전쟁·전쟁영웅
　― 메이지기(明治期) 창가(唱歌)교육을 중심으로―

이권희(李權熙)

Ⅰ. 머리말 ……………………………………………………………131
Ⅱ. 국체(國體)의 형성과 국민교육 …………………………………134
Ⅲ. 덕목교육(德目敎育)과 모리 아리노리(森有礼) ………………143
Ⅳ. 메이지 전기 창가(唱歌)교육의 특징 …………………………148
Ⅴ. 메이지기 후기 창가(唱歌)교육과 전쟁·전쟁영웅 …………155
Ⅵ. 맺음말 ……………………………………………………………166

제5장 근대시가와 구군신(九軍神)
　　　　－『애국시집』과 『군신을 따르라』를 중심으로－

서재곤(徐載坤)

Ⅰ. 머리말 ··171
Ⅱ. 애국시가와 九軍神의 등장 ··173
Ⅲ. 九軍神의 본격적인 신격화 ··181
Ⅳ. 맺음말 ··192

제3부

 전쟁의 기억과 해석

제6장 도조 히데키(東条英機)의 전후
　　　　－소설과 영화 속의 도조상－

노병호(魯炳浩)

Ⅰ. 머리말 ··197
Ⅱ. 도조 히데키의 현재 ··199
　　1. 야스쿠니 신사의 '신앙' ··199
　　2. 무책임의 체계의 원형 ··201
Ⅲ. 비극적인 순교자의 풍경 ··203
　　1. 소설 ··203
　　2. 영화 ··207
Ⅳ. 천황상과의 교착: 독재자, 영웅, 혹은 불교자의 여운 ··········214
Ⅴ. 맺음말 : 비극의 '정치' ··224

제7장 전쟁 내러티브와 국가정체성의 재생성
― 영화 '나는 조개가 되고 싶다', '남자들의 야마토', '망국의 이지스'를 중심으로―

윤석상(尹奭相)

Ⅰ. 머리말 ……………………………………………………………229

Ⅱ. 냉전 이데올로기와 정체성, 이야기(narrative) ……………232

Ⅲ. 전후 일본의 정체성 형성과 변용 ……………………………236

　　1. 냉전 이데올로기 구조화와 국가정체성 형성 …………236

　　2. 냉전 이데올로기 변화와 국가정체성 변용 ……………239

Ⅳ. 전쟁영화와 국가정체성 ………………………………………243

　　1. 일본사회에 있어 전쟁의 기억 ……………………………243

　　2. 전쟁영화와 국가정체성 ……………………………………246

Ⅴ. 맺음말 ……………………………………………………………251

초출일람 · 255
찾아보기 · 257

전생영웅 내러티브 연구의 방법과 실제

단국대학교 일본연구소 학술총서 5
일본의 전쟁영웅 내러티브 연구

전쟁영웅 내러티브 연구의 방법과 실제

정 형(鄭灐)

I 머리말

최근에 일본의 내셔널리즘의 강화와 맞물려 기존의 역사적 인물들, 특히 전쟁과 관련된 인물들을 영웅화시키는 현상이 다시 부활하고 있다. 이러한 위기감이 고조되고 있는 가운데 지금이야말로 전쟁과 관련된 영웅이 일본의 근세이후, 전쟁으로 치달아 패망하기까지 어떻게 해석되고 영웅화 되었는지에 대해서 분석해봐야 할 시점이라고 생각된다. 이에 본 연구는 근세부터 근현대에 이르기까지 각각 그 시대를 대표하는 전쟁과 관련된 인물을 선정하여 그들의 영웅화 과정의 흐름을 개괄하고 분석하고자 하는 것이다. 특히 본 논문은 '일본 전쟁영웅의 내러티브 연구'라는 공동과제 중 총론에 해당하는 부분으로, 총론적이고 거시적인 고찰을 목적으로 하여 근세부터 현대를 아우르는 내용을 제시하고 있다는 점을 먼저 밝혀두고자 한다.

현대사회는 외적 환경이 유사해짐으로서 나타나는 사상과 이념의 수렴현상 속에서 통합의 주체로 자리매김 하기 위한 공동체적 가치의 창출과 확산이 그 어느 때보다 중요시되고 있다. 이에 과거의 분열과 갈등해결을 위한 기제로서의 공동체적 전쟁영웅이 일본사회의 통합에 어떻게 자리매김 되어 왔는가에 대한 심층적 분석을 통해 '우리'라는 집단적 아이덴티티의 형성과, 우리와 다른 타자를 구별하는 국가적 애착 및 민족적 자긍심을 강조하는 일본사회의 통합의 논리를 규명할 수 있을 것이다.

1990년대 중반부터 시작된 급속한 경기침체로 인한 전후 최대의 위기의식과, 강한 일본을 표방했던 고이즈미(小泉)·아베(阿倍)로 이어지는 극우성향 정치인들의 출현 속에서 종전의 '자학사관(自虐史觀)'에 대한 비판의 목소리는 높아 갔다. 도쿄대(東京大) 교수 후지오카 노부카쓰(藤岡信勝)를 중심으로 하는 '자유주의사관(自由主義觀)'에 의한 역사인식은 '새로운 역사교과서를 만드는 모임(新しい歷史敎科書をつくる会)'의 모태가 되었으며, 후지와라 마사히코(藤原正彦 2005), 고바야시 요시노리(小林よしのり 2008) 등, 무조건적으로 일본을 찬미하는 일련의 저서들의 유행은, 탈영역·탈경계적 트랜스내셔널리즘의 확산 이면에 여전히 자국 중심적 내셔널리즘이 뿌리 깊게 존재하고 있음을 극명하게 보여주고 있다. 그런데 여기서 우리가 주목하여야 할 것은, 종래의 일본 민족주의는 전통적 보수사상에 기인했던 것으로, 그 주창자와 찬동자 또한 극히 일부의 극우주의자나 극우단체에 한정되어 있었던 것에 비해, 오늘날 나타나고 있는 일본의 네오내셔널리즘(neo-nationalism) 현상은 각계각층의 폭 넓은 지지를 받고 있다는 점이다. 주지하는 바와 같이 네오내셔널리즘은 1990년대 이후 기존의 군사대국화를 위해 국민통합을 추진하는 운동으로, 특히 전쟁을 경험해

보지 못한 일반대중과 젊은이들로부터도 지지를 받고 있다는 점은 특기할 만하다. 이것은 전란(戰亂)을 소재로 한 역사 · 전쟁소설의 유행이나, 이를 원작으로 하는 전란 속 전쟁영웅들을 소재로 한 영화나 대하드라마, 공연예술의 제작 등, 종래에는 주로 문학텍스트를 중심으로 하여 만들어진 내러티브에 더해서 미디어나 영상매체, 공연예술물 등을 통해 형성된 다양한 '내러티브'가 시간과 공간의 균질화를 가능케 했기 때문일 것이다. 거기에다가 1990년대 이후 이어지고 있는 장기불황 속에서 단편화 되어가는 개인의 아이덴티티를 통합하며, 불안감을 해소하고 심리적 안정을 가져다주는 매개체로써 공동체적 전쟁영웅을 중심으로 하는 내러티브가 적극적으로 활용되고 있기 때문이라 볼 수 있다.

오늘날 트랜스내셔널리즘이라는 문화공동체 형성이 그 어느 때보다 주목을 받고 있기는 하나, 어느 시대, 어느 국가를 막론하고 모든 가치를 초월하여 온 국민의 사상과 이념을 하나로 통합해 왔던 것은 민족주의, 즉 내셔널리즘이라는 궁극적 가치였다. 일본의 민족주의는 근세시대의 국학(國學)의 발흥에 의한 존황(尊皇)사상에 의한 황국론(皇國論)을 사상적 근거로 삼아, 군국주의 · 제국주의로 치닫는 격동의 근대시대에 그 절정을 맞이하게 된다. 그러나 일본의 내셔널리즘은 7, 8세기의 고대시대로부터 21세기 현재에 이르기까지, 표현 방법과 정도의 차는 있었을지언정 영구불변의 가치와도 같은 국민통합의 기제로서 작용했으며, 그 중심에는 언제나 공동체적 전쟁영웅의 존재가 있었다. 특히 사회가 불안해지거나 전쟁 등으로 인한 국가의 안태(安泰)가 위태로울 때 초인적 인물로서의 영웅이 요구되었으며, 한번 전쟁영웅으로 창출된 후에는 시공을 초월하여 수많은 전승과 소문이 만들어지고, 그 행위를 확대 · 과장시켜가며 결국에 가서는 신(神)과 같은 존재로서 사회 통합의 중심적 역할을 담당하게 되는 것이다. 즉 본 논문은 1990년대 이후 급격히 대두되고 있는 일본 내 네오내셔널리즘(neo-nationalism)의 확산을 배경으로, 국가적 애착 및 민족적 자긍심을 강조하는 사회통합의 방법으로서 이용되어 온 공동체적 전쟁영웅이, 근세기 이후의 현재에 이르기까지 문학텍스트와 미디어·영상물을 포함한 다양한 영역의 '내러티브(narrative)'를 통해 어떻게 창출되고 변용되어 왔는지를 체계적으로 고찰한 것이다. 본 논문에서 사용하는 '내러티브'는 문학텍스트는 물론, 미디어나, 영화, 연극, 음악 등의 모든 표현방식을 통해 전해지는 '이야기'와 '담론'이라는 폭 넓은 의미로서 사용하고 있음을 밝혀둔다.

II 평정·통합의 군신

1. 오다 노부나가의 영웅화과정

중세시대에서 근세시대로의 전환기에 등장하고 일본의 천하통일이라는 국가 전체의 통합을 실현하려 한 인물이 오다 노부나가이다. 그는 천하통일 사업에 가장 큰 저해요인이었던 잇코잇키(一向一揆) 등의 종교세력에 이기기 위해서는 단순히 무력뿐 아니라, 이데올로기에서도 우월해야 함을 인식하여, '天'과 자기자신을 동일시함으로서 그에게 적대하는 세력의 정당성을 분쇄하려 했다.

오다 노부나가는 아시카가 요시아키(足利義昭)를 옹립하여 간접적으로 천하인(天下人)으로서 통일사업을 추진한 후에 그를 추방하여, 천하인으로서의 지위를 스스로 계승하여 통일정책을 추진하였다. 노부나가가 '천하포무(天下布武)'라는 인장을 사용한 것은 잘 알려져 있는데, 이는 오와리(尾張)·미노(美濃)를 평정한 후 오기마치(正親町)천황으로부터 "하늘이 감응할 고금무쌍의 명장"이라는 윤지(綸旨)를 받고나서 사용하게 된 것이다. 이 때 노부나가가 생각한 '천하'는 요리토모의 '천하초창(天下草創)'관념에서 비롯된 무로마치 장군 권한의 계승으로서의 '천하정밀(天下静謐)'에 있었다고 한다. 여기서 '천하포부(天下布武)'란 단순히 무를 가지고 천하를 다스린다는 뜻이 아니었다. '무(武)'는 '칠덕(七德)의 부(武)'로, 칠덕의 무를 갖춘 사람이 천하를 다스려야 한다는 『춘추좌씨(春秋左氏)』의 말을 의식한 것으로 스스로 이상적인 위정자로 자부하는 것이었다.

천하인으로서의 노부나가는 스스로 신격화하였고 또한 타인에 의해서도 신격화가 이루어졌다. 자기 신격화 작업으로는 스스로를 시마즈고즈천왕(嶋津牛頭天王)에 가탁(假託)하여, 아즈치성(安土城)안에 소켄지(摠見寺)를 건립한 것을 들 수 있다[1]. 노부나가가 고즈천왕(牛頭天王)을 정치적으로 이용하려고 했던 것은 쇼바타계(勝幡系) 오다가문이 번영한 요인을 시마즈(嶋津)를 장악했다고 파악했기 때문이다. 시마즈의 경제를 좌우하는 시마즈슈(嶋津衆)[2]를 의식하지 않을 수 없었던 것이다.

타인에 의한 신격화로는 고후쿠지(興福寺) 다몬인(多聞院)에서 대

---

1) 赤木妙子 「織田信長の自己神格化と嶋津牛頭天王」『史学』1991, 1
2) 고즈천왕(牛頭天王)신앙을 포교하는 온시(御師)이자, 기소강(木曽川)의 수운(水運)을 쥐고 있는 상인이자 무사

대로 쓰여져 온 일기인 『다몬인일기(多聞院日記)』 중 1582년 3월 23일의 기술에서 확인할 수 있다. 미카와지방(三河国) 묘겐지(明眼寺)의 스님 꿈에 쇼토쿠 태자(聖徳太子)가 나타나, 천하는 오다 노부나가가 다스려야 한다고 말하고, 쇼토쿠태자가 미나모토 요리토모(源頼朝)에게 전하여 천하가 통일되어 번영하게 되었다는 아쓰타신사(熱田神社)의 칼(太刀)를 노부나가에게 전하도록 말하는 부분이다[3].

또 하나는 『헤이케모노가타리(平家物語)』권5에 헤이시(平氏)에서 겐지(源氏)로, 겐페이(源平)교체를 암시하는 에피소드로 삽입되어있는 이야기이다[4]. 셋토(節刀)는 적도(敵盗)정벌하러 가는 장군에게 천황이 하사하는 것으로 군사권의 이양을 나타낸다. 또한 동시에 칙명을 지키고, 조정의 수호도 상징한다.

『검권(剣巻)』에서 요리토모는 야마토타케루의 환생이라 인식되고 있었고, 야마토타케루는 아쓰타신사에서의 쇼토쿠태자와 동일시되는 인물이다. 『다몬인일기』의 꿈이야기는 『검권』에서 야마토타케루로부터 요리토모로의 계승을 이야기하는 유화(類話)라 할 수 있다. 요리토모가 소지한 검(太刀)은 무가의 정통적인 무위(武威)의 표상이었으며, 노부나가가 요리토모의 칼을 물려받는 것은 정통적인 무위를 계승한 것을 암유하고 있는 것이다.

노부나가의 영웅상은 에도시대 메이지시대를 거치며 전시 하에 변용, 재해석되어 간다. 에도시대에는 도요토미 히데요시(豊臣秀吉)에 비해 주목도 받지 못하고, 그다지 긍정적 평가를 받지 못했던 인물이다. 노부나가는 그의 잔인함으로 인해 유교의 기준으로 보면 평가가 낮았

---

3) 黒田智 「信長夢合わせ譚と武威の系譜」『史学雑誌』2002, 6
4) 堀新 「『平家物語』と織田信長」『文学』2002, 7・8

다. 그러던 노부나가는 메이지시대에 들어, 그가 행한 천황의 직할지인 고료쇼(御料所) 회복(回復) 등의 업적이 근황가로서의 평가로 이어져, 메이지 2(1869)년에 메이지정부는 노부나가를 모시는 신사건립을 지시하게 된다. 즉, 메이지이후, 다이쇼, 쇼와(패전이전)에 노부나가는 중근세적 명장으로서의 이미지에서 근대적 군신에 걸맞는 근황적인 인물로 군사영웅화되었다는 것을 확인할 수가 있다.

2. 구스노키 마사시게의 인물상의 변용

근대이후 구스노키 마사시게는 천황을 위해 충성을 다하는 충신의 대표자로서 칭송받았다. 이 구스노키 마사시게가 등장하는 것은 중세시대의 대표적인 군기모노가타리(軍記物語)인 『다이헤이키(太平記)』이다. 이 작품에는 가마쿠라 막부의 몰락, 천황복권을 꾀한 고다이고 천황(後醍醐天皇)의 겐무의 친정(建武の親政), 그리고 남북조 시대를 거쳐 무로마치 막부의 성립 과정이 그려져 있다. 이 『다이헤이키』안에서 주목을 받는 인물은 바로 고다이고 천황을 위해 마지막까지 목숨을 건 구스노키 마사시게이다. 다이헤이키에서의 마사시게는 천황을 위해 목숨을 바치는 충신, 그리고 새로운 병법(兵法)을 구사하는 지략가로서 그려지고 있다. 뿐만 아니라 삼덕(三德)을 지니고 있는 유일한 인물로 그의 최후에는 많은 부하들이 그를 따라 자결하는 장면이 묘사되고 있어 그의 명군(明君)으로서의 면모도 확인해 볼 수 있다[5]. 즉 『다이헤이

---

5) 『다이헤이키』에서도 구스노키의 명군으로서의 이미지가 형성되고 있다는 점과 당시의 삼덕(三德)의 의미에 대해서는 김정희 「구스노키 마사시게(楠正成)와 삼덕(三德)」『일본문화연구』제43집, 2012년에서 상세한 고찰을 행하고 있다.

키』의 시점에서 마사시게는 이미 충신과 지략가, 그리고 명군으로서의 이미지를 가지고 있었다고 볼 수 있다. 그러나 구스노키 마사시게의 명군으로서의 이미지를 확고히 한 것은 『다이헤이키효반히덴리진쇼 (太平記評判秘伝理尽鈔)』(이하 리진쇼로 표기)라고 할 수 있다. 특히 이 『리진쇼』는 정치가로서 백성을 살피는 구스노키 마사시게가 그려져 있어, 명군 이미지가 확립되는 중요한 계기를 마련하였다[6].

이후 에도 시대에는 『다이헤이키』에서 형성된 이미지를 바탕으로 하여 『리진쇼』의 명군으로서 이미지, 충신, 서민들 사이에서는 패러디의 대상이 되는 등 구스노키에 대한 다양한 이미지가 공존하고 있었다. 그러나 이 다양한 이미지 중 충신으로서의 이미지가 부각되기 시작하는데, 그것은 당시의 사상가들과 시대의 영향에 의한 것이라고 할 수 있다. 물론 에도시대 초기부터 하야시 라잔(林羅山)이나 아라이 하쿠세키(新井白石) 등이 어린시절부터 『다이헤이키』를 암송하고 있었다는 기술에서도 알 수 있듯이 이 작품이 무가사회의 필수 독서목록에 포함되어 있었다는 점은 확인된다. 그러나 그들이 구스노키를 충신으로서만 인식하고 있었다고는 볼 수 없다. 오히려 명군과 충신의 이미지를 같이 향수하고 있었기 때문에 그의 무가사회에서의 영향력은 그만큼 컸다고 판단된다.

이러한 구스노키의 다양한 이미지 중 특히 충신으로서의 이미지가 정착한데에는 『대일본사(大日本史)』의 탄생인 큰 역할을 했다고 할 수 있다[7]. 미토번(水戸蕃)의 당주였던 도쿠가와 미쓰쿠니(徳川光圀)에 의

---

6) 『리진쇼』와 명군의 이미지 형성의 관계에 대해서는 若尾政希 『「太平記読み」の時代』平凡社, 1999에 자세한 분석이 있다.
7) 『대일본사』의 역사관과 『다이헤이키』의 관계에 대해서는 兵藤裕己 『太平記＜よみ＞の可能性』講談社学術文庫, 2005에 언급이 있다.

해 편찬되기 시작한 이 역사서는 남북조정윤문제(南北朝正閏問題)를 서술하는데 그 목적이 있었다. 이 남북조정윤문제는 바로『다이헤이키』가 그린 시대를 의미하는 것으로, 남조를 수립한 고다이고 천황의 정통성이 이 역사서가 주장하고자 하는 내용의 핵심이라고 할 수 있다. 구스노키 마사시게는 앞서 언급했듯이 고다이고 천황을 위해 목숨을 바친 인물로, 미쓰쿠니는『다이헤이키』의 기록을 바탕으로 구스노키 마사시게의 모습을 기술하고 있는데, 특히『리진쇼』의 기술은 일체 배제한 채,『다이헤이키』묘사 중 그의 충신으로서의 활약에 대해서 주로 기술하고 있다. 미쓰쿠니의 사후, 이 수사사업은 미토학자들로 인해 완성되고 이것이 막말(幕末)에 이르러서는 요시다 쇼인(吉田松陰)과 같은 인물들에게 사상적으로 큰 영향을 미치게 된다.

근대기에 들어서도『대일본사』는 여전히 큰 영향력을 미처, 메이지 천황은 남조가 정통임을 인정한다. 따라서 근대기 천황제에 있어서 남조 정통성은 공식화되었으며, 그로 인해 구스노키 마사시게를 모시는 신사가 건립된다. 구스노키 마사시게는 메이지 근대국가가 유교를 바탕으로 한 충효사상을 강조함으로서 천황에 대한 충성을 바친 인물의 대표격으로 국민교육에도 적극 활용된다.

이와 같이 근대기의 구스노키 마사시세의 충신으로서의 이미지는 에도시대부터 진행되어온 역사서술과 불가분의 관계에 있으며, 뿐만 아니라 강담(講談) 등에서 그려진 그의 비극적인 죽음의 과정은 충효정신과 결합되어 대중화되어 간다는 점을 간과해서는 안 될 것이다.

III 신격화된 전쟁영웅

1. 메이지기 창가(唱歌)교육과 전쟁 · 전쟁영웅

본장에서는 메이지기 창가교육의 특성을 살펴보고, 특히 메이지 후기 청일전쟁과 러일전쟁을 거치면서 대두되는 제국주의 · 군국주의 사상의 형성과 그 구현(具現)의 소재로서의 전쟁영웅의 창출과 수용에 교육, 특히 창가교육이 어떻게 관여하였는가를 기술하고자 한다.

메이지 신정부는 국가신도(國家神道)적 이데올로기에 바탕을 둔 국체(國體)의 형성과, 국민국가로서의 일본을 지향함에 있어 거기에 속하는 국민들의 통일된 아이덴티티의식을 만들어내는 것을 근대교육의 중요한 과제로 삼았다. 이에 1879년 메이지천황의 이름으로 발표된 '교학성지(敎學聖旨)'나 1890년의 '교육칙어(敎育勅語)'에서 강조하고 있는 '덕육(德育)'을 통한 '덕성(德性)의 함양(涵養)'이라는 시대의 가치를 교육 현장을 통해 구현해 갔으며, 문부성창가(文部省唱歌)로 대표되는 창가교육 또한 수신(修身) · 국어 · 역사 · 지리교육과 함께 '충군애국(忠君愛國)'이라는 시대정신을 고양(高揚)하기 위한 도구, 혹은 매체로써 학교교육에 이용되었다.

메이지 신정부는 학교교육에 창가(唱歌) 과목을 포함시킴으로써 합창을 통한 대동단결(大同團結)의 정신을 강화하고, 특히 메이지 후기에 들어서는 역사상의 영웅과 청일 · 러일전쟁을 겪으면서 당시의 군국미담(軍國美談)이나 전쟁영웅 등을 소재로 한 창가를 보급한다. 진취적 기상과 전의(戰意)를 고양시키는 노래를 소리 높이 부르게 함으로써 국민의 사기(士氣) 진작과 애국심의 함양, 나아가서 일본·일본인이라는 공동체의식과 연대의식의 강화를 꾀하였던 것이다. 신정부는 국가(國歌) 제창이나 교가, 응원가, 아니면 애창곡 등을 함께 부르며 공유한다는 것이 공동체적 환상을 만들어내고, 때로는 이성(理性)에 기초한 판단력마저 저하시키는 집단적 최면(催眠) 효과가 있다는 것에 주목했다.[8] 이는 선망과 극복의 대상이기도 했던 서구의 선진 제국(諸國)이 근대국가 형성과정에서 '국민음악'을 만들어내고 이를 공유함으로써 귀속의식(歸屬意識)과 연대의식(連帶意識)을 고양시켜 나갔던 것을 잘 알고 있었기 때문이다. 이를 위해 정부는 신정부 출범 후 비교적 이른 시기에 '음악교육을 통한 국민사상의 통일을 기초로 하는 국민국가 형성'이라는 음악교육의 구체적 목표를 설정하였고, 이를 적극 추진할 기관으로 '음악조사계(音樂取調掛)'를 설치하였다. 음악조사계에서는 각국의 음악교육에 관한 실태 조사를 바탕으로, 국악창성(國樂創成)이라는 원대한 포부 하에 음악교육을 위한 인재육성과 교재 편찬에 주력한다. 그 결과 만들어진 『소학창가집(小學唱歌集)』(1882~84), 『유치원창가집(幼稚園唱歌集)』(1887)을 통해 음악을 통한 국민의식의 창출을 실험하였으며, 『심상소학독본창가(尋常小學讀本唱歌)』(1910), 『심상소학창가(尋常小學唱歌)』(1911~14)라는 준 국정창가집 편찬을 통해 이를

---

8) 프랑스혁명 시에는 훗날 국가가 되는 '라 마르세이유' 등, 과격한 가사의 '혁명상송'이라 불리는 노래가 다수 만들어졌다. 혁명군은 물론 시민들이 이러한 노래를 합창하며 혁명의 대열에 참가해 연대감을 느끼며 혁명을 성공으로 이끌었다는 것은 잘 알려진 사실이다. 또한 19세기 영국과 프랑스, 독일을 중심으로 해서 일어난 합창운동은 유럽 전역으로 퍼져 수많은 시민합창단이 탄생했다. 또한 플라톤은 『국가(The Republic)』를 통해 국가의 지도자는 이상적인 국가를 만들기 위해 음악에 대한 지식을 갖고 적절한 때에 적절한 음악을 사용하는 것으로 사람의 마음을 컨트롤하고 용감하고 절도 있는 인격을 갖는 젊은이를 키워가야 하는 것이 필요하다고 역설한 것은 유명하다.

공고히 해나갔다.

근대 일본의 교육과정에 창가(唱歌)를 도입한 원래의 목적은, 노래를 통해 '지각심경(知覚心経)'을 활발히 하며 정신을 쾌락하게 만들고, 마음에 감동을 일으켜 즐겁게 함과 동시에 선한 심성을 분기케 하기 위함이었다. 그러나 메이지기의 창가교육은, 전기의 '정조(情操)'를 중심으로 하는 덕목교육에서 후기로 가면 갈수록 '충군애국(忠君愛國)'과 전의(戰意) 고양(高揚)을 위한 도구로 변질되어 갔다. 1894년(明治27) 청일(淸日)전쟁 이후 창가교육은 일대 전환을 맞이하게 된다. 메이지기의 창가교육은 주로 전기의 '정조(情操)'를 중심으로 하는 덕목교육에서 후기로 가면 갈수록 '충군애국(忠君愛國)'과 전의(戰意) 고양(高揚)을 위한 교육의 일환으로 실시되었다. 전쟁을 소재로 한 군국미담(軍國美談)과 전쟁영웅을 소재로 한 이른바 문부성창가(文部省唱歌)라 불리는 일련의 창가집에 수록되어 있는 창가들이 바로 그러한 역할을 담당했다[9].

창가교육을 포함한 메이지 전기의 학교교육의 지향점이, 국체의 형성이라는 국민의 공통된 이데올로기 창출과 이를 강제적으로 주입시켜 충실한 신민(臣民) 만들기에 있었다면, 메이지기 중반 이후, 즉 청일전쟁 무렵부터 창가교육을 위한 텍스트에, 충군애국의 사상과 전의고양을 목적으로 창작된 가사를 갖는 노래가 다수 등장하는 것은, 몇 번의 전쟁을 거치면서, 충군애국 정신과 전의 고양을 위한 군국·충용미담을 설파하는, 심리적·정서적 수단으로 창가가 이용되었음을 여실히 보여주고 있다. 또한 교과서를 통한 교실 내의 교육은 물론이거니와,

---

9) 이권희 「메이지기(明治期) 국민교육과 전쟁·전쟁영웅-창가(唱歌)교육을 중심으로-」『日本學硏究』제37집, 2012

병식(兵式)체조, 운동회 등, 전의고양과 애국심 배양을 위한 다양한 현장에서 도 창가는 중요한 역할을 담당한다.

広瀬中佐	히로세 중좌
一. 轟く砲音　飛来る弾丸	울려 퍼지는 포음 날아드는 탄환
荒波洗ふ　デツキの上に	거친파도 덮치는 덱키 위에
闇を貫く　中佐の叫	어둠을 관통하는 중령의 외침
「杉野は何処　杉野は居ずや	스기노는 어디 있나 스기노 있나
二. 船内隈なく　尋ぬる三度	배 안을 구석구석 찾기를 세 번
呼べど答へず　さがせど見えず	불러도 대답 없고 찾아도 보이질 않네
船は次第に　　波間に沈み	배는 서서히 파도 속으로 가라앉고
敵弾いよいよ　あたりに繁し	적탄은 마침내 사방에 떨어진다
三. 今はとボートに　うつれる中佐	지금이라고 보트로 옮겨타는 중령
飛来る弾丸に　忽ち失せて	날아오는 탄환에 바로 쓰러져
旅順港外　　恨ぞ深き	여순항외 원한은 깊어
軍神広瀬と　其の名残れど	군신 히로세라 그 이름 길이 남아

橘中佐	다치바나 중좌
一. かばねは積りて　山を築き	시신는 쌓여 산을 이루고
血汐は流れて　川をなす	피는 흘러 강을 이룬다
修羅の巷か、向陽寺	아수라장인가 샤온즈이
雲間をもるる月青し	구름사이에서 새나오는 달빛도 파랗구나
二. みかたは大方　うたれたり	아군은 모두 쓰러졌다
暫く此処をと　諌むれど	잠시 여기를이라고 훈계를 해도
恥を思へや　つはものよ	창피한 줄 알라 병사여
死すべき時は今なるぞ	죽어야 할 때는 바로 지금이다

三. 御国の為なり 陸軍の　　　　나라를 위해서다 육군의
　　名誉の為ぞと 諭したる　　　명예를 위해서라 설득하는
　　ことば半ばに 散りはてし　　말도 대부분 땅에 흩어진다
　　花橘ぞ かぐはしき　　　　　귤꽃이여 향기롭도다

『심상소학창가』

히로세 다케오와 다치바나 슈타는 모두 러일전쟁에서 큰 공을 세운 영웅이다. 히로세 다케오는 여순(旅順)항구 폐쇄라는 특별작전에 참가하여 행방불명이 된 부하를 찾아 배를 3번 수색하고, 구명보트 위에서 러시아의 포탄에 맞아 전사하는 등, 상사로서 부하를 배려하는 행동과 평소의 성품도 훌륭했다는 점에서 대중에게 군신으로 추앙받았다. 다치바나 슈타는 수산보(首山堡) 공략에서 부대원의 맨 앞에 서서 적진에 뛰어들었으며 장렬한 전사로 인해 군신(軍神)으로 추앙되었다. 히로세와 다치바나는 청일전쟁에서는 이렇다 할 군신이 탄생하지 않았기 때문에 근대 일본 최초의 군신이라고 말할 수 있다. 이에 애국심 고취 및 전의 고양, 나아가 민족적 자긍심을 강조하는 사회통합의 방법으로서의 전쟁영웅의 창출과 수용이라는 점에 있어, 미디어를 포함한 여러 매체와 더불어 창가가 그 일익을 담당했다는 사실을 부정할 수 없을 것이다.

2. 일본교과서를 통해서 본 노기장군

메이지유신 이후 일본은 청일전쟁을 시작으로 러일전쟁, 만주사변, 중일전쟁, 태평양전쟁 등을 치르면서 많은 전쟁영웅을 배출하였다. 근대기의 전쟁영웅은 현대일본사회에서 드라마와 영화, 연극, 소설 등을 통해 빈번히 재조명되고 있는데, 그 중에서도 노기 마레스케를 연구대상으로 하여 군신으로 당시 추앙받게 된 경위를 확인하고 시대의 흐름 속에서 어떻게 재평가되고 있는지 일본의 국어, 수신, 역사, 창가교과서를 통해 살펴보고자 한다.

2기 국정교과서부터 찾아볼 수 있는 노기장군 관련 글은 4기까지 꾸준히 증가하다가 전쟁이 가장 격화된 5기에는 2차 세계대전관련 전쟁영웅들의 글로 인해 그 비중이 줄어들었다. 다이쇼(大正)시대에 해당하는 2기(1910-1917)와 3기 국정교과서(1918-1932)에서는 러일전쟁과 관련된 일화가 대부분이었고 이를 통해 노기장군의 무사도, 애국심, 충성스럽고 용맹한 군인상, 청렴한 인품을 그렸다[10]. 다이쇼 말기 3기 국정교과서에 소개되기 시작한 인품과 군인으로서의 모습은 쇼와(昭和)시대인 4기 국정교과서(1933-1940)에서 보다 다양한 일화를 통해 더욱 강조되는 양상을 보인다. 충성스럽고 용맹한 군인이었을 뿐만 아니라 뛰어난 자질을 갖춘 지휘관으로 '무인의 본보기(武人の手本)'로

---

10) 여순(旅順)을 함락시킨 후 이루어진 스이시에이(水師営)의 회견을 제재로 한 창가 「스이시에이의 회견(水師営の会見)」(尋常小學唱歌 第5學年用(大正元年))과 「스이시에이」의 회견을 소개한 「스이시에이」(『尋常小学読本 巻10』)에서는 노기장군의 무사도와 애국심을 칭송하고 있다. 국정교과서 3기에는 국어교과서에 「스이시에이」라는 글과 창가교과서에 창가 「스이시에이의 회견」이 2기에 이어서 계속 게재되었다. 이 이외에 3기에는 수신교과서에 「청렴(淸廉)」(尋常修身教科書 卷六(大正7년))이라는 제목으로 노기장군의 청렴함을 강조하는 일화가 새롭게 추가되었다. 역사교과서(尋常小學國史下卷(大正10년))에서도 노기장군의 이름이 등장하는데 2기 때와 마찬가지로 노기장군이 제3군을 이끌어서 여순, 봉천을 함락시킨 과정을 약 2페이지에서 설명하였다. 또한 여기서는 충성스럽고 용맹한 장군과 부하들은 목숨을 버리면서 싸웠고 천황의 은공에 보답하는 것은 이때라고 하며 몇 번이고 돌격했다는 표현이 포함되어 있어, 노기장군이 충성스럽고 용맹한 군인으로 그려지고 있음을 알 수 있다. 역사교과서에서 러일전쟁에 할애하는 분량과 노기장군에 대한 위와 같은 평가는 2차 세계대전에서 패전하는 1945년, 즉 국정교과서 5기까지 계속해서 반복된다.

평가되고 있으며 검소하고 공덕을 중시하는 인품도 소개되어 인격자였음이 강조되고 있다. 또 천황에 대한 충성심을 읽을 수 있는 일화도 새롭게 추가된 시기이기도 하다[11]. 계속되는 쇼와시대 5기 국정교과서 (1941-1945)에서는 게재된 글의 수는 전체적으로 줄었으나 4기와 마찬가지로 노기장군을 '무인의 본보기(武人の手本)', 인격자로 소개한 것은 변함이 없다[12].

하지만 패전 후에는 연합국군총사령부의 지령에 따라 전쟁, 군국주의관련 글들이 삭제되면서 노기장군 관련 글들도 완전히 자취를 감춘다. 이후 60여년 정도 노기장군에 관한 언급은 교과서 그 어디에서도 찾아보기 힘들다. 노기장군이 다시 교과서에 재등장하는 것은 극우단체 '새로운 역사교과서를 만드는 모임(新しい歴史教科書をつくる会)'에 의해서이다. 러일전쟁이후 패전까지의 국정교과서에 뛰어난 인품을 지닌 '무인의 본보기'로 군신으로서의 지위를 확고히 하며 등장했던 노기장군이 보수화, 우경화가 심화되고 있는 2000년대 이후 역사교과서

---

11) 국정교과서 4기 수신교과서에 수록된 「지성(至誠)」에서는 러일전쟁부터 메이지천황사거까지의 노기장군일화를 5가지 소개(尋常修身敎科書 卷六(昭和11年))하면서 노기장군의 부하사랑, 청렴한 성품, 솔선수범하는 모습, 천황에 대한 충성심 등 다양한 모습을 적고 있다. 또 국어교과서에는 2기부터 계속 게재되어 온 「스이시에이」 이외에 새로이 「노기장군의 유년시대(乃木将軍の幼年時代)」가 추가되었다. 여기서는 유년시절에 있었던 3가지 일화를 소개하고 노기장군이 평생 '충성검소(忠誠質素)'했으며 '무인의 본보기(武人の手本)'라고 칭송한다. '무인의 본보기'라는 표현은 지금까지 살펴본 교과서에서는 찾아볼 수 없었던 것이다. 군신으로 추앙하는 데에 있어 마지막 작업이라고 하는 신사건립이 다이쇼(大正)시대에 대부분 마무리가 된 후에 개편된 교과서에서 이러한 표현이 등장한 것을 통해 노기장군이 적어도 쇼와에 들어서는 군신으로서의 지위를 확고히 했다고 보여진다.
12) 국정교과서 5기는 4기에서 국어교과서에 실려 있었던 「노기장군의 유년시대」가 수신교과서로 과목을 바꾸어 게재(初等科修身 二(昭和 17년))되었고 역사교과서의 러일전쟁과 노기장군이 기술되었으며, 창가 「스이시에이의 회견」이 창가교과서(初等科音樂 4 唱歌)에 실린 것이 전부이다.

에 재등장하고 있는 것이다. 비록 그 소개양상이 애국심, 충성심, 모범적인 군인상을 강조하지 않고 일본의 무사도, 개인의 인격에 대해 언급[13]하는 데에 그치고는 있지만 이들 교과서가 노기장군을 직접 언급함으로써 러일전쟁에서 '완전한 승리'를 거두며 승승장구했던 화려한 과거를 환기시키고 있음은 분명하다.

이상의 고찰을 통해 노기장군은 다이쇼와 쇼와시대를 거치면서 전전의 교과서에서 뛰어난 인격자, '무인의 본보기'로 평가받으며 군신으로서의 위치를 확고히 하였고, 전후 현대의 역사교과서에서는 뛰어난 인격자, 일본의 무사도를 지닌 인물로 묘사되면서 화려했던 과거를 환기시키는 존재로 재등장하고 있음을 확인할 수 있었다.

---

13) 『中學社會 新しい歷史敎科書』扶桑社, 2005, 2008에서는 칼럼 〈역사의 명장면 일본해해전〉에서 러일전쟁을 "세계해전사상 이정도로 완전한 승리를 거둔 예는 없었다"고 평가하고 "또한 마찬가지로 러일전쟁에서 활약한 육군대장 노기 마레스케는 전쟁이 끝난 후 패배한 러시아 장군의 목숨을 구하기 위해서 다양한 노력을 아끼지 않았다. 메이지 일본에서도 패자의 명예를 존중하는 무사도는 살아있었던 것이다"라고 적고 있다. 또 『중학사회 새로운 일본 역사(新しい日本の歷史)』育鵬社, 2011에서도 〈러일전쟁개전과 일본의 승리〉라는 제목의 본론에서 "육군은 러시아가 구축한 여순의 요새를 공략하기 위해서 노기 마레스케가 이끄는 군대를 보내어 많은 희생을 치른 끝에 점령했다"라고 하며 사진과 함께 「제 3군사령관으로서 러일전쟁에 참가하였으며 적의 명예도 존중하는 인격자였다. 전쟁이 끝난 후, 부상병을 위해서 노기식 의수를 제작, 배포하였다. 또 학습원원장으로 쇼와천황의 교육을 담당하였다」라고 인물소개를 하고 있다.

 ## IV 일본사회의 우경화와 전쟁영웅의 부활

1. 일본사회의 우경화와 전쟁영웅 부활의 양상

2000년대 이후 일본은 우경화가 가속화되는 정치·사회상을 노정하고 있다. 그러나 이 같은 상황은 일본정치사회의 기본적인 틀을 제시한 냉전 구도 속에서 자유주의 진영으로의 편입을 선택할 수밖에 없었던 '체제선택'이 1990년대 냉전종식과 더불어 붕괴됨으로서 '강한 일본', '보통국가'를 통해 새로이 일본을 만들어야 한다는 논리에 그 뿌리를 두고 있으며, 결과적으로 한국과 및 중국을 포함하는 동아시아 관계 역사인식의 문제로 표출되고 있는 것이다.

이러한 움직임이 가능하게 된 요인으로 첫째, 일본 보수세력을 견제해 왔던 혁신세력의 몰락에 의해 한층 가속화 되고 있다는 점이다. 1990년대 이후 일본경제의 구조적 불황은 '평화국가 일본'을 주장해 왔던 사회당을 중심으로 한 혁신세력들에게 있어 비현실적 정책의 지속이라는 이유로 국민들로부터 외면이 현실과 되었고, 결국은 보수세력을 견제할 수 있는 틀이 사라지게 됨으로써 일본사회는 한층 더 보수화·우경화 되고 있다. 둘째, 1990년대 자유주의사관연구회와 같은 역사수정주의의 등장이다.

정치·사회상의 변화에 있어서 주목해야 할 것은 일본의 대중문화 영역에서도 다수의 전쟁의 기억에 대한 문화물들의 재생산의 방식으로 구체화 되고 있다는 점이다. 2005년 일본영화 흥행에서 1위를 기록한 『남자들의 야마토(男たちの大和)』를 시작으로 후쿠이 하루토시(福

井晴敏)의 소설들을 영화화한『로렐라이(ローレライ)』,『전국자위대 1549 (全国自衛隊1549)』,『망국의 이지스(亡国のイージス)』, 2006년『출구 없는 바다(出口のない海)』, 2007년『나는 너를 위해 죽으러 간다(俺 は、君のためにこそしにいく)』, 2008년『나는 조개가 되고 싶다(私は貝 になりたい)』등은 제국주의 전쟁의 '기억'을 가공하는 대표적인 영상 물들이다.

이러한 영상물들은 흥미롭게도 다음과 같은 공통된 요소들이 발견 된다. 첫째, 일본인의 패배자 인식, 동경재판의 허구, 전후 일본사회의 도덕성 타락 등에 대한 비판을 통해 강한 일본을 전면에 내세우고 있다 는 것이다. 둘째, 이러한 영상물을 통해 내셔널 아이덴디디(national identity)를 구축하려고 한다는 점이다. 셋째, 일본 경제문제를 비롯한 동아시아의 불안을 애국주의 이데올로기로 봉합하여 '일본 재생'을 목 표로 한다는 점이다.

일본은 청일전쟁을 시작으로 1945년의 패망에 이르기까지 국내외 적으로 수 많은 전쟁을 치러왔으며, 일찍부터 전쟁을 소재로 한 소설 이라는 장르가 형성되었다.[14] 그러나 패전 직후 미군 점령 하에서 엄 격한 사상 검열을 통해 전쟁미화나 전쟁영웅의 내러티브의 생성은 커

---

14) 1945년 이전의 전쟁소설은 청일전쟁에 기자로서 종군한 구니키타 돗포(国木田独 步)의『애제통신(愛弟通信)』을 시작으로, 러일전쟁을 배경으로는 한 사쿠라이 다 다요시(桜井忠温)의『육탄(肉弾)』, 하야시 후미코(林芙美子)의『전선(戦線)』, 단 바 후미오(丹羽文雄)의『해전(海戦)』등이 큰 반향을 일으키며, 애국심 고취와 개 인과 집단 전쟁영웅의 형성에 기여했다. 이를 계기로 전쟁영웅으로 추앙받은 도고 헤이하치로(東郷平八郎)나 노기 마레스케 등의 전기(伝記) 는 필독서로써 유행하 기도 했다. 반면, 요사노 아키코의(与謝野晶子)의『그대 죽어서는 안 된다(君死に たまふことなかれ)』, 이시카와 다쓰조(石川達三)의『살아있는 병대(生きてゐる 兵隊)』등은 반전적 내용이나 전쟁의 잔혹함을 묘사하고 있다는 비판을 받거나 판 매금지처분을 받아야만 했다.

다란 제약을 받으며, 전쟁의 참혹함과 무의미한 개인의 희생 등에 초점
을 맞춘 반전과 평화의 내러티브를 생성해 왔다.[15] 1970년대부터 80년
대까지는 일반인들의 전쟁체험이 수기형식으로 출판되는 특징을 보인
다. 전쟁가해자로서의 일본인이라는 입장에서의 작품이 주를 이루며
일본사회에 충격을 안겨주었다.[16] 이들 영화들의 특징은 주로 전쟁의
참혹함이나 이로 인한 반전사상과 평화의 갈망을 주제로 하거나, 아니
면 집단적 영웅이라기보다는 이름 없이 죽어간 학도병이나 일반 병사
들의 일상과 내면을 그리고 있다는 특징이 보인다.

그러나 2000년대 이후 영상물들은 '내러티브 층위'와 그것을 둘러싼
정치・사회의 이데올로기 층위가 정치적 자의식에 의해 전전으로의 회

---

15) 공습의 처참함을 그린 사카구치 안고(坂口安吾)의 『백치(白痴)』(1946), 전쟁피해자
로서의 여교사를 주인공으로 그린 쓰보이 사카에(壷井栄)의 『24의 눈동자(二十四
の瞳)』(1952)등이 주목을 끌었다. 또한 히로시마나 나가사키에 투하된 원자폭탄의
처참함을 소재로 한 소설로는 하라 다미요시(原民喜)의 『여름 꽃(夏の花)』(1947),
이부세 마쓰지(井伏鱒二)의 『검은 비(黒い雨)』(1966) 등이 있다. 오오카 쇼헤이(大
岡昇平)의 『포로기(俘虜記)』(1948)는 포로수용소를, 『레이테전기(レイテ戦記)』(1971)
는 전장의 군인들을 그린 작품으로 유명하다. 작가의 전쟁체험을 그린 작품으로는
에자키 마사노리(江崎誠致)의 『루송의 골짜기(ルソンの谷間)』(1957), 사카이 사브
로(坂井三郎) 『창공의 사무라이(大空のサムライ)』(1972) 등이 있고, 펜부대로 종
군한 체험을 바탕으로 만들어진 작품에는 하야시 후미코(林芙美子)의 『뜬구름(浮
雲)』(1951), 군대조직의 모순을 테마로 한 노마 히로시(野間宏)의 『진공지대(真空
地帯)』(1952) 등도 있다. 특공대의 체험으로써는 시마오 도시오(島尾敏雄)의 여러
작품이 있으며, 출정하는 학도병의 유서를 모은 『들어라 해신의 목소리(きけわだ
つみのこえ)』(1949)는 베스트셀러가 되기도 했다.
16) 미군포로에 대한 생체실험을 소재로 한 엔도 슈사쿠(遠藤周作)의 『바다와 독약(海
と毒薬)』(1967)과 731부대에 관한 실화를 그린 모리무라 세이이치(森村誠一)의
『악마의 포식(悪魔の飽食)』(1981)은 일본사회에 커다란 충격을 주었다. 그리고 이
부세 마쓰지 원작의 『黒い雨』(1989), 노사카 아키유키(野坂昭如)의 원작소설을 바
탕으로 만들어진 『반딧불의 묘(火垂るの墓)』(1988)는, 공습에 의해 집을 잃은 고
베(神戸) 주변도시의 아이들을 소재로 한 에니메이션으로, 훗날 드라마로 만들어
지기도 했다. 다케야마 미치오(竹山道雄) 원작 『미얀마의 하프(ビルマの竪琴)』는
1956년, 1986년 두 번에 걸쳐 영화화 되었으며, 『들어라 해신의 목소리』는 『당신을
잊지 않을게요(君を忘れない)』(1995)라는 제목으로 영화화 되었다.

귀로 구체화 되고 있는 것이라고 볼 수 있다. 그러나 영화를 통해 일본의 과거를 재해석 하려는 움직임이 2000년대 이후 등장한 것이 아니라는 사실에 주목해야 한다. 강한 일본을 표방하는 '대국주의' 영화들이 이미 80년대 등장하였다는 점이다.[17] 예를 들어 청년장교 파시스트를 미화한『동란』(1980년), 러일 전쟁의 침략성을 은폐한『삼백삼고지(三百三高地)』(1980년), 태평양전쟁을 미화한『연합함대(連合艦隊)』(1981),『대일본제국(大日本帝國)』(1982) 등이다.

80년대 '대국주의'영화들의 특징은 경제대국으로서 일본이 국제사회에 주도권을 강화하는 시점에서 일본과거사를 새롭게 보는 한편 과거사에 대한 반성을 수치로 생각하여 정당성을 주장하는 삭업의 산물이었다고 볼 수 있다. 그러나 2000년대 이후의 영화들은 '축소된 일본에서 강한 일본으로'를 주장하고 있으며, 희생자들 예를 들어 서민, 나라를 위해 목숨을 바친 일반 병사들의 이야기를 중심으로 '인간애', '동료애', 그리고 '공동체'를 강조하는 모습으로 나타나고 있다.[18]

예를 들어, 태평양전쟁을 테마로 한 영화『남자들의 야마토(男たちの大和)』는 승조원과 그들의 가족, 연인의 이야기에 초점을 맞추고 있으며, 병사들은 피를 나눈 인간으로 확고한 국가방위 사명을 지니고 있는 존재로 그리고 있다. 승리를 믿어 의심치 않던 일본제국의 군국주의의 허상은 고스란히 야마토의 최후와 동일시되고 있다. 그러나『남자들의 야마토(男たちの大和)』에 주목해야 할 것은 '극우영화'가 아니면서 '극우영화'의 모습이 보인다는 점이다. '극우영화'가 아니라는 점은 군국주의 찬양 요소를 표면적으로 찾기 힘들다는 것이며, 그러면서

---

17) 구견서「대국화기 일본영화의 시대성 -1990년대」『일본학보』Vol. 69, 2006, 참조.
18) 구견서, 같은 논문

도 '극우영화'로 보인다는 것은 '전우애'를 통해 군국주의에 대한 향수와 동경을 시도하고 있으며, 결국 일본인들의 태평양전쟁의 부정적인 기억은 '기억의 터'였던 야마토의 침몰과 함께 망각되었고, 오히려 '나는 전쟁의 피해자'라는 전형적인 전쟁책임회피의 주장을 내세우고 있는 것이다.

『망국의 이지스(亡国のイージス)』의 경우 '누가 국가를 지킬 것인가', '국가방위 사명'이라는 화두를 던지며 이야기를 전개한다. '선과 악', '영웅의 등장'이라는 전형적인 헐리우드 영화의 논리구조를 따르면서 긴급사태에 해결책을 제시하지 못하는 정부를 비꼬며 영웅의 등장과 그에 의해 해결되는 모습을 그리고 있다. 『망국의 이지스(亡国のイージス)』는 현 일본 정치를 비판하는 모습에도 주저하지 않는다. 안일한 관료주의적 모습, 우유부단한 정치인들의 모습을 통해 전후 일본 정치에 대한 비판과 함께, 일본을 구하려는 영웅들을 통해 일본 정치사회의 모습을 제시하고 있으며, 이 점은 전후정치의 결산을 통한 '강한 일본' 구축이라는 일본 우익들의 주장이 고스란히 내재되어 있는 것이다.

주목되는 점은 2000년대 이후 영화들이 기존의 전쟁영웅을 동원해 하나 되는 모습을 강조하며 일본의 모습을 변용시켜야 한다는 당위론에서 벗어나고 있다는 점이다. 현재 일본사회, 특히 우익들은 일본을 재구축하기 위해 필요한 것이 전전(前戰) 영광의 원초였던 '집단적 아이덴티티'를 부활시키는 것이고 이를 위해서 역사에 대한 일체의 비판적 견해를 봉쇄해 버림으로써 일본사회를 우측으로 편중되게 하는 모습을 보이고 있다는 점에 주목할 볼 필요가 있다.

2. 전후 소설과 영화 속에 나타난 도조

영웅이 영웅일 수 있기 위해서는, '시세'에 따른 각성이든, '각성'이 시세를 반영한 것이든, '수동적'인 것이 아닌 '주체적'인 결단을 필요로 한다. 즉 영웅은 '주체적 결단'의 과정을 통과한 이후에, 시대에의 사명감을 자각하고 매진함으로써, 영웅이 될 수 있는 것이다. 영웅은 또한 시대를 앞서가야 한다는 점에서 이끌고 도달할 미래의 시점에서 본다면 과거를 부인해야 한다는 점에서 슬픈 운명에 처하기도 한다. 이 때에 죽음과 직면할 수 있는 각오 자체가 앞으로의 시대를 예언할 수 있는 것이라면, 그 죽음은 참으로 영웅적인 죽음이고, 죽임을 당한 사람은 영웅으로 불리워도 마땅할 것이다.

하지만 도조 히데키에 관한 소설과 영화의 각 장면이 남기는 여운은, '주체적인 결단'과 '시대'라는 보편성을 경과한 자각이 아닌, 화평을 추구하는 천황의 큰 표상 아래에서, 이 천황을 신앙하는 너무나 '인간적인' '도조 히데키'일 뿐이다.

즉 천황만은 부동의 한 지점에 고정시켜 두고, 이 천황의 그림자에 따른 여러 지점에 도조를 위치시키지만, 최종적으로는, '독재자'임을 자임한 '영웅' 도조 히데키가 됨으로써, 도조의 사명 또한 천황과 국체를 '위하여'에 고정되어 버린다. 이러한 맥락에서 전후 다수의 도조 히데키에 관한 소설과 영화의 전략은, 일본과 세계를 전쟁으로 내몰았던 수많은 '행동'의 축적을 가능케 한 수수께끼 같은 현상에 대한 마루야마 마사오의 지적을 상기시킨다.

「왼손잡이 독재자—도조 히데키의 비극」[19]과 『도조 히데키 대일본 제국을 위해 순교한 남자』[20]와 같은 소설에서의 도조와 일본은, 전쟁이 끝났음에도 불구하고 무차별적으로 공격하는 미군에 대비되는, 잿빛의 암울한 시대의 희생자 혹은 수감자로 그려진다. 『대일본제국』 및 『프라이드 운명의 순간』[21)]과 같은 영화에서의 도조 또한 격동의 시대에 불가피하게 어떤 결정을 하지 않을 수 없는 상황에 내몰린 나약하고 왜소한 인간으로 묘사되거나, 손녀에게는 더할 나위 없이 다정다감하고 인자하며, 정원에 심어놓은 토마토를 천진하게 베어먹는 소박한 인간, 혹은 사형이 집행되는 순간까지 나무아미타불의 염불을 그치지 않는 독실한 종교가로 표상되고 있다.

이렇게 '인간적인' 모습으로 그려짐으로써, 소설과 영화 자체를 성립시키고 있지만, 소설 및 영화와 다른 '인간' 도조 히데키의 죄악을 숨기거나 애매하게 만들고 있다. 특히 영화의 첫장면이 1930년대의 중국에 주둔한 육군 도조 히데키가 아닌 1941년 데키가이소의 도조가 되거나, 1944년 퇴임 이후의 도조가 된다면, 극적인 효과는 뛰어날지 모르지만, '인간' 그 자체는 어디론가 사라져 버린다.

주인공이 도조가 아닌, 도조와 일본에 의해 핍박을 받았던, 도조에 관한 소설과 영화에서는 사라져버린 그 '대상'들이었다면, '인간적인'이고 '비극적인' '도조 히데키'라는 표상에 극적 흥분을 같이 하기는 도저히 불가능한 것이며 실존적 도조의 모습은 애매모호한 형태로 실종되어 버린 것이라고 볼 수 있을 것이다.

---

19) 有馬頼義 「左利きの独裁者—東條英機の悲劇)新潮社編」『時代小説大全集6 人物日本史』新潮社, 1991
20) 松田十刻 『東条英機 大日本帝国に殉じた男』, PHP文庫, 2002
21) 東映株式会社 『プライド 運命の瞬間』, 1998

V 맺음말

이상과 같이 근세이후 근현대에 이르기까지 전쟁영웅 창출과 변용 과정을 미디어, 소설, 신문, 교과서 등을 통해서 살펴보았다.

평정 통합의 군신으로는 오다 노부나가와 구스노키 마사시게를 중심으로 분석했는데, 이들은 중세시대의 전쟁영웅으로, 근세시대에는 각각의 인물의 이미지가 고정된 것이 아니라 동시에 다양한 이미지가 공존했음에도 불구하고 메이지 유신이후 국민의 정신교육 함양과 통합을 주도하는 신으로 추앙받게 되었다는 점을 알 수 있다.

신격화된 전쟁영웅에서는 메이지기의 창가가 국민교육을 담당하여 애국심을 고취시키고 있다는 점을 두 명의 군신의 예를 통해서 확인할 수 있었다. 히로세 다케오, 다치바나 슈타는 러일전쟁에서 공을 세운 인물로, 그들이 군신으로 추앙받게 되자 창가에도 이러한 경향이 반영되었음을 알 수 있었다. 또한 신격화 된 근대기의 대표적인 전쟁영웅으로는 노기 마레스케를 빼놓을 수 없다. 이 노기 장군에 대한 숭배는 교과서교육을 통해서 철저히 이루어졌으나, 패전이후 연합국군총사령부의 지령에 따라 노기장군과 관련된 글들은 완전히 자취를 감추게 된다. 그러나 일본의 우경화와 함께 '새로운 역사교과서를 만드는 모임'에 의해서 그에 대한 서술이 다시 부활하게 된다는 것을 확인할 수 있었다.

이와 같이 노기 장군의 예에서 알 수 있듯이 일본의 우경화 경향은 보수세력을 견제해 왔던 혁신세력의 몰락, 역사수정주의의 등장과 같은 일본 현대의 사회적 분위기와 맞물려 있다. 그로 인해서 영화를 중심으로 한 미디어 소설에서 전쟁책임의 문제는 의도적으로 생략하거나 상대방에게 전가하고, 전쟁책임의 장본인은 수동적인 결단자이거나, 지극히 소박하고 평범한 인간 혹은 독실한 종교가로 변신시키는 방식을 통해 그 경향이 현저히 드러나고 있으며, 이것이 강한 일본을 강조하는 패전 이전의 집단적 아이덴티티의 부활로 이어지고 있는 것이다.

구견서「대국화기 일본영화의 시대성 -1990년대」『일본학보』Vol69, 2006

김정기『전후 여론정치와 매스미디어』한울, 2006

김정희「구스노키 마사시게(楠正成)와 삼덕(三德)」『일본문화연구』제43집, 2012

오세원「일본 근대『修身敎科書』를 통한 '군신(軍神)' 연구:천황의 군대를 중심으로」『일어일문학』Vol25, 2005

이광래「일본 현대사를 해독한다 -『坂の上の雲』と「坂の下の沼」-」『한일관계사연구』Vol21, 2005

이권희「메이지기(明治期) 국민교육과 전쟁·전쟁영웅:창가(唱歌)교육을 중심으로-」『日本學研究』제37집, 2012

이복임「시바료타로(司馬遼太郎)의 독창적 역사기술방법 -『언덕위의 구름(坂の上の雲)』의 작자등장기법 - 」『일본문화학보』Vol41, 2009

이시가와 사카에, 이민 역『여론조작 - 위기의 시대』이담북스, 2009

정형「근대일본의 영웅창출에 관한 고찰」『동양학』제53집, 2012

赤木妙子「織田信長の自己神格化と嶋津牛頭天王」『史学』1991, 1

有馬頼義「左利きの独裁者—東條英機の悲劇)新潮社編『時代小説大全集6 人物日本史』新潮社, 1991

今村昌平外編『戦争と日本映画』岩波書店, 1986

_____ 『戦後映画の展開』岩波書店, 1987

黒田智「信長夢合わせ譚と武威の系譜」『史学雑誌』2002, 6

小堀桂一郎「乃木希典と日露戦争--「明治の精神」を再確認する」『正論』2004, 12

須田喜代次「鴎外と乃木希典・山県有朋」『國文學:解釈と教材の研究』1998, 1

真銅正宏「乃木希典における文学—日露戦争および漢詩というジャンル」『同志社国文学』2004, 11

東映株式会社『プライド 運命の瞬間』, 1998

兵藤裕己『太平記<よみ>の可能性』講談社学術文庫, 2005

保坂広志 「軍神大舛と新聞--軍神の誕生とその普及効果の研究」『琉球大学法文学部紀要社会学篇』1989, 3

堀新「『平家物語』と織田信長」『文学』2002, 7·8

松田十刻『東条英機 大日本帝国に殉じた男』, PHP文庫, 2002

山田輝彦 『乃木殉死－その近代文学史への残響』1987.3
山室建徳 『軍神』中公新書, 2007
若尾政希 『「太平記読み」の時代』平凡社, 1999

제1부

중세 영웅의 이미지 창출과 획일화

단국대학교 일본연구소 학술총서 5

일본의 전쟁영웅 내러티브 연구

제1장

구스노키 마사시게(楠正成)와 삼덕(三德)
－ 명군(明君)으로서의 이미지 형성을 중심으로－

김정희(金靜熙)

I 머리말

본고에서 다루고자 하는 것은 『다이헤이키(太平記)』에서 고다이고 천황(後醍醐天皇)을 받들어 가마쿠라(鎌倉) 막부를 멸망시킨 후 겐무의 신정(建武の新政, 1333~1336년)을 거쳐 미나토가와(湊川)의 전투에서 천황에 대한 충성을 맹세한 후 자결한 구스노키 마사시게의 이미지에 대한 고찰이다.[1] 일반석으로 구스노키 마사시게리고 히면 충신(忠臣) 으로서의 이미지를 가장 먼저 떠올리게 되는데, 그에게는 충신으로서 의 이미지뿐만 아니라 명군(明君)으로서의 이미지도 공존하고 있었다.

---

1) 이후 고다이고 천황의 남조(南朝)와 아시카가 다카우지(足利尊氏)의 북조(北朝)로 분열하게 되고, 근세에 성립된 역사서인 『대일본사(大日本史)』에서는 남조가 정통 하다는 것을 주장하게 된다. 이러한 역사관은 남조를 정통으로 인정한 근대 이후 의 역사관으로 이어지게 되고, 구스노키 마사시게의 충신으로서 이미지가 부각되 게 된다.

본고는 구스노키 마사시게에 대한 충신으로서의 이미지가 고정되기 이전에 그에게 다양한 이미지가 있었다는 것을, 명군의 이미지를 예로 살펴보고자 하는 것이다. 이것은 특히 근세 이후 근대, 1945년까지 이어지는 구스노키 마사시게의 충신으로서의 이미지가 어떻게 고정되어 가는지를 살펴보기 위한 전단계의 작업이라고 할 수 있다.

『일본사상대계』에는 1715년에 출판된 『명군가훈(明君家訓)』이 수록되어 있다. 그 전반부에는 「구스노키쇼시쿄(楠諸士教)」라는 제목이 붙어 있는데, 이 제목에 대한 해당 주에는 다음과 같은 설명이 이루어져 있다.

> 저본의 내부 제목. 후반은 「명군가훈」으로 되어 있다. 교호 6년(1721년)판 전후 모두 「명군가훈」. 무본(무사도전서, 제4권 소수의 「구스노키마사시게쇼시쿄」)에서는 내부 제목 앞에 무로 큐소의 서문(겐로쿠 5년 (1692년) 정월13일자)이 있고, 내부 제목에도 「가세쓰구스노키마사시게쇼시쿄니쥬카죠, 무로 큐소」라고 되어 있다.
>
> 底本前半部の内題。後半は「明君家訓」とある。享保六年版は前後とも「明君家訓」。武本(武士道全書、第四巻所収の「楠正成下諸士教」)では、内題の前に室鳩巣の序文(元禄五年正月十三日付)があり、内題も「仮説楠正成下諸士教二十箇条、室鳩巣」となっている[2]。

『명군가훈』에 대해 연구해 온 곤도 히토시(近藤斉)씨는 이 서적의 발달에 대해서『가세쓰구스노키마사시게쇼시쿄니쥬카죠(仮説楠正成下諸士教二十箇条)』에서 『구스노키마사시게쇼시쿄(楠正成下諸士教)』로, 그리고 『구스노키쇼시쿄(楠諸士教)』,『명군가훈(明君家訓)』으로 변화

---

2) 石井紫郎『近世武家思想』日本思想大系27, 岩波書店, 1974, p.68

되어 갔다고 주장하고 있다. 곤도 씨 소장의 『가세쓰구스노키마사시게쇼시쿄니쥬카죠』(1759년 필사본)의 서문에는 작자가 이 서적을 편찬하는 이유에 대해서 밝히고 있는 글을 확인해 볼 수 있다.

오늘날 사람들의 마음은 순수하지 못하고 풍속은 날이 갈수록 어지러워지고 있다. 이것을 바로잡는 것은 위에 합당한 그릇을 가진 군주가 나와 바로잡지 않으시고는 아래의 힘이 미치지 않는다. 그렇기 때문에 위에 해당하는 사람을 대신하여, 그들의 명령하는 말에 따라, 생각난 것들을 기록으로 적어 두어 자타의 교훈으로 삼고자 한다. 말의 기교를 부리는 것을 전혀 의도하지 않았기 때문에 오로지 듣기 쉽게 적고자 한다. 보통체에 준하는 말로 쓰고자 한다. 가세쓰구스노키마사시게쇼시쿄라고 이름을 붙이는 것은 말하는 자가 있다고 듣지 못하더라도, 아래로서 위를 대신하는 것은 이러한 인연 없이는 꺼려지는 일이다. 예로부터 일본에서 사람의 위에 있으면서 그런 모범적인 마음을 가진 이는 마사시게라고 할 수 있다. 때문에 마사시게가 한 일을 여기에 임의로 가설하여 붓끝으로 기록하는 방편으로 삼고자 한다.

世澆季におよび人の心淳ならず風俗日にくだりぬ、是を改ん事は上に其器にあたる君出て戒め給はずしては下の力およぶべき処にあらず、されば上たる人に代り下知の詞に習ひて思よる事ども条子を立記し置自他のいましめとす、聊言葉のあやを本とせざるゆへに聞へやすき様専とす、常躰の言ならへる言葉を以て書付る也、仮説楠正成下諸士教と名付ける事はかたる者ありと聞及ばねども下として上に代らん事其縁なくては憚りあり、昔より本朝にて人の上に居てさるあらまし心得たる人は正成也覧かし、されば正成が所作を爰に仮説し筆の端を記す便とすと云意也[3]、

이 서문의 취지를 요약해 보면, 현재의 세상은 도덕이 쇠퇴하고 인정이 사라져 사람의 마음도 깨끗하지 않고 풍속도 어지러워졌다, 이것

---

3) 近藤斉『近世以降　武家家訓の研究』, 風間書房, 1975, p.85

을 바로잡기 위해서는 위에서 그것을 행할 그릇을 가진 주군이 나와 깨우치지 않으면 안 된다, 그렇기 때문에 그 취지를 알기 쉽게 기록함에 있어서 이를 「가세쓰구스노키마사시게쇼시쿄」라고 이름 붙여 나 자신과 타인을 깨우치려고 한다, 이렇게 이름을 붙인 이유는 일본의 유사 이래 사람의 위에 서는 자로 도리를 잘 깨우치고 이상적인 마음을 가진 인물은 바로 구스노키 마사시게이기 때문이라는 내용으로 정리해 볼 수 있다. 즉 작자는 구스노키 마사시게로 가탁하여 세상의 도리를 깨우치게 하려고 하는 것이다. 여기에서 주목하고 싶은 것은 구스노키 마사시게가 도리를 잘 알고 있는 명군이라는 점이다(밑줄부분). 이 서문이 성립된 것이 1692년이고 이러한 사실로부터 17세기 후반에는 구스노키 마사시게가 명군[4]으로서 보편적으로 인식되고 있었다는 사실을 엿볼 수 있다.

이와 같은 구스노키 마사시게의 명군으로서의 이미지는 와카오 마사키(若尾政希) 씨에 의하면 17세기 중반 이후에 널리 행해진『다이헤이키효반히덴리진쇼(太平記評判秘伝理尽鈔)』(이하『리진쇼(理尽鈔)』로 약칭함)의 영향이라고 일컬어지고 있다[5]. 와카오 씨의 주장대로『리진쇼(理尽鈔)』에는 구스노키 마사시게의 지도자상이 각종 정책을 구상하고 시행했다는 기술에 의해 구체적인 양상을 띠고 있다. 그러나 과연

---

4) 명군(明君)이라고 하면 일반적으로 천자 등 한 나라의 통치자를 의미하지만, 여기에서 명군이란 군왕을 비롯하여 사람의 위에 서는 지도자를 가리킨다고 할 수 있다.

5) 근세시대 구스노키 마사시게에 대한 연구는 '다이헤이키요미(太平記読み)'의 연구와 함께 이루어져 왔다고 해도 과언이 아니다. 이『리진쇼』에 자체에 대한 연구는 다각도로 이루어져 현재까지 많은 연구 성과가 보고되고 있으나, 구스노키 마사시게의 명군으로서의 이미지에 대한 고찰은 와카오 마사키 씨(若尾政希「「太平記読み」の歴史的位置」『日本史研究』380, 1994)의 연구가 유일하다고 하겠다. 따라서 본고에서는 와카오 씨의 설에 근거하면서도 그 문제점을 지적하고자 하는 것이다.

이러한 구스노키 마사시게의 명군상의 형성이 오로지 이『리진쇼』의 영향에 의한 것이라고만 할 수 있는가? 본고에서는 와카오씨의 설을 시야에 넣고『다이헤이키』와 동시대의 사상을 살펴봄으로써 구스노키 마사시게의 명군상의 형성에 대해서 고찰해 보고자 한다.

II 『다이헤이키(太平記)』에 나타난 덕정관(德政觀)

난세의 시대상을 그려내면서도 그 내용과는 정반대로 '태평(太平)'이라는 이름을 가진『다이헤이키(太平記)』의 서문에는 이 모노가타리(物語)가 추구한 세계관이 극명하게 제시되어 있다.

Ⅰ. (1)지금까지 있었던 세상의 변화 속에서 평화와 난세의 유래에 대해서 내 나름대로 곰곰이 생각해 보니, 만물에 고루 미치고 있는 것이 하늘의 덕이라는 것을 깨달았다. 명군은 이 덕을 몸에 지녀서 나라를 다스린다. 한편, 국가의 운영을 맡아 소홀하지 않는 것이 땅의 도리다. 그렇기 때문에 좋은 신하는 이 도리에 따라서 중요한 국가의 제사를 지켜가는 것이다. 만약 군자에게서 하늘의 덕이 없어질 때에는 설령 제위에 있다고 해도 그 지위를 유지할 수 없다. 세상에서 말하는 것처럼 하나라의 걸은 남소로 도망가고, 은나라의 주는 목야의 전투에서 패하고 말았다. 또한 신하가 땅의 도리에 어긋나는 정치를 행하면 권세가 있어도 그 지위를 오랫동안 유지할 수 없다. 역사를 통해서 볼 수 있듯이 진나라의 조고는 함양 땅에서 형벌을 받아 죽고 당나라의 안록산은 봉상에서 멸망하였다. (2)이러한 이유 때문에 전대의 성인은 겸허하게 사람이 지켜야 할 도리를 후세에게 가르쳐 깨우쳐야 하며, 후세의 우리들은 역사를 되돌아보고 과

거의 교훈을 배워야만 한다.

Ⅰ. (1)蒙竊かに古今の変化を採って、安危の所由を察るに、覆つて外
無きは、天の徳なり。明君これに体して国家を保つ。載せて棄つること
無きは、地の道なり。良臣これに則つて、社稷を守る。もしその徳欠く
る則は、位有りといへども、持たず。いはゆる夏の桀は南巣に走り、殷
の紂は牧野に敗す。その道違ふ則は、威有りといへども、保たず。かつ
て聴く、趙高は咸陽に死し、祿山は鳳翔に亡ず。(2)ここを以て、前聖慎
んで、法を将来に垂るることを得たり。後昆顧みて、誡めを既往に取ら
ざらんや。(序①19)[6]

밑줄부분(1)은 세상이 바뀌어 가는 가운데 평화와 난세의 이유에
대해서 생각해 보니 만물에 미치는 것이 덕이라는 것을 알 수 있다,
명군은 이 덕을 지녀 나라를 통치해야 한다, 또한 국가의 운영을 맡아
소홀하지 않는 것은 신하의 도리로 훌륭한 신하는 이에 따라 나라를
지켜야 한다, 만약에 그 덕이 없어질 시에는 설령 제위에 있다하더라도
이것이 유지되지 못한다는 작자의 주장이 이루어지고 있는 부분이다.
다시 말해서 군주는 덕정을 행함으로써 그 지위가 보증되며 신하는 군
주를 따르는 것으로 나라가 지켜진다는 논리이다. 계속해서 이 서문은
중국의 예를 제시하고 밑줄부분(2)에서는 전 시대의 성인은 사람이 지
켜야 할 도리를 후세에게 가르치고 있으며, 후대의 사람들은 이를 되돌
아보고 과거의 교훈을 배워야 한다고 기술하고 있다. 그리고 이 모노가
타리의 모두에는 호죠 다카토키(北条高時)의 실정과 고다이고 천황에
의한 의욕적인 친정의 양상이 대조적으로 그려지고 있다. 1318년 2월
에 즉위한 고다이고 천황은 1321년 10월에 고우다상황(後宇多上皇)에

---

6) 이하 『다이헤이키』 본문의 인용은 長谷川端校注 新編日本古典文学全集 『太平記』
①~④, 小学館, 1996에 의하며, 권수와 페이지수를 표시하였다.

게 정권을 양위 받아 천황친정을 행하게 된다. 이처럼 친정을 행한 고다이고 천황의 모습은 다음과 같이 묘사되고 있다.

재위 기간 동안 천황은 삼강오상의 도리를 지키는 생활을 하시고 성군·성인의 도를 지키시고 공적으로는 모든 정무에 힘을 쏟으셨다. 엔기, 덴랴쿠의 성대를 모범으로 삼아 나라 전체가 천황의 정치를 환영하고 백성 모두가 그 덕을 기뻐하였다.
御在位の間、内には三綱五常の義を正して、周公孔子の道に順ひ、外には万機百司の政に懈らせ給はず。延喜天暦の跡を追はれしかば、四海風を臨んで悦び、万民徳に帰して楽しむ。(①23)

고다이고 천황은 재위 기간 동안 삼강오상(三綱五常)과 성군, 성인의 도리를 지켰으며 엔기(延喜, 901~923년)·덴랴쿠(天暦, 947~957년)기를 모범으로 삼는 정치를 행하여[7] 만민이 그 덕을 기뻐했다고 기술되어 있다. 여기에서는 유교의 덕정, 즉 군왕의 덕에 의한 정치를 이상으로 표방하는 이 모노가타리(物語)의 시점을 확인해 볼 수 있다.

이러한 고다이고 천황의 덕을 갖춘 성군으로서의 평가는 호조 씨의 쇠락에 의한 천황 친정의 의미를 입증하는 것이다. 그러나 이 모노가타리에서는 천황에 대한 호의적인 평가와 함께 그와 모순되는 또 다른 평가를 엿볼 수 있다.

고다이고 천황의 정치는 실로 치세안민의 정치로, 만약 위정의 능숙함의 측면에서 이를 보자면 이름이 드높은 사람과 성인의 다음 가는 사람의 정치와 비견해도 좋을 것이다. 단지 아쉬운 것은 제나라의 간공이 행한

---

7) 엔기·덴랴쿠기는 다이고 천황(醍醐天皇)과 무라카미 천황(村上天皇)이 유교를 정치의 근본으로 삼고자 했던 시기로, 한문학이 융성하였다.

패도 정치와 초나라 공왕의 좁은 도량이 천황의 사고방식과 조금 닮았다
는 점이다. 그렇기 때문에 천황은 무력으로 천하를 통일하면서도 문(文)
을 기반으로 한 정치를 삼년 만에 끝내야 했다.

　誠に治世安民の政、もし機巧についてこれを見れば、命世亜聖の才と
も称じつべし。ただ恨むらくは、斉の桓覇を行ひ、楚人弓を遺れしに、
叡慮少しく似たる事を。これすなはち草創は一天を并すといへども、守
文は三載を超えざる所以なり。(①26)

　본 인용문에서도 고다이고 천황의 정치가 민중을 생각하는 선정이
라는 것을 칭송하고 있으나, 한편 그와는 정반대로 제나라의 간공의
패도 정치와 초나라의 공왕이 도량이 좁은 점을 예로 들어 이 점이
고다이고 천황과 비슷하다고 지적하고 있다. 그렇기 때문에 고다이고
천황의 친정체제는 3년으로 끝나버렸다는 것이 작자의 주장이다. 여기
에서 3년이라는 것은 가마쿠라 막부가 멸망한 후 겐무의 신정을 행하
는 중 아시카가 다카우지(足利尊氏)가 반기를 들 때까지의 3년 동안을
가리키고 있다. 즉 천황의 무력에 의한 패권 장악을 덕이 결여된 행위
로 판단하고 있는 것이다. 이 부분은 앞서 인용한 군왕은 덕에 의한
덕정을, 신하는 군왕의 뜻에 따라 국가를 운영해야 하며, 군왕이 덕을
갖추고 있지 않으면 그 정권은 유지되지 않는다(전게본문(Ⅰ)의 밑줄
부분(1))는 입장을 밝힌 서문의 내용과 맞물리는 것이다[8].

　이와 같이 『다이헤이키』의 서술 입장이 군왕의 덕정이라는 논리에
따라 정권의 유지와 붕괴를 이야기하고 있다는 점을 확인하였는데,
『다이헤이키』안에서 이러한 천황의 정치와 가장 밀접한 관계를 지닌

---

8) 『다이헤이키』서문의 논리에 대해서는 大森北義「『太平記』「序」の思想と方法」
　『『太平記』の構想と方法』, 明治書院, 1988의 논고에 힘입은 바가 크다.

인물로 그려지고 있는 것이 바로 구스노키 마사시게(楠正成)이다. 고다이고 천황은 겐코의 난9)(元弘の乱, 1331년)으로 인해 가사기야마(笠置山)로 옮겨가는데, 어느 날 기이한 꿈을 꾸게 된다. 남쪽에 큰 가지를 뻗고 있는 나무 밑에 구게(公卿)가 늘어서 있고, 남쪽으로 면한 상석만이 비어 있었다. 동자가 나타나 '이 넓은 천하에 천황의 몸을 감출 수 있는 곳은 없습니다. 단 저 나무 그늘의 남쪽에 면한 자리가 있습니다. 그것이 당신의 왕좌입니다.(一天下の間に、しばらくも御身を蔵すべき所候はず。ただしあの木陰に南へ栄えたる枝の下に御座あり。これ御為に設けたる玉扆にて候ふ)'(①124)라고 말했다. 꿈에서 깬 천황은 나무(木)와 남쪽(南)이라는 점에서 구스노키(楠)라는 글사를 생각해 내고 무사 구스노키 마사시게를 불러들이게 된다. 그는 천황에게 '일시적인 승패는 신경쓰시지 마시길. 구스노키가 아직 살아있다고 들으시면 폐하의 운은 반드시 열릴 것입니다(一旦の勝負をば必ずしも御覧ずべからず。正成一人いまだ生きてありと聞こし食し候はば、聖運はつひに開くべしと思し召し候へ)'(①126~127)라고 대답했다. 이러한 불가사이한 등장과 예언이 앞으로 전개될 동란의 역사가 구스노키의 활약에 의해 큰 변수를 가져올 것을 암시하고 있다. 그렇다면 구스노키의 천황에 대한 이 대답은 어떻게 해석해 볼 수 있을까? 우선 겐코의 난으로 실권한 고다이고 천황의 집권 가능성을 암시하는 것으로 파악할 수 있다. 그러나 이 대답은 바꾸어 말하면 구스노키 마사시게의 죽음은 천황의 운의 쇠퇴와 직결된다는 의미로도 받아들일 수 있다. 실제로 모노가타리는 겐무의 신정기에 나타난 고다이고 천황의 실정을 비판한 후,

---

9) 고다이고 천황이 가마쿠라 막부를 쓰러뜨리고 정권 회복을 위해 일으킨 정변. 계획은 막부에게 발각되어 천황은 가사기야마로 옮겨가게 된다.

겐무의 란(建武の乱)에서 싸워 미나토가와(湊川)에서 자살한 구스노키 마사시게의 죽음을 정점으로 고다이고 천황의 실권과 쇠락을 그리고 있다. 이것은 『다이헤이키』 서문이 표명한 유교적 정치입장에서 살펴볼 때 구스노키 마사시게라는 존재가 천황의 덕의 유무를 가늠해 볼 수 있는 지표로서 작용하고 있다는 것을 의미한다.

구스노키 마사시게가 천황을 위해서 싸우다가 자결하는 장면에서 그는 충신으로서 묘사되고 있다. 자결 후의 그에 대한 다음의 평가에 주목해 보자.

> II. 겐코부터 오늘날까지 황송하옵게도 고다이고 천황의 신뢰를 얻어 충의를 다하고 공을 세워 자랑하는 자가 몇 천만명에 이르렀을까. 그러나 의외로 다카우지에 의해 난이 일어난 후 인(仁)을 이해하지 못한 자는 조정의 은혜를 저버린 채 적에게 붙고, 용기가 없는 자는 비겁하게도 죽음을 피하려고 하다가 형벌에 처해지고, 지혜롭지 못한 자는 시대의 변화를 이해하지 못하고 도리에 어긋나는 짓만 하는 가운데 지·인·용의 삼덕을 겸비하고 사람으로서 올바른 죽음의 길을 지킨 자는 고금이래로 이 마사시게 정도로 훌륭한 자는 없었다. 마사시게가 죽음을 피할 수 있었음에도 피하지 않고 형제가 모두 자해한 것은 천황이 다시 나라를 잃고 역적이 마음대로 위세를 휘두를 전조라는 것을 지혜로운 사람들은 깨닫고 남몰래 걱정하고 있었다.

> II. 元弘已来かたじけなくもこの君にたのまれ進らせて、忠を致し功に誇る者何千万ぞや。しかるを、この乱不慮に出で来て後、仁を知らざる者は朝恩を棄てて敵に属し、勇なき者は賤くも死を免れんとて刑戮に逢ひ、智なき者は時の変を弁へずして道に違ふ事のみ多かるに、智仁勇の三徳を兼て、死を善道に守る者は、古より今に至るまで、この正成程の者はなかりつるに、免るべきところを遁れず、兄弟ともに自害して失せにけるこそ、聖主再び国を失ひ、逆臣横に威を振るふべきその前表のし

るしなれとて、才ある人は密かに眉をぞひそめける。(②317~318)

　위 본문의 골자는 아시카가 다카우지에 의해 난이 일어난 이후 인(仁)을 이해하지 못하는 자는 조정의 은혜를 이해하지 못하여 적에게 가담하고, 용맹(勇)스럽지 못한 자는 죽음에서 벗어나려고 하다가 오히려 형벌에 처해지고, 지혜(智)가 없는 자는 세상의 변화를 이해하지 못하고 도리에 어긋나는 짓을 한다, 이러한 지인용의 삼덕(三德)을 갖추고 인간으로서 올바른 죽음의 방법을 선택한 자는 유사 이래 구스노키 마사시게 정도의 인물은 없었다는 것이다. 또 이 서술에서 간과해서는 안 되는 점은 이러한 구스노키의 죽음을 싱쥬가 니리를 잃는 전조로 간주하고 있다는 점이다. 이것은 본 모노가타리 서문과 구스노키의 등장에 묘사된 서술과도 부합되며, 조정의 은혜를 이해하고 도리를 지켜 죽음을 선택한 구스노키의 신하로서의 충성스러운 모습을 예찬하는 표현이라고 이해할 수 있을 것이다.

　이와 같이 구스노키 마사시게는 천황의 덕을 현현하는 인물로서 뿐만 아니라 그 자신이 삼덕을 갖춘 자로 그려지고 있다. 그러나 이러한 인물 묘사는 과연 그의 충신으로써의 이미지만을 강조하는 것일까? 다음 장에서는 구스노키 마사시게의 위상을 명확히 하기 위해서 삼덕을 갖추고 있다는 점에 착목하여 이 표현의 의미를 살펴보고, 당시 이 삼덕이 가지고 있었던 이미지에 대해서 고찰해 보고자 한다.

III 『중용(中庸)』에서의 삼덕의 의미

　전장에서 인용한 본문(II)의 밑줄부분에 대해서『신편일본고전문학전집(新編日本古典文学全集)』의 주석은 다음과 같은 설명을 덧붙이고 있다.

　　'지인용의 세 가지는 천하의 달덕이다.' (중용) 인은 공자가 말하는 자애, 지성 등의 요소를 포함한 인간 최고의 미덕.
　　「智仁勇ノ三者、天下之達徳成り」(中庸)。仁は孔子の説く慈愛・至誠などの要素を含む人間の最高の美徳。(①317)

　주석의 설명에 따르면 삼덕10)이라고 하는 것은『중용(中庸)』에서 나오는 표현으로 이는『중용』제8장에서 확인할 수 있다.

　　천하의 어느 곳에서나 통용하는 도는 다섯 개이고, 이것을 행하는 수단으로서 세 개를 들 수 있다, 그 다섯 개는 군신, 부자, 부부, 형제, 붕우의 교로, 이 다섯 개가 천하에서 통용하는 도이다, 지인용 세 개는 천하의 달덕으로 다섯 개의 도를 실천하기 위한 수단이다.(중략)
　　(1) 공자는 학문을 좋아하는 것은 지의 덕을 키우는 것이고, 노력하여 행하는 것은 인의 덕을 키우는 것이고, 수치를 아는 것은 용의 덕을 키우는 것이라고 말했다. (2) 이 세 개의 덕을 알게 되면 자신을 수신하는 방법

---

10)『중용』의 삼덕 이외에도『상서(尚書)』(정직(正直), 강함(剛), 부드러움(柔)),『주례(周礼)』(한쪽으로 치우치지 않는 것(片寄らないこと), 인과 의에 기민한 것(仁や義に機敏なこと), 선조를 공경하는 것(祖先を敬うこと)), 그리고 불교의 삼덕이 있다. 본고에서 다루고자 하는 것은 지인용(智仁勇)의『중용』의 삼덕이지만, 본문의 예에서 볼 수 있듯이『상서』의 삼덕과『중용』의 삼덕은 같은 의미로 해석되기도 한다.

도 알게 된다. 자신을 수신하는 방법을 알게 되면 사람을 다스리는 방법도 알게 된다. 사람을 다스리는 방법을 알게 되면 천하와 가문을 다스리는 방법도 알게 된다.

天下之達道五、所以行之者三、曰、君臣也、父子也、夫婦也、昆弟也、朋友之交也、五者天下之達道也、知仁勇三者、天下之達德也、所以行之者、一也、(中略)

(1) 子曰、好学近乎知、力行近乎仁、知恥近乎勇、(2) 知斯三者、則知所以脩身、知所以脩身、則知所以治人、知所以治人、則知所以治天下国家矣[11]。

이 절에서는 오달도(五達道)와 삼달덕(三達德)에 대해서 설명하고 있는데, 천하의 어느 곳에서나 통용하는 도는 다섯 개이고, 이것을 행하는 수단으로서 세 개를 들 수 있다, 그 다섯 개는 군신, 부자, 부부, 형제, 붕우의 교로, 이 다섯 개가 천하의 달도이다, 지인용 세 개는 천하의 달덕으로 다섯 개의 도를 실천하기 위한 수단이라고 설명하고 있다. 그리고 공자는 세 개의 달덕에 대해서 밑줄 부분(1)과 같이 '학문을 좋아하는 것은 지의 덕을 키우는 것이다. 노력하여 행하는 것은 인의 덕을 키우는 것이고, 수치를 아는 것은 용의 덕을 키우는 것이다'라고 했다는 부연 설명을 첨부하고 있다. 『논어(論語)』에서도 이 삼덕에 대한 설명이 나오는데, '공자가 말씀하시길 지의 덕을 갖춘 사람은 흔들리지 않고, 인의 덕을 갖춘 사람은 걱정이 없으며, 용의 덕을 갖춘 사람은 두려워하지 않는다(子曰、知者不惑、仁者不憂、勇者不懼)'[12]라는 문장을 확인해 볼 수 있다.

---

11) 『중용』의 인용은 金谷治訳注 『大学・中庸』, 岩波文庫, 第19刷, 2011, p.188에 의하고, 이하 페이지수를 표시했다.
12) 金谷治訳注 『論語』, 岩波文庫, 第17刷, 2008, p.183

『중용』제8장은 다섯 개의 도를 설명하고 그것에 이르기 위한 수단으로서의 덕에 대해서 논하고 있는데, 주목해야 할 것은 이 장이 6장부터 시작된 정치론의 일부에 속하고 있다는 점이다. 이것은 밑줄 부분 (2)의 서술에 의해서도 뒷받침되고 있는데, '이 세 개의 덕을 알게 되면 자신을 수신하는 방법도 알게 된다. 자신을 수신하는 방법을 알게 되면 사람을 다스리는 방법도 알게 된다. 사람을 다스리는 방법을 알게 되면 천하와 가문을 다스리는 방법도 알게 된다'라고 결론짓고 있다. 즉 삼덕을 아는 것은 한 나라를 다스리는 군왕과 가문을 지키는 군주에게는 필수불가결한 요소라는 점이 강조되고 있는 것이다. 이와 같이 삼덕은 한 사람 개인의 수신의 근본일 뿐만 아니라, 더 나아가 가문과 나라를 지배하는 자의 근본으로서 이해할 수 있는 것이다.

 ## VI 중세시대 삼덕(三德)의 수용과 명군(明君) 이미지의 형성

앞장에서 살펴본 삼덕에 대한 이해를 바탕으로, 그렇다면 일본의 중세시대, 특히『다이헤이키』가 성립된 시기와 거의 동시대의 모노가타리나 역사서 안에서는 이 삼덕이 어떠한 의미로 사용되고 있는지에 대해서 살펴보고자 한다.

이 시대의 삼덕의 예로서 가장 빠른 것은『진노쇼토키(神皇正統記)』 (1349년 성립)의 삼종의 신기론(三種の神器論)안에서 찾아볼 수 있다. 『다이헤이키』가 몇 단계를 거쳐 1338~50년경에는 본문이 성립했을 것이라는 통설에 비추어 볼 때,『진노쇼토키』는 동시대의 서적으로 간주

할 수 있다. 이 역사서는 신대(神代)에서 고무라카미 천황(後村上天皇)까지의 역사를 서술한 것으로, 남조(南朝)의 정통성을 주장하고 있는 것으로 잘 알려져 있다. 아마테라스오미카미(天照大神)가 신의 자손이 군왕이 될 수 있다는 신손위군(神孫爲君)과 신기(神器)를 부여했다는 신칙(神勅)을 서술한 문장 안에는 다음과 같은 주목할 만한 논리가 눈에 띈다.

> 이 삼종에 첨부된 신칙은 올바르게 나라를 지켜야 하는 도리이다. 거울은 한 가지 만을 비추는 것이 아니라 사심을 없애고 삼라만상을 비추니 이에 옳고 그름과 선악이 나타나는 것이다. 그 모습에 따라서 감응하는 것을 덕으로 삼는다. 이것은 **정직**함의 근본이다. 구슬은 **유화**와 선을 따르는 것을 덕으로 삼는다. **자비**의 근원이다. 검은 **견고**하고 예리한 결단력을 덕으로 삼는다. **지혜**의 근본이다. 이 삼덕을 함께 갖추고 있지 않으면 천하를 통치하는 것은 실로 어려울 것이다.
>
> 此三種につきたる神勅は正く国をたもちますべき道なるべし。鏡は一物をたくはへず、私の心をなくして万象をてらすに、是非善悪のすがたあらはれずと云ふことなし。其すがたにしたがひて感応するを徳とす。これ**正直**の本源なり。玉は**柔和**善順を徳とす。**慈悲**の本源なり。剣は**剛**利決断を徳とす。**智慧**の本源なり。此三徳を弯受けずしては、天下のをさまらんことまことにかたかるべし。[13]。

삼종의 신기에 대해서 작자는 독자적인 해석을 첨가하고 있다. 첫번째로 거울은 옳고 그름과 선악의 모습을 비추니, 그 모습에 따라서 감응하는 것을 덕으로 삼는다, 이것이 정직의 근원이라고 설명하고 있다. 두 번째로 구슬은 유화(柔和)와 선을 따르는 것을 덕으로 삼는데,

---

13) 山田孝雄校訂 『神皇正統記』, 一穂社, 2004, pp.39~40

이것은 자비의 근원이라고 덧붙이고 있다. 마지막으로 검은 견고하고 예리한 결단(剛利決斷)을 덕으로 삼는데 이것은 지혜의 근원이라고 해석하고 있다. 이러한 해석이 어디에서 비롯된 것인지는 이 역사서를 집필한 작자 기타바타케 치카후사(北畠親房)의 『도케히덴(東家秘伝)』에서 그 근거를 찾아볼 수 있다.

해석하여 말하길 구슬과 같이 굴곡이 있는 것은 유순한 마음을 나타낸다. 거울과 같이 분명한 것은 정직한 마음을 나타낸다. 이는 마음의 근원이다. 검과 같이 견고하고 예리한 것은 결단의 마음을 나타낸다. 지이다. 용기이다. 상서에서는 강유정진(剛柔正真) 삼덕이라고도 한다. 예기에서는 지인용의 달덕이라고도 한다. 그 의미는 모두 하나이다.

解曰。如玉曲妙ナルハ柔順ノ心ヲ表シ給フ。如鏡ニシテ分明ナルハ正直ノ心ヲ表シ給也。心ノ本元ナリ。如劔剛利ナルハ決断ノ心ヲ表シ給也。智也。勇也。尚書ニハ剛柔正真三徳トモ云。礼記ニハ智仁勇ノ達徳トモ云[14]。

이것은 앞서 인용한 『진노쇼토키』의 정직, 자비, 지혜(굵은 글씨)와 정직, 유화(柔), 견고함(剛)(밑줄 부분)이 『상서(尚書)』와 『예기(礼記)』에서 설파한 삼덕을 가리키며, 양자의 삼덕이 동일한 것이라고 정의하고 있는 것이다. 단, 여기에서 지인용을 『예기』에 나타난 삼덕이라고 한 것은 『중용』을 『예기』로 혼동한 작자의 실수라고 판단된다.

『진노쇼토키』는 『중용』의 삼덕을 바탕으로 하면서도, 그것을 황위의 절대 표식인 삼종의 신기와 결합시키고 있다는 데에서 그 특징을 찾을 수 있는데, 이와는 달리 무사인 특정 인물에게 삼덕을 사용하고

---

14) 原田敏明編「東家秘伝」『神道思想 中世』, 神宮皇学館惟神道場, 1940, pp.37~38

있는 것으로는『오슈고산넨키(奧州後三年記)』를 예로 들 수 있다. 이것은 헤이안 시대 후기에 일어났던「고산넨노에키(後三年の役)」를 소재로 하여 성립된 작품으로, 에마키(絵巻)『고산넨갓센에고토바(後三年合戦絵詞)』의 고토바가키(詞書)를 따로 떼어 만든 것이다. 현재는 전 6권중 3권만이 확인되며, 천태종 학문승인 겐에(玄惠, ? ~ 1350년)가 1347년에 쓴 서문이 있는 것으로 보아 이 시기에 성립된 것으로 추정하고 있다.

'고산넨노에키'는 주지하는 바와 같이 미치노쿠(陸奧), 데와(出羽)에서 일어난 기요하라(清原)씨의 내분에 의해 발생한 난으로, 미나모토노 요시이에(源義家)가 이에 개입하여 조정한 것으로 알려져 있다. 이 미나모토노 요시이에는 가마쿠라 막부를 연 미나모토노 요리토모(源頼朝)와 북조(北朝)의 아시카가 다카우지의 선조이기도 한 인물로, 그런 이유 때문에 후대에 영웅시되기도 하였다. 이 작품의 서문에는 이 미나모토노 요시이에에 관한 다음과 같은 평가를 기술하고 있다.

이 재난이 널리 퍼져나가 드디어 다케히라, 이에히라를 공격하자 대군이 온 힘을 다하고, **용맹스러운** 무사가 이름을 떨치는 싸움은 그 수를 헤아릴 수 없을 정도가 되었다. 그 중에서 대장군 미치노쿠의 장관의 무덕과 위세는 전대에서도 그 예를 거의 찾아볼 수 없으며, 중국에서도 매우 드문 예이다. 이른바 눈 속에 있는 사람의 마음을 따뜻하게 하는 **인심**(仁心)은 따뜻한 기운을 느끼게 하며, 구름 위에 기러기가 있음을 아는 **지략**은 천성적인 재능과 지혜를 바탕으로 축적되어 간다.

其余残広に及で、つゐに武衡、家衡をせめられしに、大軍ちからをつくし**勇**士名をあぐる戦ひそのかずをしらず。此間に大将軍陸奥守の武徳威勢上代にもためしすくなく、漢家にも又稀なり。所謂雪の中に人をあたたむる**仁心**は陽和の気膚にふくみ、雲の外に雁をしる**智略**は天性の才

智に蓄ふ15)。

여기에서 주목할 점은 고산노에키에서는 용맹스러운 자가 이름을 떨치는 싸움이 많았다고 하고, 그 용맹스러운 자 중에서도 특히 미나모토노 요시이에에게 초점을 맞추어 칭송하고 있다는 점이다. 요시이에의 용맹을 전제로 하고, 뿐만 아니라 사람을 따뜻하게 하는 인과 뛰어난 지략을 무덕(武德)으로 간주하여 칭송하고 있는 것이다(굵은 글씨). 용맹과 인, 지략 이 세 가지 점은 앞서 살펴본『중용』의 삼덕과 일치하는 것이며, 이것이 그대로 요시이에가 갖춘 무덕에 해당하고 있다는 것을 이 서문을 통해서 엿볼 수 있다. 이 절과 이어지는 부분에서는 무덕의 예로 요시이에가 병사를 용맹스러운 자와 겁이 많은 자로 나누어 그에 따라서 격려했다는 이야기와 폭도가 몰락할 때도 인덕과 지략을 명확히 드러냈다는 점을 설명하고 있다.

또한『바이쇼론(梅松論)』(1349년경 성립)에도 삼덕의 예가 등장하고 있다. 이 역사서는 작자가『다이헤이키』에 대해 비판의식을 가지고 그에 대항하여 아시카가 다카우지의 편에서 서술한 것으로 유명하다. 다카우지는 당대 최고의 승려인 무소소세키(夢窓疎石)의 입을 통해 다음과 같이 평가되고 있다.

지금의 정이대장군 다카우지는 인덕을 갖추고 있을 뿐만 아니라 숭고한 덕을 갖추고 있다. 첫 번째로 강한 마음가짐으로 죽음을 각오하고 결전에 임하는 일이 많지만 웃음을 머금은 모습에서는 **두려운 기색을 찾아볼**

---

15) 인용은 検校保己編「奥州後三年記」『群書類聚』16, 内外書籍, 1928, p.24에 의함. 본서는 역사서임에도 불구하고 역사적 사실의 기록성에 대해서는 신빙성이 결여되어 있다는 평가를 받고 있다. 오히려 모노가타리로서의 의미를 찾아볼 수 있을 것이다.

수 없다. 두 번째로 **천성적으로 자비로워** 사람을 미워하지 않는다. 많은 원한을 품은 적들을 관대한 마음으로 용서하는 것은 마치 보살과 같다. 세 번째로 **넓은 마음을 가지고 있어 물건을 아끼지 않는다.** 금은과 토석을 동등하게 여기시고 무구(武具)와 말 등을 사람들에게 나누어 주시니 재물과 사람을 그 자리에서 판단하는 일이 없으며 마음 가는 대로 취하신다.

今の征夷大将軍尊氏は、仁徳を重ね給へる上に、尚大なる徳あるなり。第一に、御心強にして合戦の間、身命を捨て給ふべきに臨む御事、度々に及ぶといへども、咲を含みて**怖異の色なし。**第二に、**慈悲天性にして、**人を悪み給ふ事を知り給はず。多く怨敵を寛宥ある事、一子の如し。第三に、**御心広大にして、物惜の気なし。**金銀土石をも平均に思召して、武具御馬以下の物を、人々に下し給ひしに、財と人とを御覧じ合ひる事なく、御手に任せて取給ひしなり[16]

뛰어난 지도자로서 평가받고 있는 다카우지는 삼덕을 지닌 인물로 묘사되고 있는데, 여기에서 삼덕은 세 번째인 '넓은 마음을 가지고 있어 물건을 아끼지 않는다'라는 항목에서 『중용』의 지인용과 반드시 일치하지는 않는다. 그러나 간과해서는 안 될 점은 『바이쇼론』이 『다이헤이키』를 의식했다는 점에서 다카우지의 평가 역시 구스노키 마사시게의 삼덕을 인식하고 서술했다는 것이다.

위에서 살펴본 세 가지 예를 통해 중세시대의 삼덕의 수용이 천황이나 무사를 이끄는 지도자의 윤리관과 불가분의 관계를 가지고 있음을 알 수 있다. 『다이헤이키』 전체에서 『중용』의 삼덕의 예는 2개가 확인되는데, 구스노키 마사시게 이외의 다른 하나는 중국의 이야기를 인용한 부분으로, 위, 촉, 오 삼국의 제왕인 유비, 조조, 손권이 각각 삼덕을 갖추고 있었다는 것이다(이 세 명의 제왕은 지인용의 삼덕을

---

16) 檢校保己編 「梅松論」 『群書類聚』16, 内外書籍, 1928, p.142

갖추고 천하의 정치를 행했기 때문에 오위촉 삼도는 서로 나란히 대립하고 있었다(「この三王、智仁勇の三徳を以て天下を保たせしかば、呉・魏・蜀の三都相幷んで、鼎の如く峙てたり」)(②549)). 이와 같이『다이헤이키』의 예에서도 삼덕은 군왕이 갖추어야 할 필수 덕목으로 자리매김하고 있는데, 군왕이 아닌 구스노키 마사시게가 이 삼덕을 갖추고 있다는 것은 앞서 살펴 본『오슈고산넨키』의 미나모토노 요시이에의 예와 직접 결부된다고 할 수 있다. 즉 당시 삼덕이 천황의 윤리관으로서 뿐만 아니라, 군을 이끄는 지도자상으로서 기능하고 있었다는 것을 알 수 있는 것이다. 삼덕은 이후 무로마치(室町) 시대에 이르러 자신의 죽음을 두려워하지 않고 당당히 간언하는 충신과 그로 인해 아랫사람들의 본보기가 되는 명군으로서의 무사상을 표현하고 있다(『오닌키(応仁記)』,『지리즈카모노가타리(塵塚物語)』등).

그렇다면 동시대의 삼덕에 대한 예를 토대로『다이헤이키』의 구스노키 마사시게가 갖추고 있는 삼덕을 당시의 독자가 어떻게 이해했을지는 쉽게 짐작해 볼 수 있다[17]. 사실 주군에게 충성을 다하는 신하는 다른 이의 귀감이 되며 따라서 이것은 밑의 사람들이 본받을 지도자상

---

17) 실제로『다이헤이키』안에서는 구스노키 마사시게가 이끄는 군대의 결집력이 강하다는 점과 그가 명장으로서 널리 알려져 있다는 서술을 곳곳에서 확인할 수 있다. 그 예를 들면 다음과 같다.
'구스노키는 덴노지로 나아가 강한 위세를 나타냈지만 민가에는 어떤 폐도 끼치지 않고 병사에게는 무장으로서의 예를 두텁게 하여 대우했기 때문에 가까운 지역은 말할 것도 없이 먼 지역의 호족까지도 이것을 전해듣고 구스노키 세력에 달려가 가담했기 때문에 그 세력은 점차 강대해져 지금 교토에서 토벌하려고 사람을 보내도 간단히 물리칠 수 없다고 판단되었다.(楠正成、天王寺に打ち出でて威猛を逞しうすといへども、民屋に煩ひをもなさず、士卒に礼を厚くしける間、近国は申すに及ばず、遠境の人牧までも聞き伝へて、馳せ加はりける程に、その勢ひやうやく強大にして、今は京都より討手を下されたりとも、左右なく叶はずとぞ見えたりける)'(①301~302)

으로서 자연스럽게 연결되는 것으로, 충신의 이미지와 명군의 이미지가 반드시 분리되는 것이라고는 할 수 없다. 따라서 독자는 '삼덕'이라는 표현을 통해 신하로서 갖추어야 할 도리로서만이 아니라 무사를 이끄는 이상적인 지도자로서의 위상을 시야에 넣었을 것이라고 추측해 볼 수 있다. 실제로 『다이헤이키』의 전게 인용문(Ⅱ)의 바로 앞 본문에는 다음과 같은 서술이 이루어지고 있다.

> 하시모토하치로마사카즈·우사미·진구지를 비롯하여 주요 일족 16명, 그에 따르는 병사 50여명도 각자 생각한 대로 나란히 앉아 동시에 자결하였다. 기쿠치시치로다케토모는 형인 비젠노카미의 사자로서 스마의 결전의 모습을 보러 왔다가 마사시게가 자결하는 장면과 마주쳐 이를 버려두고 어디로 돌아가겠는가 하고 그들과 함께 스스로도 자결하여 마찬가지로 그 자리에서 쓰러져 버렸다.
>
> 橋本八郎正員·宇佐美·神宮寺を始めとして、宗徒の一族十六人、相従ふ兵五十余人、思ひ思ひに並居て、一度に腹をぞ切ったりける。菊池七郎武朝は、兄の肥前守が使にて、須磨口の合戦の体を見に来たりけるが、正成腹を切るところへ行き合うて、ここを見捨ててはいづくへ帰るべきとて、諸共に腹掻き切って、同じ枕にぞ臥したりける。(②317)

구스노키 형제가 다시 태어나노 소적(朝敵)을 멸밍시기겠드는 서로의 신념을 확인한 후 자결하자 그를 따라서 하시모토하치로마사카즈를 비롯한 일족과 병사 50명, 결전의 모습을 보러왔던 기쿠치시치로다케토모까지도 함께 자결하였다는 내용이다. 이렇게 주군을 따라 자해하는 장면은 『다이헤이키』안의 다른 예에서도 확인할 수 있지만 우연히 이 자리에 함께 했던 기쿠치시치로다케토모까지도 자결했다는 이 과장된 이야기는 당시 구스노키의 명성과 인덕(仁德)을 증명하는 것이라고 할 수 있다.

　구스노키 마사시게는『다이헤이키』안에서 지도자가 가져야 할 삼덕의 덕목을 갖춘 일본에서 유일한 인물로 표현되고 있으며, 이는 삼덕이라는 용어가 특정 인물에게 사용된 가장 구체적인 예라고 볼 수 있다. 기존의 모노가타리가 문무(文武)를 두루 갖춘 영웅적 무사상을 그려냈다면,『다이헤이키』는 유교의 이념을 바탕으로 한 무사상, 특히 인덕을 갖춘 무사상을 그려냈다는 점에서 그 특징을 찾아볼 수 있다[18]. 죽어서도 천황을 위해 조적을 멸하겠다는 구스노키의 각오는 그가 천황을 위해 충성을 다하는 충신이라는 강렬한 인상을 남기고 있음에 틀림없다. 그러나『다이헤이키』의 전투 장면에서 그려진 다양한 병법(兵法)의 사용과 그를 통해 드러난 지략, 그리고 죽음을 불사한 용기, 그를 따르는 수많은 병사의 모습은 구스노키 마사시게의 위대한 지도자로서의 이미지를 각인시키고 있다고 할 수 있으며, 이것이 위의 예에서 확인했듯이 이후의 역사서와 모노가타리의 이상적인 명군상의 형성에도 많은 영향을 미쳤을 것이라고 생각한다.

V　맺음말

　구스노키 마사시게에 관한 자료로서 17세기 편찬된『명군가훈』은 그가 당시 무사들 사이에서 지도자로서의 확고한 이미지를 정립하고

---

18)　石黒吉次郎(2004)「英雄像の形成」『専修国文』74, 2004, pp.86~87

있었다는 것을 증명한다. 유교를 중심으로 한 정치구조의 성립을 지향했던 근세시대에 그가 하나의 가문을, 나아가서는 나라를 지배하는 이상적인 인물로서 자리잡고 있었다는 것은 단지 당대와 그 전 시대부터 유행했던 『리진쇼』의 영향만은 아닐 것이다. 이미 구스노키가 『다이헤이키』에서 천황을 위해 목숨을 버리는 충신과 뛰어난 지략을 구사하여 전투를 승리로 이끌며 삼덕을 갖춘 인물로 묘사되고 있는 것은 훌륭한 지도자로서의 요소를 보여주는 것이라고 할 수 있다. 물론 와카오씨의 주장대로 『리진쇼』에는 구스노키의 명군으로서의 위상과 구체적 모습이 그려지고 있으며, 따라서 명군으로서의 이미지를 심어주는데 결정적인 역할을 했음에는 틀림없다. 그러나 『리진쇼』 자체기 강석(講釈)을 통해 이루어진 것이라는 점을 미루어 볼 때 그 이전에 존재했던 구스노키 마사시게의 명군으로서의 이미지가 의식되고 있었음을 염두에 두어야 할 것이다. 충신과 명군이라는 것은 원래 뗄 수 없는 긴밀한 관계에 있는 것이며, 이 두 가지 이미지 중 후대의 사람들이 그 시기에 따라 어떤 것에 더 중점을 두고 이미지를 형성해 가는가 하는 것을 고려해 보아야 할 것이다. 그 첫 번째 작업으로 본고에서는 구스노키 마사시게의 명군 이미지의 형성이 『다이헤이키』가 서술된 시점에서부터 이미 이루어졌음을 당시의 자료를 참고로 하여 밝혀냈다. 이와 같이 『리진쇼』를 거쳐 공고화된 명군의 이미지가 어느 시점부터 충신의 이미지로 고정되어 가는지에 대해서는 이후의 과제로 삼고자 한다.

참고문헌

金谷治訳注『大学・中庸』, 岩波文庫, 第19刷, 2011

金谷治訳注『論語』, 岩波文庫, 第17刷, 2008

山田孝雄校訂『神皇正統記』, 一穂社, 2004

石黒吉次郎「英雄像の形成」『専修国文』74, 2004

長谷川端校注 新編日本古典文学全集『太平記』①~④, 小学館, 1996

若尾政希「「太平記読み」の歴史的位置」『日本史研究』380, 1994

大森北義「『太平記』「序」の思想と方法」『『太平記』の構想と方法』, 明治書院, 1988

近藤斉『近世以降 武家家訓の研究』, 風間書房, 1975

石井紫郎『近世武家思想』日本思想大系27, 岩波書店, 1974

原田敏明編『神道思想 中世』, 神宮皇学館惟神道場, 1940

檢校保己編「奥州後三年記」『群書類聚』16, 内外書籍, 1928

──────「梅松論」『群書類聚』16, 内外書籍, 1928

제2장

근대기 오다 노부나가(織田信長)의 영웅상 형성

한경자(韓京子)

 머리말

본고는 근대에 오다 노부나가(織田信長, 이하 노부나가로 칭함)에 대한 영웅상이 어떻게 형성되어 갔는지에 대해 고찰하려고 하는 것이다. 노부나가는 에도(江戶)시대에는 도요토미 히데요시(豊臣秀吉, 이하 히데요시로 칭함)에 비해 주목도 받지 못하고, 그다지 긍정적 평가를 받지 못하던 인물이었다. 노부나가는 잔인하고 포익한 성격으로 인해 유교의 기준으로 보면 평가가 낮았다. 그러한 노부나가에 대한 평가는 에도시대말기부터 메이지(明治)시대에 들어가며 변화하며 메이지 초기에는 노부나가를 제신으로 모신 신사가 건립된다.

근대 이전에 근황적 충신으로 높은 평가를 받는 인물로는 구스노키 마사시게(楠正成)와 닛타 요시사다(新田義貞)가 잘 알려져 있다. 메이지시대에 그들을 기린 신사가 건립된 것처럼 노부나가도 근황적 행적으로 인해 신사가 건립되었던 것이나 그들에 비해 노부나가는 근황적 충신으로 잘 알려져 있지 않다.

또한 한국국립중앙도서관에는 조선국민교육연구소편『오다 노부나가(織田信長)』(1945)라는 초등학생을 대상으로 한 노부나가 전기의 성격을 지닌 책이 소장되어 있는데 책 말미부분에는 근대군신에 대해서나 볼 수 있는 기술이 덧붙여져 있다. 태평양 전쟁 하에서는 노부나가를 군신으로 추앙하고 있었던 것인데 이에 대해서는 잘 알려지고 있는 바가 없었다. 따라서 본 고찰에서는 지금까지 조명되어 오지 않았던 근대기 노부나가의 영웅상 형성에 주목하고자 한다.

현대에 들어와 노부나가와 관련 무장들의 재평가가 이루어지고 있으나, 여기서는 역사적 사실 여부를 떠나 노부나가의 이미지가 어떻게 구축되었나에 대해서 조명하고자 한다. 영웅시되어 왔던 평가들에 대한 재고를 시도하는 이케가미 유코(池上裕子)[1]의 연구결과가 나오고 있으나 문학작품과 근대역사서들에 대한 검토는 이루어지고 있지 않으며 영웅상 형성에 대한 과정 역시 다루어지고 있지 않다. 노부나가의 영웅상 형성에 대한 고찰로는 구로다 사토시(黒田智)[2], 아카기 다에코(赤木妙子)[3], 호리 신(堀新)[4] 등의 연구가 있으나 모두 근대이전에 대한 고찰이며 근대에 형성된 영웅상에 대해서 조명한 것은 없다.

중세시대에서 근세시대로의 전환기에 등장하고 일본의 천하통일이라는 국가 전체의 통합을 실현하려 한 인물인 노부나가를 연구대상으로 삼아, 그 영웅상이 에도시대 메이지시대를 거치며 다이쇼(大正), 쇼

---

1) 池上裕子『織田信長』吉川弘文館, 2012
2) 黒田智「信長夢合わせ譚と武威の系譜」『史学雑誌』111(6), 2002, pp.1047-1071
3) 赤木妙子「織田信長の自己神格化と嶋津牛頭天王」『史学』60(1), 1991, pp.127-140
4) 堀新「『平家物語』と織田信長」『文学』2002, pp.101-113

와(昭和) 초기에 어떻게 변용, 재해석되어 가는 지 그 과정에 대해 고찰하고자 한다. 중근세적 명장으로서의 이미지가 근대적 군신으로 전환된 점에 주목하여 전시 하에서 강조되거나 변용된 노부나가의 이미지에 대해 희곡과 교과서, 역사서를 통해 살펴보겠다.

II 에도시대의 노부나가에 대한 평가

1. 에도시대 희곡에 그려진 노부나가

노부나가에 대한 전기로는 노부나가 1대를 편년체로 기술한 오타 규이치(太田牛一)의 『신초코키(信長公記)』와 그를 바탕으로 문학적으로 윤색한 오제 호안(小瀬甫庵)의 『신쵸키(信長記)』가 있다. 『신초코키』가 에도시대초기에 간행이 안 된 채 사본으로 소수에게만 유포되었던 데에 반해 『신쵸키』는 간본으로 널리 유포되어 노부나가의 이미지 구축에 큰 역할을 했다고 할 수 있다.

『신초코키』와 『신쵸키』의 큰 차이는 전자는 기록성이 두드러지며, 후자는 당대적인 사상의 동향에 따른 의도 하에 윤색이 이루어져 있다는 점이다[5]. 즉, 『신쵸키』속 노부나가는 "성왕 선현의 길을 체현하는 무장의 실재를 나타낸다."는 목적 아래 창작된 극히 당대적인 노부나가상이 되었던 것이다[6].

---

5) 林達也, 原道生 『日本文芸史 〈第 4 巻〉 - 表現の流れ 近世』河出書房新社, 1988, pp.32-34. 沢井耐三 「乱世の文学」久保田淳 『岩波講座日本文学史』第7巻, pp.40-41.

이러한『신쵸키』를 바탕으로 만들어진 문학작품 특히 조루리(淨瑠璃)와 가부키(歌舞伎)가 상연되면서 노부나가의 이미지 고정에 큰 역할을 했다고 볼 수가 있다. 주로 노부나가와 그를 죽음으로 몰아간 아케치 미쓰히데(明智光秀, 이하 미쓰히데로 칭함)의 이야기를 다루고 있으나, 노부나가보다는 미쓰히데에 조명한 작품들이 많았다. 즉, 작품 내에서 노부나가는 잔인함, 포악함이라는 성격부분만 조명이 되어 악인으로 묘사가 되는 경우가 대부분이었으며, 에도시대말기까지 그 이미지는 고정되어 있었다. 특히 주목할 점은 유학적인 사상이 정치이념으로 자리잡고 있었던 시대에 주로 가미가타(上方)에서는 반역을 일으킨 미쓰히데를 옹호하고 노부나가를 극악무도한 인물로 그리는 연극이 많이 나왔다는 점이다[7].

노부나가를 등장시킨 조루리로는 지카마쓰 몬자에몬(近松門左衛門)의『본조삼국지(本朝三國志)』(1719)가 시기적으로 이른 작품이라할 수 있다. 노부나가는 전체 5단 중에서 첫 단에만 등장하며, 히데요시가 미쓰히데의 반역에 의해 죽은 노부나가와 노부타다의 원수를 갚고 천하를 통일하며 조선을 정벌하러 가는 이야기가 전개된다[8]. 극 중에서 노부나가는 히데요시의 지휘에 따라 몽고정벌에 나서라는 명령에 거역하는 미쓰히데에게 모욕을 주기는 하나 그 장면에서 노부나가 특유의 잔인성과 폭력성이 두드러지게 나타나지는 않는다. 노부나가는 이후의 작품들처럼 불합리한 이유로 폭력을 휘두르는 인물로 묘사되어 있지 않으며, 미쓰히데의 이마를 부하에게 치게 한 것도 천황의 칙

---

6) 林達也 上揭書. p.33
7) 松田修「信長と光秀」, 日本古典文學回回報41호. 1976
8) 近松全集刊行会『本朝三国志』『近松全集』第一一巻 岩波書店, 2002, pp.1-110

사에게 치욕적 얘기를 들었기 때문으로 그 이유를 설명하고 있다. 오히려 미쓰히데가 3년 전부터 노부나가 살해 음모를 계획한 반역인으로 등장한다. 그러한 미쓰히데의 마지막을 "인간이 아닌 축생은 칼로 죽일 수 없다."며 백성들의 죽창에 의해 죽는 것으로 설정하고 있다[9]. 지카마쓰는 미쓰히데를 철저하게 벌 받아야 할 주군을 죽인 악인으로 조형하고 있다는 것을 알 수 있다.

뒤 이어 만들어진 조루리 작품들은 『본조삼국지』를 전거로 하면서도 미쓰히데의 반역을 본격적으로 다루지는 않았다. 다케다 이즈모(竹田出雲)의 『슛세얏코오사나모노가타리(出世握虎稚物語)』(1725)는 사이토 도산(斎藤道三)의 딸과의 혼인, 이마카와 요시모토(今川義元)를 격멸시키기까지의 이야기를 히데요시의 출세담을 주축으로 전개하고 있다. 그 안에서 노부나가는 성미가 급하고 아집이 강한 면도 보이나 뛰어난 지략과 카리스마가 돋보이는 '일본의 주군'으로 추앙받는 인물로 조형되고 있다[10].

그 외 나카무라 아케이(中邑阿契), 아사다 잇초(浅田一鳥) 외 3명 합작의 『기온제례신앙기(祇園祭礼信仰記)』[11](1757)는 『본조삼국지』를 번안한 작품으로 노부나가의 요시아키(義昭) 옹립과 마쓰나가 다이젠(松永大膳) 토벌을 주축으로 이야기가 선개되며, 노부나가는 징군 이시

---

9) 백성의 죽창에 죽는 것은 후세까지 치욕으로 남으니 할복시켜 줄 것을 요구하는 굴욕적인 장면이 설정되어 있음.

10) 竹田出雲 著;古谷知新 校 『千前軒全集』 上 . 『日本戯曲大全』第4卷, 東方出版株式會社, 1927, pp.209-278.

11) 원제목은 『기온제례신초기』였으나, 『기온제례신앙기』로 변경되었다. 조루리로는 초연인 1757년 12월부터 1759년 2월까지 3년에 걸쳐 장기 흥행하였고, 가부키로도 상연이 되는 등 인기작품이었다. 早稲田大学演劇博物館『演劇百科大事典』平凡社, 1961, pp.181. 服部幸雄, 富田鉄之助, 廣末保『歌舞伎事典』平凡社, 2000, p.135

카가 요시테루(足利義輝)를 걱정하고 아시카가 가문을 위해 힘쓰는 인물로 묘사된다[12]. 미쓰히데는 노부나가를 살해할 의지를 가진 인물로 등장하나, 노부나가는 오히려 그를 아군으로 만드는 등 사려 깊고 지략에 뛰어난 장수로 그려진다. 이들 작품에서는 노부나가와 미쓰히데와의 대립을 피함으로서 노부나가의 잔인한 측면이 부각되지 않았다고 할 수 있다.

이에 반해 지카마쓰 한지(近松半二)는 『삼일태평기(三日太平記)』(1767)와 『가나우쓰시아즈치몬도(仮名寫安土問答)』(1780)에서 노부나가를 '오니(鬼)'와 같은 잔인한 폭군으로, 그리고 미쓰히데를 지와 인을 겸비한 충신으로 조형했다. 한지는 반역인을 조명한 작품이 많았던 작가로 특히 미쓰히데에 대한 관심이 컸다. 그는 미쓰히데가 주군 노부나가에 대해 끈질기고 진실어린 간언을 하나 받아들여지지 않자 반역을 일으키게 되는 것으로 '혼노지(本能寺)의 변(変)'을 해석하고 있다[13]. 미쓰히데의 반역에 대한 정당성을 설명하기 위해 노부나가의 불합리성, 무도함을 부각시킨 인물조형이 이루어지고 있다. 한지의 노부나가 인물 조형은 이후의 조루리와 가부키 작품에 크게 영향을 주었다는 점에서 중요하다.

한지의 미쓰히데 조형의 영향을 받은 작품에 지카마쓰 야나기(近松柳)외 합작의 『에혼타이코키(絵本太功記)』(1799)가 있다. 『에혼타이코키(絵本太功記)』는 요미혼(讀本) 『에혼타이코키(絵本太閣記)』의 영향을 많이 받은 작품이기는 하나 후자가 히데요시를 주인공으로 하는 데

---

12) 山田和人校訂 『江戸叢書豊竹座浄瑠璃集』 三国書刊行会, 1995, pp.273-377.
13) 内山美樹子 『絵本太功記』 『近松半二江戸作者浄瑠璃集』 『新日本古典文学大系』 岩波書店, 1996, 内山美樹子해설부분 pp.433-503, 『仮名写安土問答』는 pp.568-569.

에 반해 미쓰히데를 주인공으로 삼고 있다. 따라서 이 작품에서는 미쓰히데 측에서 바라본 노부나가로 인물이 조형되고 있다[14]. 다만 미쓰히데에게 일방적으로 동정적인 것은 아니며, 노부나가에 대해서도 미쓰히데에게 잔혹하게 대하게 된 이유, 경위까지도 설명되어 있다.

　이러한 조루리의 인물조형은 가부키에도 영향을 주고 있다. 쓰루야 남보쿠(鶴屋南北)의 가부키『도키모키쿄노슷세노우케죠(時桔梗出世請状)』[15](1808)는 조루리『기온제례신앙기』, 『삼일태평기』, 『에혼타이코키』를 바탕으로 미쓰히데가 혼노지에서 노부나가를 습격하기까지를 그린 작품이다. 통칭이 '바다라이의 미쓰히데(馬盥の光秀)[16]'라 할 정도로 미쓰히데가 노부나가에게 굴욕을 당하는 장면이 주목을 받았는데, 노부나가의 불합리하고 집요한 괴롭힘이 계기가 되어 미쓰히데가 반역하기에 이르게 되는 과정을 그리고 있다.

　『삼일태평기』와 『가나우쓰시아즈치몬도』, 『에혼타이코키』, 그리고 가부키『도키모키쿄노슷세노우케죠』에서 주로 미쓰히데에 조명한 작극이 이루어지면서 상대적으로 노부나가는 악의 인물로 조형되었다. 그렇다면 당시 학자들의 노부나가에 대한 평가는 어떠했는지에 대해 알아보기로 하겠다.

---

14) 11일, 12일의 단에서는 지카마쓰 야나기와 다른 작가가 집필한 부분으로 야나기와 달리 미쓰히데를 악으로 묘사하고 있어, 작품 전체의 인물 조형의 통일성은 결여되어 있다.
15) 현재 상연 시에는 『도키와이마키쿄노하타아게(時今也桔梗旗揚)』라는 제목을 사용함. 『歌舞伎事典』pp. 289-199
16) 바다라이(馬盥)란 말에게 먹이는 물을 담는 통으로, 극 중에서 히데요시가 노부나가에게 보낸 선물이었다. 그것으로 술을 못먹는 미쓰히데에게 술을 억지로 먹게 하는 장면을 지칭한다.

2. 역사서에 기술된 노부나가

에도시대 대표적 역사서로는 하야시 라잔(林羅山)의 『본조통감(本朝通鑑)』(1670), 하야시 가호(林鵞峰)의 『일본왕대일람(日本王代一覧)』[17] (1652), 아라이 하쿠세키(新井白石)의 『독사여론(讀史餘論)』(1712), 라이 산요(頼山陽)의 『일본외사(日本外史)』(1827년 성립, 1836~37년경에 간행)등을 들 수가 있다.

편년체인 『본조통감』과 역대 왕별로 그간의 사건을 기술한 『일본왕대일람』에서는 인물에 대한 견해가 잘 드러나 있지 않으나 「칠무여론(七武餘論)」(1640년대)[18]을 보면 하야시 라잔의 노부나가에 대한 평가를 단적으로 알 수 있다. 글 중에서 라잔은 노부나가의 천성을 잔혹하고 박정하다(天性刻薄之人也)고 평가하고 있다.

또한 아라이 하쿠세키는 『독사여론』에서 노부나가에 대해 다음과 같은 견해를 보인다.

> 그 일은 잔인하다고는 하나 오랜 승려들의 횡포를 없앴다. 이것도 또한 천하의 공 중의 하나라 해야 할 것이다. (중략)이 사람 천성은 잔인하고 남을 속이는 능력으로 그 뜻을 이루었다. 그래서 그 끝이 좋지 못한 점, 자업자득이라 할 수 있다. 불행은 아니다[19].

---

17) 『本朝通鑑』을 간추린 것이며, 항간에도 사본으로 전해지다가 1663년에는 간본이 나오게 되어, 지카마쓰 등 에도시대 희곡작가들도 참고로 한 역사서임.
18) 古将帥, 平相国, 鎌倉右大将, 源将軍尊氏, 平信長, 豊臣太閤라 표제를 달고 각각에 대한 견해를 기술. 京都史蹟会編纂 『羅山林先生文集』卷第二十五, 平安考古学会, 1918, pp.286-289
19) 物集高量校註 『讀史餘論』 『日本文学叢書』. 第10巻, 1919, pp.413-416. そのことは残忍なりと雖も、長く僧侶の凶悪を除けり。これもまた、天下の功有事の一つと成すべし (中略)この人天性残忍にして、詐力をもって志を得られき。されば、その終りを善くせられざりしこと、自ら取れる所なり。不幸にはあらず。

히에이잔(比叡山) 등 불교세력에 대한 탄압에 대해서는 잔인한 일이기는 하나 그 동안 오래되었던 승려들의 횡포를 근절시켰다는 점을 평가한다. 그러나 그 천성의 잔인함으로 인해 미쓰히데가 반역을 일으켜 죽음에 이르게 된 것은 자업자득이라 말하고 있다. 이 외에 하쿠세키는 노부나가를 조정의 힘을 이용하려 한 '흉역(凶逆)'이라 하며 부정적 평가를 내리고 있다.

이렇듯 에도시대 중기까지는 노부나가에 대해 포악성과 잔인함을 들어 부정적 이미지가 형성되어 있었다. 이러한 노부나가에 대한 부정적 평가가 바뀐 것은 에도시대말기에 간행된 유학자 라이 산요의 『일본외사』에서 노부나가를 '영웅'[20), '절세의 능력(絶世の才)이 있는 사'[21)라고 부르면서부터이다.

『일본외사』는 간본이 나오면서 무사 자제들의 교육기관인 번교(藩校)와 서민들의 교육기관인 데라코야(寺子屋)에서 역사 교재로 사용되기도 하는 등[22), 에도시대말기부터 메이지초년에 대유행하였던 역사서이며[23), 존황양이와 근황사상에 큰 영향을 주었다는 점에서 중요한 의미가 있다[24). 그 근거가 된 것은 노부나가가 궁궐을 수리하고 황실

---

20) 西海の僧あり。衆中に在りて、信長を相して曰く、「この子、すなわち、英雄なり」と。『신초고기』에서는 「あれこそ国は持 つ人よと。申したる由なり。」
21) 尾張に織田信長と云う者あり。年甫めて二十、東国の咽喉に割拠して能く少を以て衆を摧くと。是れ其の人必ず絶世の才あらん。君盍ぞ奏して綸旨を請い、信長に嘱するに撥乱反正の事を以てせざらん」と。
22) 吉田太郎「寺子屋における歴史教育の研究」『横浜国立大学教育紀要』6, 1966, pp39-59
23) 가와고에번(川越藩) 하쿠유도(博喩堂)의 야스오카 레이난(保岡嶺南)이 번주 마쓰다이라 나리쓰네(松平斉典)의 명에 의해 『日本外史』을 교정(校訂)하여 『校刻日本外史』를 출판하였는데, 이것이 각 번 번교의 교재로 쓰이는 등 에도시대말기부터 메이지 초년도에 이르기까지 대단히 유행하여 전국에 확산되었다. 松平斉典, 日本外史항목『國史大辭典』, 稲垣忠彦「藩校における学習内容・方法の展開」『帝京大学文学部紀要教育学』27, 2002, pp.1-22. 頼成一訳『日本外史』岩波書店, 1976. p.8

의 수입 안정을 도모하고 공경(公卿)들의 경제적 어려움의 해결에 도움을 주었다는 점이다. 이에 대해서는 『신초코키』에서는 다음과 같이 간략하게 기술되어 있을 뿐이었다.

수리에 대해서인데 이번에는 이웃 지방 사람들이 장기간 도읍에 머물며 정성을 다했다. 노부나가는 이들에게 사례를 하고 귀국하게 하였다. 애당초 궁중이 폐허가 되고 파괴되어 원래 모습을 잃었기 때문에 이것 또한 수리되어야 한다고 부교(奉行)와 니치조(日乘), 무라이민부노쇼(村井民部少輔)에게 명령하셨었다[25].

반면, 『일본외사』에서는 다음과 같은 기술로 되어 있다.

노부나가는 무라이 사다카쓰, 시마다 히데미쓰, 승 니치조를 불러 말하길 "오닌의 난 이후 천하가 크게 어지러워 왕실이 쇠미하여 궁궐도 폐허가 되었다. 무릇 왕토에 살고 왕신인 자라면 마음 아파하지 않는자가 누가 있겠는가. 노부나가는 일찍이 수리할 뜻이 있었다. (중략)이제 도읍 내는 거의 평정되었다. 바로 궁궐을 수리하여, 그럼으로써 옥좌를 편하게 해야 한다. 하나 전란 후 노역을 시키는 것은 급박하게 하면 안된다. 필시 민정을 어지럽힐 것이다. 시기를 두고 잘 이루어야 한다. "고 하며 히데요시를 교토에 머물게 하여 돌아갔다[26].

---

24) 『大日本史』, 『讀史餘論』 등은 인정(仁政)을 펴고 민생을 안정시키는 것이 위정자에 요구되는 주된 조건이었던 데에 반해, 『日本外史』는 근황, 존황이 무사에게 지상의 도덕적 의무라 여겨졌다. 賴成一(訳) 上揭書, p.11
25) 御修理の事今度隣国の面々等、長々在洛にて、粉骨を尽さる。信長其の面々へ御礼仰せられ、帰国の御暇下され侯ひしなり。抑も禁中御廃壊正躰なきの間、是れ又、御修理なさるべきの旨、御奉行、日乘上人、村井民部少輔、仰せ付けられ侯らひき。
26) 信長、村井貞勝、島田秀満、僧日乘を召して、之に諭して曰く「応仁以来、天下大に乱れ、王室衰微し、宮闕墜廃す。凡そ王土に居り、王臣たる者、誰か嗟悼せざらん、信長、夙に修挙の志あり。(中略)今や畿内ほぼ定まる。まさに禁内

이상과 같이 노부나가는 '천황의 신하'로서 황실에 대한 공경 및 민심을 우선하는 인물로 이미지가 변해간다. 메이지이후는 노부나가가 행한 황실소유지의 회복 등의 업적이 근황가로서의 평가를 높이는 요소가 되어, 1869년에 메이지정부는 노부나가를 제신으로 모시는 다케이사오신사(建勳神社)를 건립하기에 이른다. 에도시대말기부터 노부나가는 천황과 조정의 재흥을 도운 근황가적인 면이 높이 평가받으며 부각, 강조되었고 메이지, 다이쇼시대에도 이어지는데 이에 대해서는 후술하도록 하겠다.

III 근대기 희곡의 노부나가 표상

앞서 보아왔던 바와 같이 에도시대에는 중후기로 가면서 노부나가를 주인공으로 하기보다는 미쓰히데를 주인공으로 하는 조루리와 가부키 작품이 많아진 것을 알 수가 있었다. 그 과정에서 반역을 일으킬 수밖에 없었던 미쓰히데의 심정에 초점을 맞추어 관객의 동정적 심정을 유발하는 방향으로 극이 만들어졌다. 한편 노부나가는 일률적으로 악의 인물로 조형되어갔다. 그러다 에도시대말기 학자들 사이에서 노부나가에 대해 근황적 인물이라는 인식이 형성되어 갔으나, 조루리와 가부키에서는 그 이미지가 반영되지 않은 채 에도시대에 만들어진 작

を修めて、以って帝座を安くすべし。然りと雖も、乱後の役を興すこと、急迫にす可からず。恐らくは民情を擾さん。宜しく漸を以って之を成すべし」と。すなわち、木下秀吉を留めて、京師を守らしめて帰る

품들이 메이지시대와 다이쇼시대까지 계속해서 상연되었다.

　다이쇼시대가 되자 노부나가를 주인공으로 하는 새로운 희곡작품들이 만들어진다. 노부나가를 다룬 이 시기 대표적 희곡으로는 오카모토 기도(岡本綺堂)『증보신초키(增補信長記)』(1915), 오사나이 가오루(小山内薫)『기리시탄노부나가(吉利支丹信長)』(1926), 마사무네 하쿠초(正宗白鳥)『아즈치의 봄(安土の春)』(1926) 등을 꼽을 수가 있다. 오카모토 기도에게는『아케치 미쓰히데(明智光秀)』, 마사무네 하쿠초에게는『미쓰히데와 조하(光秀と紹巴)』등 노부나가 뿐 아니라 미쓰히데에게도 조명한 작품들을 썼다는 점도 특기할 만하다.

　오카모토 기도의『증보신초키』는 히에이잔의 승려들의 횡포와 노부나가의 히에이잔 토벌을 소재로 하고 있다. 노부나가는 히에이잔 승려들을 국적(國賊)로 간주27)하여 소탕하려 하나 미쓰히데를 비롯 신하들은 반대 입장을 취한다. 조정에서 칙사가 천황의 하사품을 전달하려 찾아와 토벌 유예를 청하나 결국은 히에이잔 측이 선제공격을 시작하는 것으로 설정하고 있다. 즉, 노부나가가 히에이잔을 먼저 공격 시작한 것이 아니라 히에이잔이 자멸하는 것으로 그리고 있다.

　극 중에서 히에이잔 승려가 노부나가를 총으로 암살 시도하고, 신하들도 모두 노부나가와 반대 입장을 지녀 노부나가는 주변에 이해자가 전혀 없는 고독자로 그려진다. 한편 승려들에게 딸을 납치당한 아버지에 대한 심정을 이해하며 딸을 찾아주겠다고 하는 등 인간적인 면모도 보이고 있다. 불합리하고 무자비한 모습보다는 자신의 신조에 따라 행동하는 지도자로 조형되어 있다고 할 수 있다.

---

27) 岡本綺堂『增補信長記』『綺堂戯曲集』第9巻, 春陽堂, 1915, p.155

오사나이 가오루의 『기리시탄노부나가』(1926)는 무로마치고쇼(室町御所) 조영과 기독교 포교 허용을 소재로 하고 있다[28]. 에도시대 희곡에서는 다루어지지 않았던 포교문제에 착안한 작품이라 할 수 있으며 니치조(日乗)가 프로이스와 논쟁을 벌이는 모습을 노부나가가 재미있어 하는 장면이 설정되어 있다. 노부나가는 이국인에게 포교를 허락하는 것은 이국인을 감복시키는 것이라 하고 포교함으로써 국위발양이 되고 히에이잔과 혼간지(本願寺)를 억압가능하며, 그것이 학문을 위하는 일이기도 하다고 주장한다. 노부나가는 논리를 강조하며 기독교인에 대해 논리적 신뢰를 가지고 있었고, 니치조는 논리(논의)로도 힘으로도 기독교인에게 이기지 못할 것이라 보고 있었다.

노부나가에 대해서는 피곤으로 인해 일을 못하는 인부를 사정없이 살해하는 잔인함을 보이며 그의 잔학적 성격을 표현하고 있으나, 대체로 논리적 인물로 조형되어 있다.

마사무네 하쿠초의 『아즈치의 봄』는 아즈치성에서 일하는 시녀들의 무단 외출을 이유로 노부나가가 그들을 살해하는 사건을 소재로 하고 있다[29]. 노부나가는 말을 달리다 농민의 아이를 밟아 죽인 것을 알고 인간은 무른 존재라 하며 잔인함 부각하고 있다. 그 외 기독교에도 관심을 보이며, 또한 일본통일 뿐 아니라 고려, 명, 나아가 남만(南蠻)까지도 진출하고자 하는 의도를 가진 인물로 조형되고 있다.

또한, 마사무네 하쿠초는 후에 노부나가를 다룬 소설 『혼노지의 노부나가(本能寺の信長)』(1953)를 집필하는 등, 노부나가라는 인물에 대해 지속적으로 관심을 가지고 있었다.

---

28) 小山内薫 『吉利支丹信長』『戯曲 森有礼』改造社, 1926, pp.92-124
29) 正宗白鳥 『安土の春』改造社, 1926, pp.1-53

마사무네 하쿠초를 비롯한 작가들은 노부나가에 대한 지식을 어디서 습득한 것일까? 그를 짐작하게 하는 글을 마사무네 하쿠초는『문예평론』[30] 속 「인형극 등(人形芝居など)」에 남기고 있었다. 그는 노부나가의 일생과 그 시대에 관심이 많아 많은 사료를 읽었고 장편의 소설이나 희곡을 쓸 계획을 가지고 있었다고 한다.『아즈치의 봄』은『신초코키』의 일화를 바탕으로 만들었는데, 그『신초코키』는 도쿠토미 소호(德富蘇峰)의『근세일본국민사(近世日本国民史)』안에서 알게 되었다고 한다. 작품 내의 노부나가의 잔인성에 대해서도 자의에 의한 것이 아니라 소호가 "피에 굶주린 여귀(厲鬼)"라고 표현한 것처럼 근거를 가지고 표현한 것이라며 설명한다. 소호의『근세일본국민사』에 많은 부분 의거하고 있다고 할 수 있다.

그럼『근세일본국민사』를 비롯한 근대역사서에서는 노부나가를 어떻게 평가하고 있는 지에 대해 다음 장에서 살펴보도록 하겠다.

 **IV** 근대기 역사서의 노부나가에 대한 기술

1. 메이지시대 – 근황적 충신

메이지시대 이후 간행된 역사서의 노부나가에 대한 기술을 살펴보기에 앞서 도쿠토미 소호의『근세일본국민사』가 어떤 역사서인지를

---

30) 正宗白鳥『文芸評論』, 改造社, 1927, pp.69-70

짚어보도록 하겠다.

『근세일본국민사』란 일본근세부터 메이지 유신까지의 역사를 다루고 있으며 1918년부터 도쿠토미 소호 자신이 창간, 주재(主宰)한 「국민신문(国民新聞)」(후에 「毎日新聞」, 「東京日日新聞」)에 게재되었다가 순차적으로 간행되었던 통사이다. 오다 노부나가를 필두로 아즈치모모야마(安土桃山)시대 이후의 역사를 기술하고 있다는 특징이 있다. 소호는 1887년에 민우사(民友社)를 설립하고 잡지 『국민지우(国民之友)』와 1890년에 「국민신문」을 창간하는 등 당시 일본의 여론 형성에 큰 영향력을 지닌 인물이었다. 평민주의를 주창했던 그는 청일전쟁을 계기로 강력한 국가의 형성을 중요시하게 되며 국가주의 입장을 강조하게 된다. 그러면서 황실주의를 내세우며 집필한 것이 『근세일본국민사』였다. 신문 연재로 시작하여 전 100권으로 구성된 대저(大著)였다. 앞서 언급한 마사무네 하쿠초 외에도 기쿠치 간(菊地寛), 구메 마사오(久米正雄), 요시카와 에이지(吉川英治), 엔도 슈사쿠(遠藤周作) 등 작가들이 애독을 하고 있었다는 것[31]에서 영향력이 있었던 역사서라는 것을 알 수 있을 것이다.

소호는 『근세일본국민사』를 집필하는 데 있어서 가능한 한 많은 사료를 섭렵했다. 그는 참고로 한 사료로 太田牛一 『信長公記』, 『総見記』, 頼山陽 『日本外史』를 비롯, 메이지기 이후 간행된 『史学雑誌』, 重野安繹, 星野恒, 久米邦武 『国史眼』(1890), 明治陸軍参謀部 『日本戦史』(1898), 渡辺世祐 『安土桃山時代史』(1907), 山路愛山 『徳川家康』(1915), 『安土桃山時代史論』(1915) 등을 들고 있다. 그는 라이 산요의 『일본외

---

31) 杉原志啓 『蘇峰と近世日本国民史』都市出版, 1995, p.308

사』외에도『일본정기(日本政記)』에서 오다노부나가론을 인용한다. 이 두 역사서는 에도시대말기 존황론에 큰 영향을 준 것으로도 잘 알려져 있다.

『국사안(国史眼)』은 제국대학이 간행한 메이지초기의 관찬(官撰) 일본통사이다. 신대(神代)부터 메이지 22년까지를 정치변천에 따라 21기로 나누는 독특한 양식을 지니며, 제국대학 국사과 교과서로 이용되었다[32]. 여기서 노부나가에 대해서는 제 17기 '織豊二氏遞興'에 기술되어 있는데, 오기마치(正親町)천황의 시기에 황실이 쇠미했던 모습에 대해, 그리고 노부히데의 헌금에 대한 기술로 시작된다. 145장의 표제인 '오다 노부히데의 경신 근왕의 정신은 노부나가에 전해지다(織田信秀敬神勤王ノ精神信長二伝フ)', 147장의 표제인 '오다 노부나가가 황실 및 막부를 부흥하여 드디어 아시카가의 시대가 되다(織田信長王室及幕府ヲ興復シ遂二足利氏二代ル)', 등에서 알 수 있듯이, 근황적 자세에 대한 기술에 무게가 놓여있다. 또한, 와타나베 요스케(渡辺世祐)『아즈치모모야마시대사(安土桃山時代史)』(1907)도 오다 노부나가의 근황정신부터 언급하고 있다[33].

이러한 근황적 행적은 앞서 말한 바와 같이 노부나가를 기리기 위한 신사건립으로 이어지는데 이는 메이지 이후 역사교과서에서도 강조되어 교육된다. 예를 들어, 오쓰키 후미히코(大槻文彦)『일본소사(日本小史)』(1885)에서는 "노부나가의 힘에 의해 황실은 실로 비로소 다시 일어서게 되었다. 후세에 노부나가의 존왕의 대의에 대해 칭찬하지 않은 자가 없었다."라고 하거나[34], 야마가타 데이사브로(山縣悌三郎)

---

32)『國史大辭典』第5卷, 吉川弘文館, 重野安繹『稿本国史眼』大成館, 1890, pp.1-3
33) 渡辺世祐『安土桃山時代史』早稲田大学大版部, 1907, p.228

『소학교용일본역사(小學校用日本歷史)』(1889)에서도 노부나가를 충의
가 있던 인물로 들고 있다35). 그 외『심상소학일본역사교수서(尋常小
學日本歷史敎授書)』(1911)를 보면 "노부나가가 근황심이 두터웠다는
점"을 교육상의 주의점으로 들고 있으며 매교시마다 이 점을 강조하고
있었다36). 또 다른 주의점은 노부나가의 시대는 전란으로 인해 조정도
쇠미하던 상황에서 노부나가가 근황의 뜻을 일으켰다고 하며, 현재와
연결시키고 있다는 점이다. 즉, 일본이 오늘날과 같이 융성하게 발달한
데에는 백성뿐 아니라 황실도 어려움에 처하는 등 온갖 고초가 있었던
것과 같다고 설명한다.

특히 메이지 시기에는 인물주의에 의한 역사교육이 이루어지기 시
작했고 야마가타 데이사브로『제국소사(帝國小史)』(1893)에서도 이 시
대의 대표적 인물을 표제로 하여 당시의 두드러진 사실, 업적을 기술하
고 있다37). 그 안에서도 노부나가의 근황적, 존황적 행적을 '불후의 위
훈(偉勳)'이라 높이 평가하고, 그것이 다케이사오신사의 건립에 이어졌
다고 기술하고 있다. 이러한 기술은 다이쇼시대 이후의 교과서에도 이
어진다.

메이지육군참모부(明治陸軍參謀部)가 편찬한『일본전사(日本戰史)』
(1898)는 나가시사(長篠)의 전투에 대해, 다케다군(武田軍)의 기마대
(騎馬隊)를 노부나가의 총포대(鉄砲隊)가 격파한 '신전술과 구전술의
대결'이라는 구도를 정착시키고 오케하자마(桶狹間)전투를 기습작전으
로 승리로 이끈 것으로 노부나가를 군사의 천재로 인식시킨 걸로 알려

---

34) 大槻文彦『 校正日本小史. 中』柳原喜兵衛, 1885, 42丁ウ
35) 山縣悌三郎『小學校用日本歷史』學海指針社, 1889
36) 普通敎育硏究會『尋常小學日本歷史敎授書』松村三松堂, 1911, pp.79-109
37) 山縣悌三郎『帝國小史乙號 卷之2下)』文學社, 1893, pp.42-44

져 있다.

『사학잡지(史学雜誌)』는 1889년『사학회잡지(史會学雜誌)』로 창간, 1892년에 개칭한 일본에서 가장 오래된 역사학 학술잡지이다.『사학잡지』는 도쿄대학(東京大學)계 학자를 중심으로 편찬되었는데, 1900년대 초기 사료편찬관과 제국대학 조교수로 재직 중이던 구로이타 가쓰미(黑板勝美)는 이 잡지 속 논문을 인용하여 명저『국사의 연구(国史の研究)』(1908)를 집필하였다. 이 책은 일본사연구의 입문서적 개설서로 연구자들의 필수서라 할 수 있는 책이었다[38]. 그 안에서 노부나가의 업적으로 조정에 많은 헌금을 했다는 점을 주로 언급하고 있다.

예를 들어 노부히데(信秀)는 근황의 정신이 두터웠고 황실과 이세외궁(伊勢外宮)을 조영했다고『사학잡지』를 인용하며 기술하고 있다[39]. 그리고 황실을 수리하고, 공경을 돕고, 조정의 제도를 부활시킨 행적들을 통해 노부나가의 위세가 드높아진 것이라 설명한다[40]. 또한, 노부나가가 히에이잔 탄압을 한 것에 대해서는 히에이잔이 간무(桓武)천황 이래 왕성의 진호였다며 반대하며 간언하는 자가 있으나, 노부나가는 자신이 근왕을 위해 진력하는 사이 히에이잔 승려들은 왕성진호라 부르짖으면서도 계율을 파계하고 있어 말살한 것이라고 근황정신과 연관지으며 설명하고 있다[41]. 미쓰히데의 반역에 대해 노부나가의 성미가 급하고 냉혹한 것을 미쓰히데의 반역의 원인으로 들고 있으나 한편으로 노부나가는 매우 기민하고 사람을 잘 부릴 줄 아는 사람으로 긍정적으로 해석하고 있다[42].

---

38) 『國史大辭典』第5卷, 吉川弘文館.
39) 黑板勝美『国史の研究』文会堂, 1908, p. 680
40) 黑板 上揭書, p.683.
41) 黑板 上揭書, pp.687-688

『사학잡지』게재 논문을 다수 인용, 최근의 연구동향을 반영하고 있는데 당시『국사대계(國史大系)』등의 사료편찬에 종사하고 역사학계를 이끌어가던 학자들에 의해서도 노부나가의 근황적 행적이 강조되고 있었다는 것을 확인할 수가 있다.

2. 다이쇼시대 - 영웅화

에도시대말기부터 메이지시대에 걸쳐 형성된 노부나가의 근황적 평가는 다이쇼시대에도 이어진다. 다이쇼시대에 새로 부가된 노부나가의 이미지는 '영웅'이었다.

앞서 언급한 소호의『근세일본국민사』안에서 그는 노부나가를 '시세(時勢)의 아(兒)', '위대한 영웅', '천성(天成)의 영웅'이라 칭하고 있다. 아라이 하쿠세키의 노부나가평에 불만을 가지고 있던[43] 소호는 노부나가에 대해 인식해야 할 사항으로 첫째, 일본을 천황의 나라이게 했다는 점, 둘째, 일본을 온 일본국민의 일본으로 만드는 발단을 만들었다는 점을 든다[44]. 그는 이에 대해 '노부나가와 황실'이라는 제목 아래 다음과 같이 기술하고 있다.

그의 철저한 일본통일의 계획은 일체의 번 사이의 경계를 철거하고 오슈(奥州)의 끝에서 규슈(九州)의 끝까지를 한 나라로 하는 데에 있었다. (중략)그 통일에는 중심점이 있었다. 그것은 말할 필요도 없이 황실이다. 그는 이상가가 아니라 실천가이다. 그가 조정의 존엄을 점차 회복해 온

---

42) 黒板 上掲書, pp.710-711
43) 德富蘇峰『近世日本国民史 織田氏時代 前篇』, 民友社, 1918, p.4
44) 德富 上掲書, p.2

것은 일본의 통일은 오로지 황실을 중심으로 하는 것 외에 그 길이 없다는 것은 간취했기 때문이었다. (중략)전일본을 일국으로 통치하는 것은 황공하게도 천황폐하의 이름을 가지고 하는 것 외에 인심을 하나로 묶는 방법이 없다는 것을 숙지했기 때문이다. 원래 그의 심사(心事)는 패자(覇者)의 심사였다. 그러나 만약 그를 패자라 한다면 그는 존황적 패자였다.[45]

소호는 노부나가가 꾀한 전국통일의 중심에는 조정이 있었다고 주장하고 있다. 노부나가의 근황심을 의문시하거나, 최대의 적은 오기마치천황이었다는 최근의 연구[46]도 있어 사실(史實)을 논하기는 어려우나, 소호는 노부나가의 천하통일에 황실중심주의적 해석을 덧붙이고 있는 것이다.

또한 소호는 노부나가를 구사회를 파괴하는 힘이자 신사회를 건설하는 힘이라고 말하며, '새 시대의 대표자', '새 시대의 권화(權化)' 라 부르며 다음과 같은 점을 높이 평가하고 있다.

노부나가는 새 시대의 대표자일 뿐이 아니라 오히려 그 솔선자였다. 그는 일본에서 근세적 중앙집권정치의 실행자였다. 그리고 그 사업은 200여년 후 이와쿠라(岩倉) 오쿠보(大久保)의 시대에 겨우 완성되었다.[47]

---

45) 德富蘇峰『近世日本国民史　織田氏時代　後篇』民友社, 1918, pp.83-84,「信長と皇室」「彼の徹底せる日本統一の企画は、一切の藩籬を撤去し、障碍を除却し、奥州の端より、九州の端迄を、一国となすにあった。(中略)其の統一には、中心点があつた。それは申す迄もなく、皇室だ。彼は理想家ではなく、実際家だ。彼が　朝廷の尊厳を、漸次に恢復し来りたるは、日本の統一は、只だ皇室を中心とするの他に、其道なきことを看取したからであつた。(中略)全日本を一国として統治するには、畏れ多くも天皇陛下の御名を以てする他に、人心を繋ぎ得るものはないことを、熟知したからであった。固より彼の心事は、覇者の心事であった。　されど若し彼を覇者とすれば、彼は尊王的覇者であった。

46) 今谷 明『信長と天皇　中世的権威に挑む覇王』講談社, 2002

47) 德富蘇峰『近世日本国民史　織田氏時代　中篇』民友社, 1918, p.531「信長は新時代の代表者であるのみでなく、寧ろ其の率先者であつた。彼は日本に於て、近世

내가 노부나가를 가장 가장 높이 사는 점은 그가 일본 전국을 시정의 단위로 한 것이다.(중략)그는 일본에는 중의 나라도 없도 구게(公家)의 나라도 없고 토호의 나라도 없으며 오로지 일본국이 있을 뿐이라고 했다.그래서 그 위에 군림하는 것은 오로지 천황뿐이라는 것을 체득하였다. 누구도 황실을 소중히 생각하지 않는 사람은 없다. 노부나가 혼자만 근황가라 불릴 이유는 아무것도 없다. 단 정치적으로 황실중심주의를 실행한 것은 실로 그 뿐이었다. (중략)근왕도 비로소 그에게 이르러 처음으로 일본제국의 일치와 존립 위에 큰 의의를 가지게 된 것이다. 천하통일의 사업도 그에게 이르러 비로소 제국의 국민적 일치의 대기운과 합체가 가능하다. (중략)황실주의도 제국주의도 평민주의도 남김없이 모두 그가 표현했다. 그는 실로 새 시대의 화신이었다.[48]

노부나가의 히에이잔과 혼간지 불교세력 소토화에 대한 이유를 황실중심주의를 실행하기 위해 불가피한 일이라 정당화하여 설명한다. 이외에도 노부나가의 불교세력탄압, 전국통일사업, 모두 천황중심의 정치체제를 갖춘 일본제국 수립을 위한 행적으로 평가가 수렴되어 있다.

소호는 노부나가가 히데요시보다 인기가 없다는 것은 인식하고 있었으나, 자주적 인물로 근고(近古) 미증유의 영웅이라 평하고 있다. 일

___

的中央集権政治の実行者であった。然も其業は、二百余年の後、岩倉、大久保等の時代に於て、漸く完成した」

48) 德富蘇峰『近世日本国民史 織田氏時代 前篇』民友社, 1918, pp.532-533「吾人が信長に最も多しとするは、彼が日本全国を、施政の単位としたことである。(中略)彼は日本には、坊主国もなく、公家国もなく、土豪国もなく、唯だ日本国ある可きものとした。而して其上に君臨するは、唯だ天皇であることを体得した。何人も、皇室を大切に思はぬ者はない、信長一人に勤王家の名を擅にせられる可き理由は、毛頭ない。併し政治的に皇室中心主義を、実行したのは、実に彼其人であつた。(中略)勤王も、彼に至りて、始めて日本帝国の一致と、存立との上に、大なる意義がある。天下統一の事業も、彼に至りて、始めて帝国の国民的一致の大気運と、合体することができる。(中略)皇室中心主義も、帝国主義も、平民主義も、残る隈なく彼に表現した。彼は実に新時代の権化であつた」

본인은 외래의 것을 선호하는 약점이 있는데 영웅숭배에 있어서도 윌슨과 같은 인물을 숭배하는데 그보다 노부나가에 대해서 진지하게 연구한다면 얻을 것이 많을 거라고 주장한다[49]. 노부나가를 아는 것은 그 시대를 이해하는 것이며, 뿐만 아니라 노부나가는 시대 이상의 인물이었다고 하며 그 중요성을 역설한다.

그는 "일본을 믿는다는 것은 일본의 실력을 믿는 것 외에 없다는 것을 자각해야 한다. 그를 위해서는 일본인 스스로가 일본을 알 것을 첫째 요건으로 해야 한다. 이것이 근세일본국민사 집필의 부득이한 이유라고 나는 믿는다."고 하며『근세일본국민사』를 집필한 이유와 목적에 대해 말하고 있다. 또한 "일본인은 일본인이 되어라라고 말하고 싶다. 그러려면 일본인 스스로를 알아야한다. 이를 알기 위해서는 일본의 역사를 알아야한다"[50] 고도 말하며 자국의 역사인식에 대한 중요성을 역설하고 있다.『근세일본국민사』가 이 목적에 공헌을 하는 것이 소망이라고까지 하고 있고, 숭배해야 할 영웅의 대상으로 노부나가를 들고 있는 것에서 소호에게 노부나가에 대한 평가는 대단히 높았던 것을 짐작할 수가 있다.

소호는『근세일본국민사』를 저술하는 데에 참고한 문헌들 중에서 특히 공감이 가는 것으로 야마지 아이잔(山路愛山)의『도쿠가와 이에야스(德川家康)』(1915) 를 꼽는다. 소호가 공감하는 아이잔의 노부나가 평은 다음과 같다.

아시카가의 시대 말기에 일본은 완전히 난세가 되어 구물(舊物)이 파괴

---

49) 德富蘇峰『近世日本国民史　織田氏時代　後篇』民友社, 1918, pp.14-17
50) 德富蘇峰『近世日本国民史　織田氏時代　中篇』民友社, 1918, pp.546-548

된 듯 하였으나 사실 일본은 여전히 제국으로서 인민의 존왕심은 조금도 쇠퇴하지 않았다. 무수의 영웅이 영토를 분할하고 경계를 지키며 싸우는 모습을 보면 일본은 많은 독립국이 분열하고 있는 듯이 보이나 궁중에서 볼 때에는 그런 때에도 역시 그들은 모두 왕신이었다. 그래서 노부나가는 자신에 힘에 의지해서 국민의 통일을 기도하는 처음부터 이 점에 착안하여 일본의 새로운 질서는 오직 이 만고천추(千秋万古) 동안 아직 한번도 생명을 잃은 적이 없는 존왕심을 기초로 하여 이 위에 그 이상의 나라를 수립하는 데에 있다고 생각하였다. [51]

그는 『아이잔사론(愛山史論)』(1913)에서도 노부나가를 나폴레옹과 비교하며 공통점을 들어 절찬하고 있다. 야마지 아이잔은 노부나가에 대해서 '시세(時世)의 자(子)'라 하여 여러 특징을 들며 아래와 같이 '영웅'으로 칭송하고 있다.

시세는 영웅을 만들고 영웅도 또한 시세를 만든다, 이 때 시세의 선두에 서서 천화통일의 기운을 촉진한 영웅은 물론 한 사람이 아니다. (중략) 그러나 그들 영웅 중에서 그 공이 큰 것을 들자면 바로 오다 노부나가를 으뜸으로 칠 수 밖에 없다. 왜냐하면 일본은 실로 노부나가에 의해 그 통일 정치의 이상을 현실로 하고 그 인민이 나아갈 표준을 정했기 때문이다. (중략)일본 전국에 통일된 정치를 실행하기 위한 바탕을 만듦에 있어 그 거친 행적으로 인해 일본인민은 비로소 장래에 올 태평함에 대해 일정

---

51) 山路愛山『德川家康』独立評論社,1915, pp.435,「足利の世の末に日本島は全く乱世になりて旧物尽く破壊されたる如くなれども其時代にても其実日本は依然たる帝国にして人民の尊王心は少しも衰へたるに非ず。無数の英雄、地を割き、境を守りて相争ひし状を見れば日本国は多くの独立国に分裂し居たるが如くなれども禁裏より御覧ぜらるる時は其世にても彼等は猶ほ悉く王臣にてありけるなり。されば信長は自身の力に依りて国民の統一を計りたる始めより此に着眼し、日本島の新しき秩序は唯だ此の千秋万古未だ嘗て生命を失ひたることなき尊王心を基礎とし、此の上に其理想の国を築くに在りと思ひたり」

의 신념을 가지게 되었다. (중략)노부나가의 이상은 히데요시, 이에야스를 거쳐 점차 현실로 나타나 도쿠가와시대 300년의 태평한 시대를 열고 메이지 다이쇼의 시대를 낳는 연원이 되었다. (중략)현실에서 말하자면 (중략)지금의 일본정부는 노부나가가 수립한 정부를 계승한 것에 불과하다고 한다면 무릇 일본국민이라면 어찌 이 새 시대의 개조(開祖)에게 감사의 마음을 갖지 않을 수 있을까. 단 이렇게 말할 뿐 논의가 약간 추상적이다. 우리는 나아가 사실에 대해서 노부나가가 새 시대의 개조인 이유를 설명하고자 한다.52)

노부나가가 존황심으로 인해 천황을 중심으로 전국통일을 했다고 하는 점은 같으나, '장래', '메이지 다이쇼의 시대', '지금'이라고 언급하듯, 노부나가의 전국통일이 현재의 천황중심의 정치에 연속되어 있다는 주장으로 이어지고 있다는 점이 주목된다. 그는 노부나가와 같은 영웅이 나타났기 때문에 현재 일본의 상태가 유지되어 있다고 한다. 그렇기 때문에 일본국민은 새 시대의 개조(開祖)인 노부나가에게 감사해야 한다고까지 말한다. 소호가 노부나가를 대단히 높이 평가했다는 것을 알 수 있는 부분이다. 이와 같은 주장은 다음 기술에서도 확인할

---

52) 山路愛山 上掲書, pp.393-395, 「時勢は英雄を作り、英雄も亦時勢をつくる。此時勢の潮頭に立ちて天下一統の気運を促進したる英雄は勿論一人に非ず。(中略) さりながら此等の英雄中に就て其功の最も大なるものを論ぜば、則ち織田信長を推して第一とせざるを得ず。何となれば、日本島は実に信長に依りて其統一政治の理想を現実にし、其人民が向って進むべき標準を定め得たればなり。(中略)日本全島に統一の政治を行ふべき下地を作りしに及びて其荒ごなしの功によりて日本人民は始て将来に起るべき泰平に対して一定の信念を懐くを得たり。(中略)信長の理想は、秀吉、家康を経て次第に現実に現れ以て徳川時代三百年の泰平を開き、明治、大正の御代を生ずべき淵源となれり。今の日本政府は信長の建てたる政府を継承したるものに外ならずとすれば、凡そ日本国民たるもの何ぞ此新時代の開祖に向て感謝の情なきを得んや。但斯く言ひたるのみにては議論些か抽象に過ぎたり。我等は更に進んで事実に就いて信長が新時代の開祖たる所以を説かんと欲す」

수가 있다.

　노부나가 즉 이 조류에 채찍을 가하여 황실을 익대(翼戴)하고 병권을
집중시켜, 양식, 탄약을 충실히 하여 신사 사원의 발호(跋扈)를 억눌러 여
러 관문을 철폐하고 재판을 공정히 하여 인민을 애무하고 장래에 일어날
제국의 강령을 세웠다. 그리하여 그 바탕은 실로 인재를 고무, 교육, 선발
함으로써 정부 요직의 각 기관에 배치함에 있다. 그렇게 해서 이 주의는
그 계승자인 히데요시, 이에야스를 거쳐 오늘날에 이른다. 이 의미에서
노부나가는 근세의 일본문명을 개척한 최초의 안내자라 할 수도 있을 것
이다.53)

　노부나가가 행해 왔던 선정(善政)과 교육들이 모두 제국의 강령을
세우는 바탕이 되었다는 것이다. 그 주의가 후의 히데요시, 이에야스에
계승되었다고 하며, 앞서 말한 바와 같이 그 연속성을 주장한다.

　노부나가-히데요시-이에야스-현재(다이쇼)의 연속성에 대한 주
장은 일본역사지리학회 편 『아즈치모모야마사론(安土桃山時代史論)』
(仁友社, 1915)에 수록된 다나카 요시나리(田中義成)의 「노부나가와 아
즈치성(信長와 安土城)」에도 볼 수가 있다. 노부나가는 아즈치시대에
생을 마감했지만 그의 존황사상은 히데요시에게, 나아가 에도시대에도
영원히 국민 사이에 이어져 황실을 옹호하는 큰 힘이 되고 있다고 주장
한다. 여기서 흥미로운 것은 다음과 같이 노부나가가 해외에도 세력을

---

53) 山路愛山 上掲書, p.439, 「信長即ち此潮流に鞭ちて皇室を翼戴し、兵権を集中
　し、糧食弾薬を充実し、社寺の跋扈を抑へ、諸関を徹し、裁判を公平にし、人
　民を愛撫し、将来に起るべき帝国の綱領を立つ。而して其本は実に人才を鼓
　舞、教育、識抜して以て政要の各機関に置きたるに在り。斯くて此主義は其継
　承者たりし秀吉、家康を経て以て今日に至れり。此意味に於て信長は近世の日
　本文明を開拓したる最初の案内者なりと云ふも可なり」

확장할 계획이 있었다고 말하고 있는 점이다.

히데요시가 한 것은 모두 노부나가가 하던 것을 그대로 답습하고 있으므로 이것도 그 하나라고 생각하는 것입니다. 더 나아가서 생각해보면 노부나가는 해외경영의 웅도(雄図)도 가지고 있었던 것 같습니다[54].

노부나가가 아즈치성을 쌓아 사방을 호령하는 데에 그곳의 지세를 이용했다고 한다면 히데요시도 그것을 따라 오사카에 성을 쌓아 규슈 평정을 했던 것이라 설명한다. 다나카는 히데요시가 조선으로 진출한 것도 노부나가의 구상에 있었던 것으로 보고 있는 것이다. 이에 대해서는 후에 언급할 조선국민교육연구소편 『오다 노부나가(織田信長)』(1945)에서도 같은 맥락의 기술을 볼 수가 있다.

이제 곧 일본은 진정되어 전쟁이 없어질 것이다. 그렇게 되면 많은 용사들을 배에 태워 먼 남쪽 나라에 보내려고 생각한다. 외국인은 큰 배를 많이 가지고 있다고 한. 그 때 길 안내를 시키기에 좋지 않은가? (중략)온 세계를 우리 집처럼 진출해나가고자 하고 했던 노부나가에 대해서 잘 기억하면 좋을 것입니다. 후에 이것이 히데요시의 조선정벌이 되고 명나라까지 일본인의 무용에 떠는 근원이 되었던 것입니다.[55]

---

54) 田中義成「信長と安土城」日本歷史地理學會『安土桃山時代史論』仁友社, 1915, p.113. 「秀吉のやったことは總て信長のやりかけた事をそのまま踏襲して居りますから、是も其一つであるまいかと思ふのであります。更に一步を進めて考へて見ると、信長は海外経営の雄図をも抱いて居ったやうであります。」

55) 朝鮮國民教育研究所『織田信長』朝鮮國民教育研究所, 1945, pp.151-152,「今に日本は鎮つて戰がなくなるだらう。さうしたら、沢山の勇士たちを舟に乗せて、遠い南の国の方へやらうと思ふ。外国人は大舟を沢山もつているさうだから、その時道案内をさせるに都合がいいではないか。(中略)世界中を我家として広がつて行かうと考へていた信長のことはよく覚えていてよいことと思ひます。後にこれが、秀吉の朝鮮征伐となり、大明国まで、日本人の武勇に慄ひおのの

기독교의 포교를 허락한 것은 전쟁이 끝났을 때 해외로 진출하기 위한 도구로 삼겠다는 것이라고 설명한다. 노부나가는 전국통일을 추진하는 가운데 해외침략의 야욕을 가지고 있었고 그것은 사후 히데요시에 의해 수행하게 되었던 것이라 주장하고 있는 것이다.

3. 쇼와 시대 – 국체의 옹호자

쇼와시대에도 다이쇼시대에 등장한 노부나가에 대한 영웅담론은 이어진다. 하루후지 요이치로(春藤與市郎) 『소년 오다 노부나가전(少年織田信長傳)』(大同館書店, 1931)는 노부나가를 시대가 요구한 영웅이라 주장한다.

그는 소호와 마찬가지로 시대를 충분히 이해하기 위해서는 반드시 그 시대의 영웅이나 위인에 대해 제대로 알아야 한다고 말한다. 당시 영웅은 많았으나 노부나가는 그의 활동이 '오다시대'라고 불리는 한 시대를 형성하고 그 시대의 대표적 인물이라는 의미에서 '희대의 대영웅'이라 하고, 그리고 낡은 무로마치시대의 껍데기를 깨고 아즈치 신시대의 개척자가 된 '혁세(革世)의 영웅'이라 부른다. 하루후지 요이치로는 정지가 부패하고 인심이 퇴폐하여 모두가 대지도지의 출현을 바라고 있을 때 노부나가와 같은 초세간적인 대인물이 나와야 된다고 주장한다. 즉, 혁신, 신시대의 출현을 바랄 때 노부나가와 같은 '쾌도난마(快刀亂麻)'의 인물이 필요하다는 것이다[56]. 시대가 매우 어지러운 상황인 것을 설명하고 모든 사람들이 영웅이 출현하기를 기대하고 있었다는

かせる源となつたのであります。」
56) 春藤與市郎 『少年織田信長傳』, 大同館書店, 1931, pp.3-4.

것을 강조하며 노부나가는 시대가 요구하던 영웅이라고 주장한다.

1931년에 노부나가 사후 350년을 맞이하자 이를 기념하여 나고야 중앙방송국(JOCK)에서는 기념강좌가 행해졌으며 『오다노부나가공삼백오십년기념강연집(織田信長公三百五十年記念講演集)』이 간행되었다. 그 중 이세신궁네기(伊勢神宮禰宜)의식과장인 사카모토 고타로(阪本廣太郎)가 「오다 노부나가의 존황경신」이라는 제목으로 강연을 하고 있다. 그는 노부나가의 수많은 업적 중 "그의 생애를 미화하고, 그의 생명을 영원한 것으로 하는 것"은 존황경신의 사적(事蹟)이라 하고 있다. 그는 무로마치막부 타도 후 새로운 막부를 수립하지 않고 "건국의 정신에 입각해서 우리 국체의 규모(規模) 하에 새로운 천황정치"를 만들려고 한 것이라며 이 점을 높이 평가한다.

노부나가의 근황정신은 단순히 황실을 수리하고 황실소유의 땅을 회복하고 중지되어 왔던 황실의 전례(典禮)를 부활시키던 것에서, 전국통일 사업이 천황중심의 정치를 실현하기 위한 것이라는 의미가 부각되었었다. 그것이 나아가 노부나가의 모든 행적들을 '건국의 정신', '국체'와 연결시키면서 설명을 하게 된다.

1930년대말이 되자 육군소년전차병학교(陸軍少年戰車兵学校)라고 하는 기갑부대(機甲部隊)의 보충 강화를 위한 일본제국육군 교육기관이 설립되었다. 주로 14-19세의 소년들이 교육을 받고 있었는데 그곳을 배경으로 쓰인 책에 사토 다케시(佐藤武)『소년전차병이야기(少年戰車兵物語)』(1942)가 있다. 서문을 보면 전시하 청소년들의 정신적 안식처가 되는 것이 목적이었다.

그 중 「영웅론(英雄論)」에서는 이 학교의 수업 시간이라는 설정 하에 교사와 학생 사이에 다음과 같이 '영웅이란 무엇인가'에 대한 논의가 펼쳐진다.

　　그 개인의 이해와 영달을 희생을 해도 어디까지나 황국민으로서의 신
념 아래 강하게 행동한 마사시게와 요시사다 같은 사람이야말로 진정한
일본의 영웅이라 해야 할 것입니다. 그래서 전국시대에는 저는 어디까지
나 오다 노부나가를 그 조건에 가장 맞는 사람이라고 믿고 있습니다[57].

　"황실에 대한 일본국민으로서의 성충의 신념"을 가지고 있는[58] 노
부나가는 이 가장 중요한 영웅의 자격을 갖추고 있는 인물이라는 것을
학생들의 입을 통해서 확인하고 있는 것이다. 천하통일 사업도 국가와
국민을 위한 일이라는 목적을 중요시하고 있었다. 대표적 근황가인 구
스노키 마사시게와 닛타 요시사다처럼, 노부나가도 근황가로서 영웅으
로 추대되고 있는 것이다.

　　또한 영웅에 대한 논의 중 "일본의 영웅은 반드시 국체의 옹호자(日
本の英雄は必ず国体の擁護者)[59]"이어야 한다는 주장은 앞서 사카모토
고타로의 강연 중의 주장과 맥을 같이 하고 있다고 할 수 있다.

　　이러한 주장은 당시 역사 교과내용에도 반영되어 있다. 『국사의 건설
과 완성 학습지침(国史の建設と完成 学習指針)』(1941)에서는 전국시대의
근황가로 오다 노부히데와 노부나가를 들며 그늘에 의해 소위(朝威)가
부흥했다고 기술한다. 천하통일 업적에 관해서는 다음과 같이 설명한다.

---

57) 佐藤武『少年戦車兵物語』東亜書院, 1942 p.36「その一個人の利害や栄達を犠牲に
　　しても、何処までも皇国民としての信念のもとに強く行動した正成や義貞の如
　　き人こそ、真に日本の英雄だといふべきです。だから戦国時代に於ては、僕は
　　何処までも織田信長をその条件に最も叶った人であると信じます。」
58) 佐藤武, 上掲書, p.35
59) 佐藤武, 上掲書, p.33

오다 노부나가와 도요토미 히데요시는 존황의 마음이 두터워서 겐지와 아시카가씨처럼 정이대장군이 되지 않고 조정의 대신으로 정치를 행하고 있다. 이 두사람이 전국의 난세를 통일한 것은 황실의 위광에 의한 것이다. 황실을 공경하지 않으면 그만큼의 일들을 이룰 수가 없다. 두 사람 모두 황실을 받들었기 때문에 비로소 일본 국내가 통일 가능했던 것이다. 거기에 우리 고귀한 국체가 빛나고 있다[60].

노부나가와 히데요시가 천하통일을 할 수 있었던 것은 그들이 황실을 공경했기 때문이라고 하고 있다. 미이쓰(御稜威), 즉 황실, 천황의 위광(威光)에 의해 가능했던 것이라며 천황, 황실에 대한 존숭이 강도를 더해가는 모습을 확인할 수 있다. 노부나가와 히데요시는 국체를 실현한 인물들로서 그 역사적 가치를 높이 평가하고 있는 것이다.

국립중앙도서관에는 조선국민교육연구소편 『오다노부나가』(1945 년)가 소장되어 있다. 노부나가의 비범함과 용감함, 근황심 등을 삽화와 함께 유년기부터 죽음까지 기술한 초등학생 대상의 노부나가 전기로 보여진다.

『오다노부나가』에는 노부나가가 직접 부하들을 황폐해진 황실로 데리고 가 일본은 천황의 국가이라는 것을 널리 알려야 한다고 그들에게 설명하는 이야기가 들어가 있다. 장군을 최고 통치자로 알고 천황의 존재를 모르는 무사들에게 일본은 천황의 나라이며 자신들은 그 신하에 불과하다며 근황심을 가질 것을 이야기한다[61]. 그에 따르지 않는

---

60) 村上塾指導部 『国史の建設と完成 学習指針』駸々堂, 1941, p.178「織田信長及び豊臣秀吉は、尊皇の心が厚いので源氏や足利氏のように征夷大将軍にならずして、朝廷の大臣として政治を行っている。この二人が戦国の乱世を統一したのは皇室の御稜威によるものである。皇室を仰がなければ、あれだけの仕事は出来ない。二人とも、皇室を奉じたればこそ、はじめて日本の国内が統一せられたのである。そこにわが尊い国体が、かがやいている。」

자는 죽일 것이라고 칼을 휘두르는 데, 노부나가의 잔혹성을 여기서는 천황에 대한 충성심을 맹세하게 하기 위한 도구로 표현하고 있다. 노부나가의 근황적 업적을 어린 아이들에게 알기 쉽게 전달하기 위해 극적으로 과장되게 설명을 하고 있다.

또한 오케하자마전투에서 보인 노부나가의 용기를 태평양전쟁 때 미국과 영국을 비롯하여 ABCD포위진을 두려워하지 않고 맞서나간 것과 같은 심정이라 설명한다[62]. 또한 그의 전격적 전투법은 하와이에서 적의 함대를 전멸시킨 것과 같다고 현재의 전쟁과 결부시키고 있다. 그의 사후에 대해서도 마찬가지로 다음과 같이 기술되어 있다.

> 노부나가는 혼노지에서 죽어도 그 혼은 히데요시와 함께 오래 살고 있었습니다. 아니 히데요시 뿐 만 아니라 지금도 우리와 함께 살며 진주만의 공격이 되고 말레 기습상륙이 되어 온 세계에 일본의 무위를 떨치고 있는 것입니다. 그렇습니다. 노부나가는 살고 있습니다, 우리와 함께, 오래 오래 살고 있습니다. [63]

앞서 언급한 전기 『소년 오다 노부나가전』에서는 노부나가의 사후 그의 미완의 사업은 히데요시가 실행에 옮겨 '해외조선팔도'까지 무위를 떨쳤다는 이야기, 그리고 자손들은 화속으로 시금도 맥을 잇고 있다는 이야기, 다케이사오신사 건립, 다이쇼천황의 정일위(正一位) 추증

---

61) 朝鮮國民敎育硏究所 前揭書, pp.92-99.
62) 朝鮮國民敎育硏究所 上揭書, p.40
63) 朝鮮國民敎育硏究所 上揭書, pp.181-182, 「信長は、本能寺で死んでも、その魂は、秀吉と一緒に永く生きてゐました。いや、秀吉ばかりでなく、今でも我々と共に生きてゐて、真珠湾の攻撃となり、マレーの奇襲上陸となつて、世界中に、日本の武威を輝かしてゐるのであります。そうです。信長は生きてゐます。我々と共に。長く、長く一生きてゐます。」

(追贈)에 대해 말하며 그의 명예는 영원할 것이라고 글로 마무리된 것과는 차이가 있다는 것을 알 수 있다[64]. 특히 일본군의 패색이 짙어져가고 일본본토에 대한 미군의 공습이 본격화되던 때에 간행된 책으로 전국시대라는 난국을 타개한 노부나가의 행적을 용맹한 근황적 충신, 그리고 해외진출을 기도한 선구적 인물로 재평가하고 있는 것으로 볼 수가 있다.

V 맺음말

이상에서 오다 노부나가 영웅상에 대해 에도시대부터 근대기에 걸친 변화양상을 고찰하였다. 노부나가의 잔인한 면만이 부각되는 경향이 있었던 에도시대 희곡과는 달리 에도시대 말기에 쓰여진 라이 산요의 『일본외사』의 영향으로 점차 그의 근황적 면이 부각되어 갔다. 또한 메이지초기에는 구일본육군참모본부에서 편찬한 역사서의 영향으로 군술에 뛰어난 무장으로서의 이미지도 성립되었으나 그 외 역사서에서는 전술적 면 보다는 근황적 충신이라는 면이 높이 강조되어 왔다.

다이쇼시대에는 시대적 어려움 속에서 전국시대라는 난세를 타개한 노부나가를 시대가 요구하는 영웅, 신시대를 개척해나갈 인물로 치켜세우는 경향이 있었다. 또한 쇼와시대에는 노부나가의 근황적 행적이 '건국의 정신', '국체'와 연결지어지며 '국체옹호자'로서의 영웅 노부

---

64) 春藤與市郎 前揭書, pp.491-493

나가상이 형성되었다. 전시기에 이르러서는 일본을 벗어나 세계로 진출하고자 하는 노부나가상이 덧붙여지며, 그의 그러한 용기가 전시하 일본인에게 큰 용기가 되는 영웅으로 변모하는 양상을 확인할 수 있었다.

사카구치 안고(坂口安吾)는『총(鉄砲)』(1944),『오다 노부나가(織田信長)』(1948),『노부나가(信長)』(1952) 등, 노부나가를 소재로 한 작품들을 집필했다. 그 중『총』은 그의 전술을 '일본최초의 근대전술'이라 높이 사며 쓴 단편소설이다. "지금 우리에게 필요한 것은 노부나가의 정신이다. 비행기를 만들어라, 그것만이 우리가 이기는 길이다[65]."라는 마지막 문장이 전시하라는 시대적 상황의 절박함을 느끼게 한다. 전후 사카구치 안고가 노부나가를 어떻게 그려나갔는지에 대한 고찰을 포함하여, 역사서, 소설들에 나타난 노부나가에 대한 평가와 이미지의 변천에 대해서는 앞으로의 과제로 삼겠다.

---

65) 坂口安吾『坂口安吾全集03』筑摩書房, 1999

早稲田大学演劇博物館『演劇百科大事典』平凡社, 1961, pp.181.

服部幸雄, 富田鉄之助, 廣末保『歌舞伎事典』平凡社, 2000, p.135

国史大辞典編集委員会『國史大辭典』第5巻, 吉川弘文館

池上裕子『織田信長』吉川弘文館, 2012

林達也, 原道生『日本文芸史 〈第4巻〉 - 表現の流れ 近世』河出書房新社, 1988, pp.32-34.

松田修. 日本古典文學回回報41호, 「信長と光秀」,1976

竹田出雲 著;古谷知新 校(1927)『千前軒全集』上,『日本戯曲大全』第4巻, 東方出版株式會社, 1927, pp.209-278.

山田和人校訂『江戸叢書豊竹座浄瑠璃集』三国書刊行会, 1995, pp.273-377.

内山美樹子『絵本太功記』近松半二江戸作者浄瑠璃集『新日本古典文学大系』岩波書店, 1996, pp.433-503,

内山美樹子『仮名写安土問答』『近松半二江戸作者浄瑠璃集』『新日本古典文学大系』岩波書店 1996, pp.568-569.

物集高量校註『讀史餘論』『日本文学叢書』. 第10巻, 1919, pp.413-416.

頼成一(訳)『日本外史』岩波書店, 1976. p.8, p.11

京都史蹟会編纂『羅山林先生文集』巻第二十五, 平安考古学会, 1918, pp.286-289

岡本綺堂『増補信長記』『綺堂戯曲集』第9巻, 春陽堂, 1915, pp. 137-195

小山内薫『吉利支丹信長』『戯曲 森有礼』改造社, 1926, pp.92-124

正宗白鳥『安土の春』改造社, 1926, pp.1-53

坂口安吾『坂口安吾全集03』筑摩書房, 1999

杉原志啓『蘇峰と近世日本国民史』都市出版, 1995

重野安繹『稿本国史眼』大成館, 1890, pp.1-3

渡辺世祐『安土桃山時代史』早稲田大学大版部, 1907, p.228

大槻文彦『 校正日本小史. 中』柳原喜兵衛, 1885

山縣悌三郎『帝國小史乙號 巻之2下』文学社, 1893, pp.42-44

黒板勝美『国史の研究』文会堂, 1908, p. 680

村上塾指導部『国史の建設と完成 学習指針』叟々堂, 1941, p.178

德富蘇峰『近世日本国民史 織田氏時代 前篇』1918, p.2, p.4, pp.532-533

徳富蘇峰『近世日本国民史　織田氏時代　中篇』1918, p.531, pp.546-548

徳富蘇峰『近世日本国民史　織田氏時代　後篇』1918, pp.83-84, pp.14-17

今谷 明『信長と天皇　中世的権威に挑む覇王』講談社, 2002

山路愛山『徳川家康』独立評論社, 1915, pp.393-395, p.439

春藤與市郎『少年織田信長傳』大同館書店, 1931, pp.3-4.

佐藤武『少年戦車兵物語』東亜書院, 1942, p.33, p.35-36

朝鮮國民教育研究所『織田信長』1945, pp.151-152, pp.181-182

赤木妙子「織田信長の自己神格化と嶋津牛頭天王」『史学』60(1), 1991, pp.127-140

稲垣忠彦「藩校における学習内容・方法の展開」『帝京大学文学部紀要教育学』27, 2002, pp.1－22

黒田智「信長夢合わせ譚と武威の系譜」『史学雑誌』111(6), 2002, pp.1047-1071,

田中義成「信長と安土城」日本歴史地理學會(1915)『安土桃山時代史論』仁友社, 1915, p.113.

堀新「『平家物語』と織田信長」『文学』2002, pp.101-113

沢井耐三「乱世の文学」久保田淳『岩波講座日本文学史』第7巻, 1996, pp.40-41.

吉田太郎「寺子屋における歴史教育の研究」『横浜国立大学教育紀要』6, 1966, pp39-59

제2부

군신을 둘러싼 내러티브

단국대학교 일본연구소 학술총서 5

일본의 전쟁영웅 내러티브 연구

제3장

교과서 속 전쟁영웅
─ 군신 노기장군에 대해서─

조혜숙(趙惠淑)

 머리말

메이지유신 이후 일본은 청일전쟁을 시작으로 러일전쟁, 만주사변, 중일전쟁, 태평양전쟁 등을 치르면서 많은 전쟁영웅을 배출하였다. 근대기의 전쟁영웅은 현대일본사회에서 드라마와 영화, 연극, 소설 등을 통해 빈번히 재조명되고 있는데, 단적인 예로 시바 료타로(司馬遼太郎)의 『坂の上の雲』가 2009년 후반기에 NHK대하드라마로 제작되어 인기리에 방영되었고, 『坂の上の雲』특집으로 구성된 대중잡지 및 서적[1]

---

1) 『文藝春秋にみる「坂の上の雲」とその時代』, (文藝春秋, 2009년), 塩澤実信『「坂の上の雲」もうひとつの読み方』, (北辰堂出版 2009년 11월), 坂の上の雲「東郷平八郎」曾孫は海上自衛隊「ハローワーク」(ワイド 師走の迷走), 週刊新潮, (週刊新潮, 2009년 12월), 村井重俊, 太田サトル「週刊司馬遼太郎(149) 子規と秋山兄弟の選択-「坂の上の雲」の世界 第2部(第7回) 山本権兵衛と東郷平八郎」, 週刊朝日, (週刊朝日, 2010년 1월) 등이 있다.

이 다수 발간된 것만을 보더라도 이들 근대기 전쟁영웅에 대한 현대일
본인들의 지대한 관심을 쉽게 엿볼 수 있다. 일본인들이 근대기 전쟁영
웅들에 몰입하는 이유와 현대일본사회에서 전쟁영웅을 필요로 하는
원인을 규명[2]하기 위해 본 논고에서는 근대기에 '군신(軍神)'으로 추앙
받은 전쟁영웅, 그 중에서도 노기 마레스케(乃木希典)를 연구대상으로
하여 당시 군신으로 추앙받게 된 경위를 살펴보고 시대의 흐름 속에서
어떻게 재평가되고 있는지 일본 교과서를 통해 살펴보고자 한다[3]. 많
은 근대기 전쟁영웅 가운데 노기 마레스케에 주목하는 것은 노기장군
에게 찾아볼 수 있는 평가항목의 다양성 때문이다. 근대기에 최초로
군신으로 추앙받은 사람은 히로세 다케오(廣瀬武夫)라고 할 수 있다.
히로세의 경우 여순(旅順)항구폐쇄라는 특별작전에 참가하여 행방불

---

2) 본 연구는 현대 일본사회에서 전쟁영웅을 필요로 하는 원인을 규명하는 것을 목표
로 하여 특히 근대기 전쟁영웅에 포커스를 맞춘 것이다. 정형「일본 전쟁영웅의
내러티브 연구」(「일본학연구」, 2013년 5월)는 근대기 및 근대기 이외의 전쟁영웅
을 통사적으로 살펴본 논문으로 본 연구의 총론에 해당한다.
3) 교과서에 등장하는 인물에 대한 기존의 연구는 크게 나누어 일본교과서와 일제강
점기교과서를 연구대상으로 한 것으로 구분할 수 있다. 그 중에서도 일본교과서를
연구대상으로 한 논문에는 김순전, 박선희「일본 메이지, 다이쇼기의 「修身」교과
서 연구-「修身」교과서에 나타난 '영웅의 유형'-」(일어일문학, 2004년 6월)과 오세
원「일본근대『修身教科書』를 통한 '군신' 연구-천황의 군대를 중심으로-」(일어일
문학, 2005년 2월)이 있다. 김순전, 박선희의 논문은 일본의 수신교과서를 연구대
상으로 하여 근대 일본의 이데올로기에 걸맞는 국민상의 궁극적 목표인 바람직한
일본인을 위해 이루어진 영웅화작업을 영웅화된 인물들의 덕목을 중심으로 4가지
유형(충군애국, 근검자주자립, 효행우애자선, 전능자)으로 분류하여 살펴보고 있
으나 노기장군에 대한 언급은 없다. 오세원의 논문은 근대수신교과서의 분석을
통해 천황과 국가를 위한 병사들의 죽음과 전쟁행위의 미화를 위해 수신교육이
어떠한 역할을 담당했는지 고찰한 것으로 메이지유신이후 전쟁미담사례를 발굴하
고 전쟁행위를 미화한 케이스 중 하나로 〈심상소학수신서〉의 6학년과정에 실려
있는 문장을 인용하여 노기장군에 대해 언급하였다. 이들 선행연구에서는 한정된
시기(2차 대전 이전의 검정교과서기와 국정교과서기)의 수신교과서만을 대상으로
노기장군에 관한 기술을 인용, 소개하는 정도에 그치고 있는 것이 그 특징이라
하겠다.

명이 된 부하를 찾다가 시간을 지체하여 구명보트 위에서 러시아의 포탄에 맞아 전사한 후, 부하에 대한 배려심이라는 성품이 높은 평가를 받아 동상과 신사가 건립되면서 군신으로 추앙되었다. 이에 비해 노기장군은 러일전쟁의 공적, 러일전쟁관련일화, 메이지천황에 대한 순사 등 비교적 평가항목이 많아서 시대에 따른 재평가양상을 살펴보기에 유효하다고 하겠다. 또 일본교과서를 주요 연구대상으로 하는 것은 러일전쟁이후 현재까지의 노기장군에 대한 평가를 통사적으로 확인하는 데에 효과적이기 때문이다.

 ## *II* 노기장군의 생전(生前) 평가

노기장군에 대한 생전(生前)평가는 크게 러일전쟁에 대한 성과(여순공격)와 메이지천황에 대한 충성심에 대한 부분으로 나눌 수 있다.

여순 공격시 정공법으로 대처한 노기장군이 쉽게 성을 함락시키지 못하자 쉽게 이길 것으로 예상한 군은 노기장군에 대해 비판하여 책임자교체를 천황에게 건의하기도 하였고 국민들 사이에서도 비판의 여론이 높아져 노기장군의 집에 돌을 던지거나 사직 또는 할복하라는 편지를 보내는 사람들도 있었다고 한다.[4] 그러나 끝내 여순을 함락시키고 러일전쟁을 승리로 이끌어 노기장군은 국내외적으로 명장으로 평가받게 된다.[5] 메이지천황에 대한 충성심으로 할복자살을 선택한 노

---

4) 岡田幹彦 『乃木希典——高貴なる明治』, 展転社, 2001년 2월
5) 러일전쟁 승리 후 국외의 노기장군에 대한 평가는 러시아의 『ニーヴァ』지에서조

기 장군에 대해 초기의 일부 언론에서는 전근대적인 사고방식에 따른 죽음으로 특히 할복이라는 방식은 야만적이라며 비판적으로 평가하기도 하였지만,[6] 많은 일본의 국내외 신문, 잡지는 노기장군이 특별한 덕을 지닌 인물로 그의 죽음이 일본의 윤리정신, 즉 무사도에 입각한 것이라며 그 가치를 높이 평가했다.[7] 이처럼 부정적인 평가가 동반되었지만 긍정적인 평가가 다수를 차지했던 노기장군은 사후 창가제작, 신사건립,[8] 노기저택의 보존이라는 형태로 군신으로 추앙받게 된다. 뿐만 아니라 국어, 창가, 수신, 역사교과서에서 그의 행적과 성품을 소개함으로써 아이들에게도 전쟁영웅으로서의 면모를 각인시켜 간다.

차 노기장군을 영웅적으로 그린 삽화를 게재할 정도였으며 독일, 프랑스, 칠레. 루마니아, 영국의 왕실 또는 정부에서 각종 훈장을 수여하였다.

6) 야마무로 겐토쿠(山室建德 「일본근대군신상의 변천」「일본학연구」, 2012년 9월, p.18)에 의하면 大正元年 9月 19日—21日자 信濃每日新聞에 「일반인들에게 만약 순사를 선시(善事)라고 하고 따라서 이를 장려하고, 실현한다면 군주의 붕어와 함께 국가의 공신(功臣)은 모두 죽어버려야 한다」라는 비판적인 논설이 실렸는데 이를 본 많은 독자들의 항의가 빗발쳤고 이후 노기장군의 죽음에 대한 비판적 견해를 피력한 신문은 찾아보기 힘들어졌다고 한다. 초기에 비판적인 견해를 보인 신문에는 東京朝日新聞, 時事新報 등도 있다.

7) 일본국내의 報知新聞, 東京每日新聞, 大阪每日新聞, 二六新聞 등과 런던타임즈, 베를린일보, 쾰른신문, 베를린상업신문, 프랑스신문 르탕, 등을 그 예로 들 수 있다.

8) 京都府(1916년), 山口県(1919년), 栃木県(1916년), 東京都(1923년), 北海道 등 일본 각지에 노기신사(乃木神社)가 건립되었다. 동상을 건립하여 사적을 후세에 전하고자 했던 히로세 다케오(廣瀬武夫)와 다치바나 슈타(橘周太)와 달리 노기장군은 신사창건을 통해 그의 업적을 기리고자 했다. 야마무로 겐토쿠(전게논문, p.23)에 따르면 개인을 신으로 모시고 그 개인의 이름이 들어가는 신사가 생긴 것은 이때부터로, 노기장군의 경우 동상이 아닌 신사를 건설하게 된 것은 노기장군이 뒤따른 메이지천황을 기념하여 메이지신궁이 건설되었는데 신사건설이 신궁창건이라는 방법과 중복되었기 때문이라고 한다.

III 전전(戰前)의 교과서

일본의 근현대 교과서는 다음과 같이 시대를 구분할 수 있다.[9]

学制実施以前(往来物等) ～1871(明治4年)
検定制度実施以前 1872(明治5年)～1885(明治18年)
検定教科書期 1886(明治19年)～1902(明治35年)
国定教科書期 1903(明治36年)～1945(昭和20年)
文部省著作教科書期 1946(昭和21年)～1948(昭和23年)
現行検定教科書期 1949(昭和24年)～현재

이 가운데에서도 러일전쟁이후에 발행된 국정교과서기는 다시 시기별로 5기로 나눌 수 있는데 국정교과서 1기에 해당하는 1903(明治36)-1909(明治42)년에는 노기장군에 관한 내용을 찾아볼 수 없다. 노기장군이 교과서에 등장하는 것은 노기장군의 사후에 해당하는 국정교과서 2기부터이다. 따라서 본 논고에서는 국정교과서 2기부터 연구대상으로 한다.

1. 국정교과서 2기(1910-1917)

러일전쟁 직후 러일전쟁을 소개한 창가교과서 『戦争唱歌』[10]가 발간되었다. 그러나 러일전쟁의 상황, 전쟁장면 등을 노래한 이 창가집에

---

9) 히로시마대학 도서관소장 교과서컬렉션 구분기준에 따른다.
10) 『戦争唱歌』(1904년 11월)

는 러일전쟁에서 활약한 사람들의 이름이 직접적으로 가사에 표현된 경우는 없었다. 노기장군이 등장하는 것은 「水師営の会見」[11]이라는 창가인데, 이 곡은 여순(旅順)을 함락시킨 후 水師営에서 이루어진 회견을 제재로 하고 있다. 「내일의 적은 오늘의 친구」, 「나는 칭송한다. 그의 방어를 / 그는 칭송한다. 나의 무용(武勇)을」, 「두 명의 나의 아들이 각각 / 전사할 수 있어서 기쁩니다. / 이것이야말로 무문(武門)의 면목입니다」[12]라는 가사 내용에서 특히 노기장군의 전쟁이 끝난 후에 적을 넓게 포용하는 무사도와 나라를 위해서라면 아들의 죽음도 기꺼이 감내하는 애국심을 엿볼 수 있다.

「水師営」의 회견을 소개한 글은 『尋常小学読本 巻10』[13]에서도 찾아볼 수 있다. 여기서는 크게 나누어 3가지 일화를 소개하고 있다.

---

11) 尋常小学唱歌 第5學年用(1912年) 唱歌「水師営の会見」(作詩 佐々木信綱 作曲 岡野貞一), 인용은 『日本教科書大系 近代編 第二十五巻 唱歌』, 講談社, 1965년, p.490
12) 가사의 전문은 다음과 같다.
旅順(りょじゅん)開城 約成りて / 敵の将軍 ステッセル / 乃木大将と 会見に / 所はいずこ 水師営 // 庭に一本(ひともと) 棗(なつめ)の木 / 弾丸あとも いちじるく / くずれ残れる 民家(みんおく)に / 今ぞ相見る 二将軍   (間奏)
乃木大将は おごそかに / 御めぐみ深き 大君の / 大みことのり 伝(つと)うれば / 彼かしこみて 謝しまつる // 昨日の敵は 今日の友 / 語る言葉も うちとけて / 我はたたえつ かの防備 / かれは称(たた)えつ 我が武勇   (間奏)
かたち正して 言いいでぬ 「此の方面の 戦闘に / 二子を失い 給(たま)いつる / 閣下の心 如何にぞ」と / 「二人の我が子 それぞれに / 死所を得たるを 喜べり / これぞ武門の面目」と / 大将答え 力あり   (間奏)
両将昼食(ひるげ) 共にして / なおも尽きせぬ 物語 「我に愛する 良馬あり / 今日の記念に 献ずべし」//「厚意謝するに 余りあり / 軍のおきてに したがいて / 他日我が手に 受領せば / ながくいたわり 養わん」   (間奏)
「さらば」と握手 ねんごろに / 別れて行くや 右左 / 砲音(つつおと)絶えし 砲台に / ひらめき立てり 日の御旗
13) 『尋常小学読本 巻10』「水師営」

* 일화1 회견장으로 사용된 집의 벽에 난 구멍을 신문지로 막아놓았는데 이를 하얗게 칠하라고 노기장군이 명령하였다. 신문이 러시아의 패배소식을 전하고 있었기 때문이다.
* 일화2 회견전날에는 오랜 기간 성안에서 줄곧 생활했던 러시아군을 위해 포도주와 닭, 야채 등을 보냈다. 회견 당일에는 회견 중 사망한 러시아군의 묘지를 한곳에 모아 비석에 이름과 고향을 표시하고 싶다는 의견을 스테셀장군에게 전하였다.
* 일화3 스테셀장군이 러일전쟁 중에 사망한 노기장군의 두 아들에 대한 조의를 표하자 노기장군은 조국을 위해 싸울 수 있어서 만족하며 아이들도 기쁘게 지하에서 잠자고 있을 것이라 말하였다. 이를 들은 스테셀장군은 노기장군의 아무렇지 않은 태도, 오히려 만족하고 있다는 이야기에 노기장군을 정말 훌륭한 사람이라며 칭송하였다.

일화 1과 2를 통해서는 전쟁 종료 시에 적군도 배려하는 인도주의적인 모습(무사도)과 일화 3을 통해서는 애국심을 소개하고 있다. 창가교과서와 국어교과서가 水師營의 회견이라는 같은 제재를 다루고 있기 때문인지 노기장군의 무사도와 애국심을 지적하고 있는 것은 동일하다.

한편 역사교과서 『高等小學日本歷史』[14]에서는 육군대장 노기가 여순공략의 임무를 맡은 제 3군을 이끌었다고 이름을 언급하고 여순, 봉천(奉川) 함락까지의 과정을 약 2페이지에 걸쳐 설명하고 있다.

2. 국정교과서 3기(1918-1932)

국정교과서 3기에는 국어교과서에 「水師營」라는 글과 창가교과서

---

14) 高等小學日本歷史(1914년), pp.74-75

에 창가 「水師営の会見」이 2기에 이어서 계속 게재[15]되었다. 이 이외에 3기에는 수신교과서에 「清廉」[16]이라는 제목으로 노기장군의 일화를 소개하는 글이 새롭게 추가되었다.

- 일화1 전쟁터에서 가족에게 편지를 보내려고 했으나 개인용종이가 없었다. 군용편지지가 많이 있었지만 군용편지지는 사용하지 않고 참모장에게 종이를 빌려 편지를 보냈다.
- 일화2 메이지 39년, 러일전쟁에서 승리 후 일본에 돌아온 노기에게 어느 사람이 집안의 보물인 창을 선물로 보내 축하하자 받을 수 없다며 돌려보냈다. 후에 학습원 원장이 된 노기에게 이 사람이 다시 元寇를 소재로 한 그림을 화가에게 그리게 해 학습 자료로 사용해 달라며 보내자 노기는 기꺼이 그것을 받았다.
- 일화3 메이지 42년, 학습원 교사(校舎)가 새로 건축되었을 때 궁중에서 대장에게 하사금을 내렸는데 노기장군은 이 하사금을 여러분의 수고를 높이 사서 주신 것으로 생각한다며 직원 모두에게 우표로 바꾸어 나누어 주었다.

위의 3가지 일화를 통해서 평생 청렴했던 노기장군의 인성을 강조하고 있다.

마지막으로 역사교과서[17]에서도 노기장군의 이름이 등장하는데 2기 때와 마찬가지로 노기장군이 제 3군을 이끌어서 여순, 봉천을 함락시킨 과정을 약 2페이지에서 설명하였다. 또한 여기서는 충성스럽고

---

15) 尋常小学国語読本 卷9「水師営(すいしえい)」, 新訂 尋常小学唱歌 第5學年用(1932년) 唱歌 「水師営の会見」
16) 尋常修身教科書 卷六(1918년) 제 15과 清廉, 인용은『日本教科書大系 近代編 第三卷 修身』, 講談社, 1962년, p.203
17) 尋常小學國史 下卷(1921년)

용맹한 장군과 부하들은 목숨을 걸고 천황의 은공에 보답하고자 하여 몇 번이고 돌격을 반복했다는 표현[18]을 통해 노기장군의 충성심과 용맹함을 그리고 있다. 충성심과 용맹함은 군인칙유에서도 언급된 군인으로서 요구되었던 중요한 덕목[19]으로 노기장군이 뛰어난 군인이었음을 부각시키는 표현으로도 볼 수 있을 것이다. 역사교과서에서 러일전쟁에 할애하는 분량과 노기장군에 대한 위와 같은 평가는 2차 세계대전에서 패전하는 1945년, 즉 국정교과서 5기까지 계속해서 반복된다[20].

노기장군의 죽음을 전후한 시기에 발행된 국정교과서 2기에서는 水師営의 회견을 소재로 한 일화만 소개한 반면, 국정교과서 3기에는 러일전쟁이외의 일화도 교과서에 게재되어 인성과 군인으로서의 모습도 소개하기 시작한다.

3. 국정교과서 4기(1933-1940)

국정교과서 4기에는 3기 수신교과서에 게재된 「清廉」이라는 글이 「至誠」[21]이라는 글로 대체되었다. 「至誠」에서는 러일전쟁부터 메이지

---

18) 尋常小學國史 下卷(1921년)에 「又陸軍大将乃木希典は軍を率いて旅順にせまり、海軍と力を合はせて、其の要塞を攻撃せり。旅順の要塞は、敵が難攻不落を以て世界にほこりし堅城なる上、敵将ステツセル固く守りしかば、容易に陥るること能はず。されど我が忠勇なる将卒は、一死を以て君恩にむくいんとし、幾度となく突撃を行ひて、やうやく二百三高地を占領し、(後略)」(p.132)라는 기술이 있다.

19) 1882년 발포된 군인칙유(軍人勅諭)에서 천황의 군대로서 군인이 지켜야 할 덕목으로 「忠節」「禮儀」「武勇」「信義」「質素」의 5개 항목을 들고 있다.

20) 이후 국정교과서 4기와 5기의 역사교과서에서는 표기법과 부분적으로 표현이 수정되어 있으나 내용에 있어 상이함은 찾아볼 수 없다.

21) 尋常修身教科書 卷六(1936년) 第21 至誠, 인용은 『日本教科書大系 近代編 第三卷 修身』,

천황서거까지의 노기장군일화를 5가지 소개하고 있다.

* 일화1 러일전쟁 당시 자진해서 먼저 전선에 나가 부하를 격려하고 그들과 음식, 잠자리를 같이 했다.
* 일화2 러일전쟁 종료 후 동경으로 개선했을 때, 많은 부하를 잃어 「무사히 돌아와 죄송하다」고 말하는 듯한 표정은 군중에게 깊은 감동을 주었다.
* 일화3 천황이 러일전쟁의 공을 치하하여 하사한 금일봉으로 기념품을 만들어 부하들에게 나누어 주었다.
* 일화4 학습원장으로 임명되자 수영, 검도 등에 직접 참여하여 생도들을 이끌었다.
* 일화5 천황의 병환을 안타까워하며 쾌유를 빌었고 아침저녁으로 문안인사를 드렸으나 천황이 돌아가시자 방문객도 돌려보낼 정도로 크게 슬퍼했다.

일화 1과 2에서는 노기장군의 부하사랑을, 일화 3에서는 청렴한 성품을, 일화 1과 4에서는 솔선수범하는 모습을, 일화 5에서는 천황에 대한 충성심을 읽을 수 있다. 3기 수신교과서의 「淸廉」은 노기장군의 청렴한 인품을 소개하는데 그친 반면, 4기 「至誠」에서는 노기장군의 인품은 물론, 군인 특히 지휘관으로서의 자질, 충성심 등 다양한 모습을 적고 있다.

또 「公德」[22]이라는 제목의 학습원장 시절 새로운 일화를 통해 노기장군은 공덕을 중요시했던 사람으로 묘사되고 있다. 전차, 자동차 등 이동수단의 발달과 도서관, 박물관, 공원 등의 공공장소의 증가에 따라

---

p.251

22) 尋常修身教科書 卷五(1936년) 第4 公德, 인용은 김순전외 7인공편 『日本尋常修身書 原文下』, 제이앤씨, 2005년 p.166

이를 이용하는 사람들이 공덕을 지킴으로 세상의 질서가 자리잡히고 모두 즐겁게 생활할 수 있다고 설명하면서, 노기장군의 일화를 그 예로 들었다. 학습원장 시절 노기장군은 항상 학생들에게 남에게 폐를 끼치지 않도록 하라고 당부하였고 자신도 이를 철저히 지켰다고 전하면서, 우에노(上野)로 이동하는 도중에 갑작스럽게 내린 비에 젖은 노기장군이 전차 안에서 수행원에게 젖은 코트도 맡기지 않고 다른 사람이 양보하는 자리에 앉지도 않은 채 줄곧 서있었다는 일화를 소개했다.

한편, 국어교과서에는 2기부터 계속 게재되어 온 「水師営」[23]이외에 새로이 「乃木将軍の幼年時代」[24]가 게재되었다. 여기서는 유년시절에 있었던 3가지 일화를 소개하였다.

* 일화1 노기장군은 어렸을 때 몸이 약하고 겁쟁이에다가 잘 울었다. 長府 번주를 모시고 있었던 장군의 아버지는 아들이 겁쟁이에 다가 울보여서는 번주를 뵐 면목이 없다고 생각해 몸과 정신을 강하게 만들어야겠다고 결심하였다. 노기장군이 4, 5살 무렵부터 새벽에 아들을 깨워 高輪의 泉岳寺에 자주 데리고 가서 유명한 47인의 묘 앞에서 그들의 공적을 들려주고 참배를 하였다. 어느 겨울 장군이 춥다고 하자 그의 아버지는 따뜻하게 해 주겠다면서 옷을 벗게 하고 찬물을 끼었었다. 이후 장군은 평생 춥다고도 덥다고도 하지 않았다.
* 일화2 노기장군의 어머니는 노기장군이 싫어하는 음식이 있는 듯하면 그 음식만 계속 식사에 내어 장군이 익숙해지도록 만들었다. 장군이 좋아하는 음식, 싫어하는 음식이 없도록 만들었다.
* 일화3 대장이 10살 때에 일가가 고향으로 돌아가게 되었다. 에도에서 오사카까지 걸어서 갔는데 이때 이미 몸이 건강해져 있었다.

---

23) 小学国語読本 巻10 「水師営(すいしえい)」
24) 小學國語讀本尋常科用 巻七(1936년) 第26 乃木将軍の幼年時代, pp.142-148

고향집은 6조, 3조의 좁은 집이었지만 무사의 혼이라 할 수 있는 창, 칼 등은 언제나 잘 손질되어 있었다.

유년시절의 3가지 일화를 모두 소개한 후에 교과서에서는 노기장군을 평생 「충성스럽고 검소(忠誠質素)」했으며 「무인의 본보기(武人の手本)」라며 칭송한다[25]. 위의 3가지 일화를 통해서 노기장군을 「무인의 본보기」라고 할 수 있는지의 여부는 논외의 대상으로 하겠지만, 이러한 표현은 지금까지 살펴본 교과서에서는 찾아볼 수 없었던 것이다. 앞에서도 잠깐 언급한 바와 같이, 군인칙유에서도 강조하는 군인의 덕목인 검소, 무용, 충절을 소개하는 일화를 통해 노기장군이 바람직한 군인상이었으며 무사도를 지닌 인물이었음을 강조하고 더불어 인성면에 있어서도 청렴하고 공덕을 중시하는 인격자였음을 쇼와시대의 4기교과서에서는 부각시키고 있다. 군신으로 추앙하는 데에 있어 마지막 작업이라고 하는 신사건립이 다이쇼(大正)시대에 대부분 마무리가 된 후에 개편된 교과서에서 「무인의 본보기」라는 표현이 등장했다는 것은 노기장군이 적어도 쇼와에 들어서는 군신으로서의 지위를 확고히 했다고 보여진다.

4. 국정교과서 5기(1941-1945)

국정교과서 5기는 2차 세계대전이 격화되었던 시기이다. 이 시기의 수신교과서에서는 가토 다테오(加藤建夫)소위, 특별공격대(特別攻擊隊), 이누마 마사아키(飯沼正明)비행사 등과 같이 2차 대전에 참가한

---

25) 小學國語讀本尋常科用 卷七, p.147

군인들의 일화를 새롭게 추가하여 소개[26]하였고, 반면에 러일전쟁의 영웅들은 그 비중이 축소되었다.[27] 4기에서 국어교과서에 실려 있었던 「乃木将軍の幼年時代」가 수신교과서로 과목을 바꾸어 게재[28]되었고 국정교과서 2기부터(2기와 3기에도) 게재된 창가 「水師営の会見」이 창가교과서[29]에 실린 것이 전부이다. 역사교과서[30]에는 여순, 봉천 함락 과정을 설명하는 부분에 노기장군의 이름이 등장한다. 5기의 교과서에서는 노기장군과 관련된 새로운 글이 추가되는 일도 없었고 그 분량도 줄어들었지만, 충성심과 애국심, 용맹함, 검소한 인성, 무사도와 같이 노기장군의 다양한 모습에 대해 언급한 글들이 계속 게재되었다.

---

26) 初等科修身(1942년)에 게재된 2차 대전 관련 군인들의 일화로 3권 第19 まけじだましい, 5권 第9 軍神のおもかげ, 5권 第15 特別攻撃隊, 5권 第18 飯沼飛行士 등의 5개 과가 있으며 총 14명의 인물이 소개되었다.

27) 국정교과서 2기에는 세이난전쟁관련영웅이 1개과 2명, 청일전쟁관련영웅이 1개과 1명, 러일전쟁관련영웅이 2개과에서 2명 소개되었다, 3기에는 세이난전쟁관련영웅이 1개과 2명, 청일전쟁관련영웅이 1개과 1명, 러일전쟁관련영웅이 5개과에서 4명이었으며 4기에는 청일전쟁관련영웅이 1개과 1명, 러일전쟁관련영웅이 6개과 6명이었다. 4기까지는 점차로 세이난전쟁과 청일전쟁관련영웅이 줄어들고 러일전쟁관련영웅이 비중을 확대해 가지만 5기에는 러일전쟁관련 영웅이 3개과 4명으로 대폭 축소된다.

28) 初等科修身 二(1942년) 第17 乃木将軍の幼年時代

29) 初等科音樂 4 唱歌

30) 小學國史尋常科用 下卷(1941년), 初等科國史 下((1943년)

VI 전후(戰後)의 교과서: 문부성저작교과서기(1946-1948) 및 현행검정교과서기(1949-현재)

1945년 8월 패전과 함께 일본의 교과서는 전면적으로 수정된다. 1945년 10월부터 12월에 걸쳐 연합국군총사령부에서 교육정책관련 지령이 발표되어 일본교육의 근본적인 전환이 요구되었다. 연합국군총사령부는 1945년 10월 지령에서 군국주의, 극단적인 국가주의 사상을 부추기는 교육내용을 개정할 것, 그리고 12월 지령에서 일본역사, 지리, 수신 3개의 교과목수업정지를 명령했다. 동시에 위와 관련된 교과서의 수집 및 파기, 새로운 교과서 작성을 명령하였고 그 후 문부성은 이러한 지령을 바탕으로 새로운 교과서 작성을 서두르게 된다[31].

1949년 이후 발행된 검정교과서는 연합국군총사령부의 지령이 반영되어 그 서술양상이 크게 변화한다. 현재에 이르기까지 검정교과서기에 발행된 교과서 중 러일전쟁, 노기장군과 같은 전쟁영웅에 대한 언급을 찾아 볼 수 있는 과목은 사회과 교과서로 한정된다. 앞에서도 살펴본 바와 같이 국정교과서기 역사교과서에서는 노기장군이 제 3군을 이끌어 여순, 봉천을 함락시킨 과정을 2페이지에 걸쳐 자세히 설명하고 세계사에서 유례가 없는 강대국을 상대로 한 큰 전쟁에서 승리하여 세계에 일본이 강대국임을 인식시키고 동아시아국가에 자각을 촉

---

31) 1949년 새로운 검정제도 하에 작성된 검정교과서가 사용되기까지 전시 중에 사용된 교과서를 수정(일부를 검게 칠하여 지우거나 필요 없는 부분을 찢어버리거나 덧붙이거나 함)하여 사용하게 된다. 이에 문부성은 종래의 교과서 중에 전시교재를 생략, 삭제하도록 지시하였는데. 그 기준으로 국방군비 등을 강조한 것, 전의고양에 관한 것, 국제화친을 방해하는 것 등을 제시하였다. 「近代教科書総説」『日本教科書大系　近代編　修身(一)』, 講談社, 1966년, p.33

구, 기운을 북돋아 주었다고 러일전쟁의 의의를 설명하였다. 그러나 검정교과서기의 사회과교과서에서는 노기장군에 대한 언급이 없고 일본정부 내에서 개전론이 대두하여 러시아와의 원만한 해결이 불가능해져 러일전쟁이 시작되었다고 서술하였다. 또, 전쟁의 과정은 거의 다루지 않고 전쟁은 승리하였으나 병력 및 재정적인 손실이 컸다는 점과 영토적 이득이 미미하고, 경제적 이득(상금)이 전무했다는 사실을 강조하였으며, 국제적인 지위가 상승한 것만은 인정하고 있다[32].

이처럼 러일전쟁 및 관련인물들에 대한 서술을 상당부분 생략, 축소한 검정교과서는 근래에 들어 1990년대 중반부터 시작된 급속한 경기침체로 인한 전후 최대의 위기의식, 강한 일본을 표방했던 고이즈미(小泉)·아베(阿倍)로 이어지는 극우성향 내각의 출현, '자학사관(自虐史觀)'에 대한 비판이 이어지면서 변화를 보인다. 도쿄대(東京大) 교수 후지오카 노부카쓰(藤岡信勝)를 중심으로 하는 '자유주의사관(自由主義史觀)'에 의한 역사인식이 모태가 되어 우익성향의 교육자들은 '새로운 역사교과서를 만드는 모임(新しい歴史教科書をつくる会)'을 조직하기에 이르렀다. 이들이 주축이 되어 제작한 역사교과서『中學社會 新しい歴史教科書』에서는 칼럼 〈역사의 명장면 일본해해전〉에서 러일전쟁을 「세계해전사상 이정도로 완전한 승리를 거둔 예는 없었다」고 평가하고 「또한 마찬가지로 러일전쟁에서 활약한 육군대장 노기 마레스케는 전쟁이 끝난 후 패배한 러시아 장군의 목숨을 구하기 위해서 다양한 노력을 아끼지 않았다. 메이지 일본에서도 패자의 명예를 존중하는 무사도는 살아있었던 것이다」라며 완벽한 전쟁의 승리만큼이나 뛰어난

---

32) 사회과교과서(1981년), pp.140-141

노기장군의 무사도에 관해 서술하고 있다.[33] 또 扶桑社의 교과서 사업을 계승한 우익성향의 育鵬社의 역사교과서에서도 〈러일전쟁개전과 일본의 승리〉라는 제목의 본론에서 「육군은 러시아가 구축한 여순의 요새를 공략하기 위해서 노기 마레스케가 이끄는 군대를 보내어 많은 희생을 치른 끝에 점령했다」라고 하며 사진과 함께 「제 3군사령관으로서 러일전쟁에 참가하였으며 적의 명예도 존중하는 인격자였다. 전쟁이 끝난 후, 부상병을 위해서 노기식 의수를 제작, 배포하였다. 또 학습원원장으로 쇼와천황의 교육을 담당하였다」라고 인물소개를 하고 있다[34]. 育鵬社의 역사교과서에서는 扶桑社와는 달리 적군에 대한 배려심을 소개하면서 패자의 명예를 존중한 것을 일본의 무사도정신이 아닌 개인의 인격으로 한정해서 언급하고 있다. 또 노기식 의수를 제작, 배포했던 일화를 통해 부하사랑, 즉 지휘관으로서의 자질에 대해 높이 평가하고 있다. 노기장군이 교과서에 재등장한 것은 60여년만의 일로 여타 사회과 교과서에서 노기장군에 대한 언급을 찾기 어렵다[35]는 점

---

33) 중학사회 新しい歷史教科書(扶桑社, 2005, 2008년, p.169) 〈역사의 명장면 日本海海戰〉
「世界の海戰史上、これほど完全な勝利を收めた例はなかった。なお、同じく日露戰爭で活躍した陸軍大将の乃木希典は、戰後、敗れたロシアの将軍の助命のためにさまざまな努力をいとわなかった。明治の日本にも、敗者の名誉を重んじる武士道は生きていたのである。」

34) 중학사회 新しい日本の歷史(育鵬社, 2011년), p.173
〈日露戰爭の開戰と日本の勝利〉라는 제목의 본론에서 「陸軍は、ロシアが築いた旅順の要塞を攻略するため、乃木希典の率いる軍を送り、多くの犠牲を払った末に占領しました」라고 하며 사진과 함께 「第3軍司令官として日露戰爭を戰い、敵の名誉も尊重する人格者だった。戰後、負傷兵のために乃木式義手を製作、配布させた。また学習院院長として裕仁親王(昭和天皇)の教育にあたった」라고 인물소개를 하고 있다.

35) 중학사회新しい歷史教科書(自由社, 2009년), 중학사회 歷史(教育出版, 2005년), 신중학교 歷史(淸水書院, 2005년), 사회과 中學生の歷史(帝國書院, 2005년), 中學社會(日本書籍新社, 2005년), 新しい歷史(東京書籍, 2005년)

에서 이들 우익성향의 교과서는 그 차이를 분명히 하고 있다. 전전의 다이쇼, 쇼와시대에 애국심, 충성심, 모범적인 군인상을 강조했던 글이 아니라 할지라도 이들 교과서가 노기장군을 직접 언급함으로써 러일전쟁에서 「완전한 승리」를 거두며 승승장구했던 화려한 과거를 환기시키고 있음은 분명하다고 하겠다.

V 맺음말

지금까지 러일전쟁의 영웅 노기장군이 군신으로 추앙받게 된 경위와 평가양상을 전전과 전후의 교과서를 통해 살펴보았다. 2기 국정교과서부터 찾아볼 수 있는 노기장군 관련 글은 4기까지 꾸준히 증가하다가 전쟁이 가장 격화된 5기에는 2차 세계대전관련 전쟁영웅들의 글로 인해 그 비중이 줄어들었다. 다이쇼시대에 해당하는 2기와 3기국정교과서에서는 러일전쟁과 관련된 일화가 대부분이었고 이를 통해 노기장군의 무사도, 애국심, 충성스럽고 용맹한 군인상, 청렴한 인품을 그렸다. 다이쇼 말기 3기 국정교과서에 소개되기 시작한 군인으로서의 모습과 인품은 쇼와시대인 4기 국정교과서에서 보다 다양한 일화를 통해 더욱 강조되는 양상을 보인다. 충성스럽고 용맹한 군인이었을 뿐만 아니라 뛰어난 자질을 갖춘 지휘관으로 「무인의 본보기」로 평가되고 있으며 검소하고 공덕을 중시하는 인품도 소개되어 인격자였음이 강조되고 있다. 또 천황에 대한 충성심을 읽을 수 있는 일화도 새롭게 추가된 시기이기도 하다. 계속되는 쇼와시대 5기 국정교과서에서는 게재된 글의 수는 전체적으로 줄었으나 4기와 마찬가지로 노기장군을 「무인의 본보기」, 인격자로 소개한 것은 변함이 없다.

하지만 패전 후에는 연합국군총사령부의 지령에 따라 전쟁, 군국주의관련 글들이 삭제되면서 노기장군 관련 글들도 완전히 자취를 감춘다. 이후 60여년 정도 노기장군에 관한 언급은 교과서 그 어디에서도 찾아보기 힘든데, 이는 한번 삭제된 전쟁, 군국주의 관련 글들이 다시 게재되기 어려웠던 사회적 분위기도 존재했겠지만, 1960년대 이후 시바 료타로에 의해 제기된 노기우장론에도 그 이유가 있으리라 생각된다.36)

노기장군이 다시 교과서에 재등장하는 것은 극우단체 '새로운 역사 교과서를 만드는 모임' 에 의해서이다. 러일전쟁이후 패전까지의 국정교과서에 뛰어난 인품을 지닌 「무인의 본보기」로 군신으로서의 지위를 확고히 하며 등장했던 노기장군이 보수화, 우경화가 심화되고 있는 2000년대 이후 역사교과서에 재등장하고 있는 것이다. 비록 그 소개양상이 애국심, 충성심, 모범적인 군인상을 강조하지 않고 일본의 무사도, 개인의 인격에 대해 언급하는 데에 그치고는 있지만 이들 교과서가 노기장군을 직접 언급함으로써 러일전쟁에서 「완전한 승리」를 거두며 승승장구했던 화려한 과거를 환기시키고 있음은 분명하다. 시대를 막론하고 사회가 불안해지거나 전쟁 등으로 인한 국가의 안태(安泰)가 위태로울 때에는 초인적 인물로서의 영웅이 요구되었다. 1990년대 중

---

36) 노기장군이 무능력한 우장이었다는 주장은 시바 료타로의 소설 『坂の上の雲』『殉死』을 시작으로 확산되었다. 이에 대해 반론을 제기하며 노기장군을 옹호하는 의견-福田恆存「乃木将軍は軍神か愚将か」(『中央公論』, 1970년 12월), 桑原嶽『名将 乃木希典(第五版)』(中央乃木会、2005년),福井雄二「『坂の上の雲』に描かれなかった戦争の現実」(『中央公論』, 2004년 2월), 別宮暖朗『旅順攻防戦の真実』(PHP文庫, 2006년) 등도 일찍부터 제기되어 현재까지도 노기우장론과 노기명장론이 대립을 지속하고 있다.

반부터 시작된 급속한 경기침체, 2011년 동북지방의 대지진 등 어려움에 처한 현대일본에 있어 노기장군의 교과서등장은 사회통합논리에 따른 것으로 볼 수 있지 않을까? 과거로의 회귀, 즉 어려움 속에서도 화려하게 번성했던 과거의 기억을 당시의 영웅을 기재로 되살려서 국가적 애착 및 민족적 자긍심을 강조하여 현시점의 어려움을 극복하고자 하는 현대일본사회의 통합논리에 노기장군이 적극 활용되고 있는 것이다.

「近代教科書総説」『日本教科書大系 近代編 修身 (一) 』, 講談社, 1961

福田恆存「乃木将軍は軍神か愚将か」, 『中央公論』, 1970. 12

岡田幹彦『乃木希典──高貴なる明治』, 展転社, 2001. 2

福井雄二「『坂の上の雲』に描かれなかった戦争の現実」, 『中央公論』, 2004. 2

桑原嶽『名将 乃木希典(第五版)』, 中央乃木会、2005

別宮暖朗『旅順攻防戦の真実』, PHP文庫, 2006

山室建徳『軍神』, 中公新書, 2007

文藝春秋にみる「坂の上の雲」とその時代, 文藝春秋, 2009

塩澤実信『「坂の上の雲」もうひとつの読み方』, 北辰堂出版 2009. 11

坂の上の雲 「東郷平八郎」曾孫は海上自衛隊「ハローワーク」(ワイド 師走の迷走),
    週刊新潮, 2009. 12

村井重俊, 太田サトル「週刊司馬遼太郎(149)子規と秋山兄弟の選択—「坂の上の雲」
    の世界 第2部(第7回)山本権兵衛と東郷平八郎」週刊朝日, 2010. 1

山室建徳「일본근대군신상의 변천」「일본학연구」, 2012. 9

戦争唱歌, 1904.11

尋常小学唱歌 第5學年用, 1912

高等小學日本歷史, 1914

新訂 尋常小学唱歌 第5學年用, 1932

尋常修身教科書 卷六, 1918

尋常小學國史 下卷, 1921

尋常修身教科書 卷六, 1922

尋常修身教科書 卷五, 1922

小學國語讀本尋常科用 卷七, 1922

初等科修身 二, 1942

小學國史尋常科用 下卷, 1941

初等科國史 下, 1943

사회과교과서, 1981

중학사회 新しい歷史教科書, 扶桑社, 2005, 2008

중학사회　新しい日本の歴史, 育鵬社, 2011

중학사회 新しい歴史教科書, 自由社, 2009

중학사회 歷史, 教育出版, 2005

신중학교 歷史, 淸水書院, 2005

사회과 中學生の歷史, 帝國書院, 2005

中學社會, 日本書籍新社, 2005

新しい歷史, 東京書籍, 2005

김순전·박선희 「일본 메이지, 다이쇼기의 「修身」교과서 연구—「修身」교과서에 나
　타난 '영웅의 유형'-」, 일어일문학, 2004.6

오세원 「일본근대 『修身敎科書』를 통한 '군신'연구-천황의 군대를 중심으로-」, 일어
　일문학, 2005.2

정형 「일본 전쟁영웅의 내러티브 연구」, 「일본학연구」, 2013.5

국민교육과 전쟁·전쟁영웅
─ 메이지기(明治期) 창가(唱歌)교육을 중심으로 ─

이권희(李權熙)

I 머리말

교육은 그 어떠한 이데올로기에 의해서도 구속되어서는 안 될 것이다. 하물며 그 대상이 스스로 사물을 판단할 능력이 부족하고 쉽게 감화(感化)하는 어린 학생일 경우에는 더욱 그러하다. 그러나 근대기 일본의 교육은 안타깝게도 메이지(明治) 신정부가 지향하는 국민국가 형성 과정에서 국민을 교화(敎化)하는 한 수단으로써 활용되있다. 메이지유신(明治維新) 이후 신정부는 국가신도(國家神道)적 이데올로기에 바탕을 둔 국체(國體)의 형성과, 국민국가로서의 일본을 지향함에 있어 거기에 속하는 국민들의 통일된 아이덴티티의식을 만들어내는 것을 교육의 중요한 과제로 삼았다. 이에 1879년 메이지천황의 이름으로 발표된 '교학성지(敎學聖旨)'나 1890년의 '교육칙어(敎育勅語)'에서 강조하고 있는 '덕육(德育)'을 통한 '덕성(德性)'의 함양(涵養)'이라는 시대의 가치를 교육 현장을 통해 구현해 갔으며, 문부성창가(文部省唱歌)로 대표되는 창가교육 또한 수신(修身)·국어·역사·지리교육과 함께 '충군애국(忠君愛國)' 이라는 시대정신을 고양(高揚)시키기 위한 도구, 혹은 매체로써 학교교육에 이용되었다.

메이지 신정부는 학교교육에 창가(唱歌) 과목을 포함시킴으로써 합창을 통한 대동단결(大同團結)의 정신을 강화하고, 특히 메이지 후기에 들어서는 역사상의 영웅과 청일·러일전쟁을 겪으면서 당시의 군국미담(軍國美談)이나 전쟁영웅 등을 소재로 한 창가를 보급한다. 진취적 기상과 전의(戰意)를 고양시키는 노래를 소리 높이 부르게 함으로써 국민의 사기(士氣) 진작과 애국심의 함양, 나아가서 일본·일본인이라는 공동체의식과 연대의식의 강화를 꾀하였던 것이다. 신정부는 국가(國歌) 제창이나 교가, 응원가, 아니면 애창곡 등을 함께 부르며 공유한다는 것이 공동체적 환상을 만들어내고, 때로는 이성(理性)에 기초한 판단력마저 저하시키는 집단적 최면(催眠) 효과가 있다는 것에 주목했다.[1] 이는 선망과 극복의 대상이기도 했던 서구의 선진 제국(諸國)이 근대국가 형성과정에서 '국민음악'을 만들어내고 이를 공유함으로써 귀속의식(歸屬意識)과 연대의식(連帶意識)을 고양시켜 나갔던 것을 잘 알고 있었기 때문이다. 이를 위해 정부는 신정부 출범 후 비교적 이른

---

1) 프랑스혁명 시에는 훗날 국가가 되는 '라 마르세이유' 등, 과격한 가사의 '혁명상송'이라 불리는 노래가 다수 만들어졌다. 혁명군은 물론 시민들이 이러한 노래를 합창하며 혁명의 대열에 참가해 연대감을 느끼며 혁명을 성공으로 이끌었다는 것은 잘 알려진 사실이다. 또한 19세기 영국과 프랑스, 독일을 중심으로 해서 일어난 합창운동은 유럽 전역으로 퍼져 수많은 시민합창단이 탄생했다. 또한 플라톤은 『국가(The Republic)』를 통해 국가의 지도자는 이상적인 국가를 만들기 위해 음악에 대한 지식을 갖고 적절한 때에 적절한 음악을 사용하는 것으로 사람의 마음을 컨트롤하고 용감하고 절도 있는 인격을 갖는 젊은이를 키워가야 하는 것이 필요하다고 역설한 것은 유명하다.

시기에 '음악교육을 통한 국민사상의 통일을 기초로 하는 국민국가 형성'이라는 음악교육의 구체적 목표를 설정하였고, 이를 적극 추진할 기관으로 '음악조사계(音楽取調掛)'를 설치하였다. 음악조사계에서는 각국의 음악교육에 관한 실태 조사를 바탕으로, 국악창성(國樂創成)이라는 원대한 포부 하에 음악교육을 위한 인재육성과 교재 편찬에 주력한다. 그 결과 만들어진『소학창가집(小學唱歌集)』(1882~84),『유치원창가집(幼稚園唱歌集)』(1887)을 통해 음악을 통한 국민의식의 창출을 실험하였으며,『심상소학독본창가(尋常小學讀本唱歌)』(1910)『심상소학창가(尋常小學唱歌)』(1911~14)라는 준 국정창가집 편찬을 통해 이를 공고히 해나갔다.

본고의 목적은 근대 일본의 국민국가 형성과 교육이라는 커다란 주제 하에 메이지기 창가교육의 특성을 살펴보고, 특히 메이지 후기 청일전쟁과 러일전쟁을 거치면서 대두되는 제국주의·군국주의 사상의 형성과 그 구현(具現)의 소재로써의 전쟁영웅의 창출과 수용에 교육, 특히 창가교육이 어떻게 관여하였는가를 밝히는데 있다.[2] 이를 통해 메이지기 일본의 교육이념의 변천이라는 커다란 흐름 속에서, 천황제 이데올로기 형성의 사상적·정신적·심리적 연원으로써의 국민교육, 즉

---

2) 국내에서 일본의 교육제도와 이념에 관한 연구는 주로 교육사적 관점에 입각한 일본의 교육제도의 한국에의 영향이라는 비교 프레임 속에서 양국의 제도의 변천을 비교하거나, 식민지 조선의 굴절된 신교육이라는 점에 주로 초점이 맞추어져 왔다. 윤종혁은『한국과 일본의 학제 변천 과정 비교 연구』(한국학술정보 2008)에서 교육사적 관점에 입각하여 2차 세계대전 이후의 한일 양국의 학제 변천 과정을 비교하였고, 한용진은『근대 이후 일본의 교육』(문 2010)을 통해 교육교류사적 관점에서 일본의 개화기 교육개혁과 한국에의 영향 등을 개관하고 있다. 또한 특정 분야의 구체적 연구로는 교육령 반포 이후의 수신(修身)과목에 주목한 연구 김순전 외『수신하는 제국』(제이엔씨 2004) 등을 들 수 있는데, 국내 연구자에 의한 일본 창가에 관한 연구는 일제강점기 시대의 이식과정에 관한 일부 비교연구를 제외하고는 거의 이루어지고 있지 않다고 해도 과언이 아니다.

'국민국가 일본의 규범 형성과 교육'이라는 문제와 더불어 문화 권력에 의한 국민사상의 창출이라는, 근대기 일본의 일그러진 문화 정책의 일면을 이해하는 작은 실마리를 찾을 수 있으리라 생각한다.

II 국체(國體)의 형성과 국민교육

일본의 근대교육은 막부(幕府) 말기 사숙(私塾)을 중심으로 하는 양학(洋學)을 기초로, 서양문명의 발전이 교육을 통한 인재양성에 의해 이루어졌음에 주목한 메이지 신정부의 교육근대화 정책에 의해 시작된다.[3] 주지하는 바와 같이 에도(江戶)시대의 난학(蘭學)이라 불리던 양학의 수용은 네덜란드 서적의 번역을 통해 먼저 의학 분야에서 자연과학, 인문과학의 분야로 점차 발전해갔고, 막부 말기에는 사쓰마번(薩摩藩)과 조슈번(長州藩)을 중심으로 군사과학 분야의 연구 또한 활발히 이루어졌다. 또한 18세기 이후 중국을 통로로 행해졌던 외국사정 연구

---

3) 에도시대의 난학(蘭學)은 영학(英學)과 불학(佛學)을 포함하여 양학(洋學)이라 불리게 된다. 양학은 먼저 의학에서 자연과학, 인문과학의 학문으로 점차 발전해갔으며, 막부 말기에는 군사과학에 높은 관심을 보인다. 대표적 난학숙(蘭學塾)으로는 의사였던 오쓰키 겐타쿠(大槻玄沢, 1757~1827)의 시란도(芝蘭堂), 오가타 고안(緒方洪庵, 1810~1863)의 데키주쿠(適塾), 후쿠자와 유키치(福沢諭吉, 1834~1901)의 게이오기주쿠(慶応義塾), 시볼트(Siedolt)의 나루타키주쿠(鳴滝塾) 등을 들 수 있으며, 막부에 의한 양학 진흥기관으로 1856년의 반쇼와게고요(蛮書和解御用)라는 이름으로 시작해 반쇼시라베쇼(蕃書調所)·요쇼시라베쇼(洋書調所)·가이세이조(開成所) 등으로 이름과 조직을 개편해 발전해온 양학연구와 교육을 겸한 양학연구기관이 있었으며, 그 밖에 이가쿠쇼(醫學所), 강무소(講武所), 군함조련소(軍艦調練所,) 어학소, 광산학교, 영어연습소(英語稽古所,) 프랑스어학전습소 등에서 실학적 지식과 기능을 중시한 양학연구와 교육이 이루어졌다.

는 막부 말기에도 지속되었는데, 이들 난학자들을 통한 서양의 교육제도연구의 축적이야말로 메이지 신정부의 교육 근대화 정책의 밑바탕이 되었다.[4] 거기에 막부 말기라 할 수 있는 1860년(萬延元年)에 막부에서 파견한 만엔견미사절단(萬延遣米使節團)은 직접 미국으로 건너가 각종 학교의 교육현장을 시찰하였고, 사절단에 동행했던 후쿠자와 유키치(福沢諭吉)는 이때의 경험을 바탕으로 저술한『서양사정(西洋事情)』(1866~1870)을 통해 서양문명의 발달과 교육제도의 관계에 대해 역설함으로써 신정부의 교육 근대화 정책에 많은 영향을 주었다. 또한 사절단과 함께 파견된 유학생, 또는 각 번에서 직접 파견한 유학생들이 습득한 새로운 지식과 기술은 메이지 신정부의 교육 근대화정책의 이론적·실기적 토대를 형성했으며, 교육제도에 관한 구체적 정보 또한 이들에 의해 수입되었다고 해도 과언이 아닐 것이다.

이처럼 신정부 출범을 전후로 하여 다양한 경로를 통해 서양의 교육정보가 일본에 들어왔고, 이를 참고로 하여 메이지 신정부는 1871년(明治4) 종래 부(府)와 현(縣)의 교육을 관할했던 '다이가쿠(大學)'를 폐지하고 문부성(文部省)을 설치하여 전국 규모의 교육행정을 관할하게 하였다. 문부성에서는 이듬해인 1872년(明治5) 서양의 학제를 참고로 해 일본 최초의 학제(學制)를 반포하게 되는데, 이를 통해 일본의 근대 교육은 국가의 관리 하에 놓이게 된다. 학제는 '국민개학(國民皆學)'을 목표로 종래의 한학(漢學)을 중심으로 이루어진 '공리허담(空理虛談)'적 교육을 배척하고, 서양의 실학주의(實學主義) 사상을 최고의 교육이

---

4) 아오키 린소(青木林宗)의『輿地誌略』, 와타나베 가잔(渡辺崋山)의『外國事情書』등에는 서양 교육에 대한 상세한 소개와, 학교와 인재양성 관계 등에 관한 정보가 수록되어 있다.

념으로 하는 교육대계(教育大計)였다.[5] 신정부 출범 후 비교적 이른 시기에 선진화된 교육제도를 만들고 이를 강력히 추진해 나갔던 배경에는 에도(江戸) 말기 서구 열강의 군사적 위협에 대한 위기감과, 자칫 세계사적 흐름에 뒤쳐질 수 있다는 정부의 자발적 판단이 있었지만, 무엇보다도 신정부 출범과 더불어 교육을 통한 국민계몽과 일본·일본인이라는 공통된 국민의식, 이를 바탕으로 하는 통일된 국가의식 형성이라는 절실함이 있었기 때문이다.

학제 반포 이후 메이지 신정부가 구상한 근대적 교육제도가 여러 우여곡절은 있었지만 비교적 빠른 속도로 보급·확산되어 갈 수 있었던 것은, 무엇보다도 위로부터 일반 서민에 이르기까지 교육에 대한 이해와 열정이 있었기 때문이라 할 수 있다. 주지하는 바와 같이 대략 260여 년에 걸친 도쿠가와(德川) 막부는 원칙적으로 외국과의 접촉을 단절한 채 국내 정치의 안정을 꾀하였으며, 참근교대제(參勤交代制)를 골자로 하는 강력한 중앙집권 율령제(律令制)를 통해 각 번의 세력을 견제하였다. 또한 무가제법도(武家諸法度)를 통해 지배계층의 결속을 강화함으로써 역사상 유래가 없는 안정과 평화로운 시절을 보냈다. 이러한 태평(泰平)을 배경으로 일본은 상당한 수준의 문화적 성숙을 이루

---

5) 초대 문부경(文部卿)에 오키 다카토(大木喬任)가 취임하며 1972년 8월 태정관(太政官) 포고로 학제(学制)가 반포(頒布)되었다. 새로운 학제안(學制案)을 작성한 '학제조사계(學制取調掛)'의 멤버들은 대부분 에도 말기의 양학자들이었다. 그들은 네덜란드와 프랑스, 미국 등의 학제를 참고로 하여 학제를 완성했다. 메이지 5년 학제가 반포되기 이전까지 서양의 학교에 대한 체계적인 연구조사라 할 수 있는 것은 우치다 마사오(内田正雄)가 막부 말기 네덜란드에 유학한 후 귀국해 메이지 2년(1869)에 번역한 『화란학제(和蘭學制)』 정도였다. 학제의 기초(起草) 위원에는 우치다 이외에 메이지 6년 『불국학제(佛國學制)』를 번역한 가와즈 스케유키(河津祐之), 프랑스 사정에 정통한 미쓰쿠리 린쇼(箕作麟祥)와 스지 신지(辻新次), 영국학에 정통한 우류 하지무(瓜生寅) 등이다.

어냈는데, 이러한 문화적 성숙을 지탱할 수 있었던 것은 무엇보다도 무사들의 자제를 대상으로 하는 한코(藩校), 서민의 자제들이 주로 배우던 데라코야(寺子屋), 특수교육을 담당했던 사설 교육기관 시주쿠(私塾) 등, 교육을 통한 식자층(識字層)의 확대를 배경으로 하고 있었음을 간과해서는 안 될 것이다.

학제의 제정·반포를 통해 정부가 표면적으로 내세웠던 교육개혁의 목적은 메이지 신정부의 근대화 정책에 따른 전통적 신분제도의 철폐와 더불어, 국민 모두에게 균등한 교육의 기회를 제공함으로써 문명개화를 통한 서구화 정책을 추진하고 이를 수행할 인재의 양성에 있었다. 이것은 이른바 학제의 '서문(序文)'이라 불리는 태정관포고 214호 '학사장려에 관한 피앙출서(學事獎勵に關する被仰出書)'를 통해 확인할 수 있는데, 여기서 표명하고 있는 근대교육의 목적은 입신출세주의의 지향, 즉 결과적으로 학력 취득에 따른 균등한 인재의 선발, 학력에 의한 고용과 사회적 지위의 결정이라는 새로운 사회 시스템의 제시라 할 수 있다.[6] 어찌 보면 메이지 신정부의 신분 재조정에 따라 하루아침

---

6) 태정관포고 214호 '학사장려에 관한 피앙출서(學事獎勵に關する被仰出書)에서는 학문을 하는 목적이 개인의 입신출세에 의한 풍요로운 삶을 살아가는 것에 있으며, 그것을 위해 '지식재예'가 필요하고 그것을 배울 수 있는 곳이 학교라고 정의하고 있다(人々自ラ其身ヲ立テ其産ヲ治メ其業ヲ昌ニシテ以テ其生ヲ遂ル所以ノモノハ他ナシ身ヲ脩メ智ヲ開キ才藝ヲ長スルニヨルナリ而テ其身ヲ脩メ智ヲ開キ才藝ヲ長スルハ學ニアラサレハ能ハス). 이는 극히 실용적이며 자유주의적인 근대 실학교육사상과 공리주의(功利主義)에 입각한 교육이념의 설정이라고 할 수 있다. 즉, 종래의 봉건적 교육은 "나라를 위함(國家ノ爲ニス)"이라고 하면서도 "사장기송에 경주하며 공리허담의 길로 빠져(詞章記誦ノ末ニ趨リ空理虚談ノ途ニ陥リ)"있다며 이를 비판한다. 따라서 개인의 입신(立身)·치산(治産)·창업(創業)의 근본이 되는 학력을 키우는 것이 진정한 교육이며, 학문은 "입신의 재본(學問ハ身ヲ立ルノ財本)"을 위한 '실학(實學)'이어야 함을 강조하고 있다. '태정관포고 214호 '학사장려에 관한 피앙출서(學事獎勵に關する被仰出書)의 전문과 이에 대한 분석은 졸고 「메이지(明治) 전기 국민국가 형성과 교육- 학제(學制)의 변천과 창가(唱歌)

에 보통 국민으로 전락해버린 하급무사계층 사람들에게 교육을 통한 입신출세라는 새로운 희망과 위무(慰撫)의 메시지라 볼 수도 있겠지만, 그 이면에 국민국가 형성에 따른 구성원으로서의 국민의 '규범' 형성의 장으로써의 학교와 교육이라는 정치적 노림수가 있었음을 간과해서는 안 될 것이다.

그렇다면 근대국민국가를 지향하는 메이지 신정부가 교육을 통해 국민들에게 요구했던 '규범'이라는 것은 무엇인가. 그것은 다름 아닌 '존황사상(尊皇思想)'을 바탕으로 하는 '황도주의(皇道主義)' 이데올로기의 창출과 더불어, 이를 절대적으로 신봉하고 따르는 강력한 '신민(臣民)'으로서의 자각과 행동이었다. 학제 반포 이전인 메이지 원년(1868)에 천황이 서약한 '5개조 서문(誓文)'에는 메이지 신정부의 교육에 대한 기본방침이 명확히 나타나 있다.[7] 널리 회의를 열어 모든 일을 공론의 장에서 결정할 것(広ク会議ヲ興シ万機公論ニ決スヘシ), 상하 마음을 하나로 하여 경론(국가질서)을 활발히 할 것(上下心ヲ一ニシ盛ニ経綸ヲ行フヘシ), 문관과 무관을 비롯해 일반 서민에 이르기까지 모두 뜻을 이루고 도중에 포기하거나 게을리 하는 일이 없도록 도모할 것(官武一途庶民ニ至ル迄各其志ヲ遂ケ人心ヲシテ倦マサラシメン事ヲ要ス), 과거의 잘못된 폐해와 풍습을 타파하고 모든 일을 천지 도리에 따를 것(旧来ノ陋習ヲ破リ天地ノ公動ニ基クヘシ), 지식을 전 세계에서 구하고 '황기(皇基)'를 진기할 것(智識ヲ世界ニ求メ大ニ皇基ヲ振起スヘ

교육을 중심으로-」『日本思想』제21호, 2011.12에서 자세히 다루고 있음으로 참고 바람.
7) 문안은 최종적으로 기도 다카요시(木戸孝允)가 작성했다고 전해진다. 5개조 서문(誓文)은 일본 문부과학성 http://www.mext.go.jp(검색일: 2012.6.15)의 '学制百年史 資料編'에서 인용.

シ) 등을 내용으로 하는 이 서문(誓文)에서는, 교육의 방법과 내용에 대해서 "지식을 전 세계에서 구하고 황기를 진기할 것"이라 언급하고 있는데, 이는 곧 서구 지식을 습득하는 근대교육의 최종적 목적은 천황과 국가를 위함이어야 한다는 국민교육의 지향점을 분명히 제시하고 있는 것이다.

메이지 5년 8월 3일 문부성포달 제13호 별책

학제(学制)

대중소학구에 관하여

제1장 전국의 학정은 이것을 문부 일성으로 통합한다.
제2장 전국을 대분하여 8대구로 하고 이것을 대학구라 칭하고 구마다 대학교 하나를 둔다.
제3장 대학구의 분별을 왼쪽과 같다.
제1대학구

(이하 생략)

제8장 하나의 중구 내 학구감독관을 10명 내지 12,3명을 두고, 한 명에게 소학구 20 혹은 30을 나누어 관리하게 한다. 이 학구감독관은 전적으로 구내 인민을 권유하여 모두가 취학할 수 있게 하며, 또한 학교를 설립하고 혹은 학교를 보호해야 할 것. 또는 그 비용사용을 계산하는 등 일절 맡은 곳의 소학구 내의 학무에 관한 일을 담당하고, 한 중구 내에 관한 사항은 서로 논의하여 편의를 도모하고 오직 구내의 학사를 진보시킴에 노력할 것.
제9장 학구감독관은 지방관이 이를 임명할 것. 단, 그 이름은 본성 독학국

에 신고할 것. 독학국은 제15장에 보인다.

　제10장 학구감독관은 그 지역에 거주하는 사람으로서, 명망 있는 자를 선
　　　　발할 것. 단, 호장이정 등으로 하여금 겸임하는 것도 상관없다.

　제12장 일반인민화사족농공상(一般人民華士族農工商) 및 부녀(婦女)의
　　　　취학자는 이것을 학구감독관에게 신고해야 한다. (이하 생략)

　전 109장 213조로 이루어진 학제의 극히 일부분만을 발췌해 보았
다. 프랑스의 학구제(學區制)를 모방해 전국을 8개의 대학구, 256개의
중학구, 53,760개의 소학구로 나누어, 대학구에는 대학교를, 중학구에
는 중학교, 소학교에는 소학교를 각각 설립한다는 장대한 계획이었다.
그러나 메이지 신정부의 학제는 여러 가지 모순으로 인해 얼마 지나지
않아 교육령(敎育令)으로 대체된다. 메이지 신정부가 학제를 제정함에
있어 모방·참고로 했던 독일의 독학제(督學制)를 비롯한 서구의 학제
라는 것이, 유럽에서조차 아직 실험적인 단계에 있었으며, 당연 일본의
실정과는 맞지 않는 것들이었다. 게다가 당시의 일본은 유럽식 학제를
수행할 만큼 근대화되어 있지도 않았을 뿐더러, 학제에서 정하고 있는
여러 제도를 실행함에 있어 국민들을 이해시키고 동의를 얻는데 실패
했기 때문이었다. 그도 그럴 것이 학제 내 제 시행규칙은 인위적 제도
에 의해 인간의 자유를 구속·통제하는 규정이었으며, 각 지역의 특수
한 사정을 고려하지 않은 일률적·획일적 규칙이었다. 게다가 수급자
부담원칙에 따른 학비의 과도한 부담과 강제취학의 규정 등은 국민들
의 거센 반발이 일으켰다. 또한 당시 사용했던 교과서가 대부분 양서를
그대로 번역한 것이었다는 것에서도 알 수 있듯이,[8] 교육 내용 또한

---

8) 이과(理科)계통의 교과서로는 『洛氏天文学』, 『初学人身窮理』, 『地理論略』, 독본
　　류로는 『勉強示蒙』 『童子諭』 등을 들 수 있다. 그 중에서도 널리 사용된 대표적

일본의 전통적 교육을 담당했던 유가(儒家)사상을 등한시 했던 점도 일반인들의 반발을 샀던 중요한 요인으로 들 수 있다. 이는 앞에서 언급한 천황의 '5개조 서문(誓文)'에서 표명했던 근대교육의 목적과도 상반되는 것이었다.

이를 타개하기 위해 몬부다이후(文部大輔) 다나카 후지마로(田中不二麻呂)가 중심이 되어 1879(明治12) 교육령을 발표한다. 다나카는 독학제와 '소학교칙(小學教則)'을 폐지하고 학교별 교칙제정권을 인정하는 등, 학제의 획일적이며 강제적 교육행정 체계를 지역주민의 자발적 참여에 의한 자율적 행정으로 이를 전환하였다. 다나카의 새로운 교육령은 그가 이와쿠라사절단(岩倉使節団)의 교육잠사관 신분으로 미국에서 실제 조사하고 경험했던 미국의 교육제도를 참고로 해서 만들어졌다. 다나카의 교육령의 특징은 각 주의 자치를 인정하는 미국의 교육법을 모델로 했음에 많은 부분 교육의 자율성을 보장하고 있다는 점에 있었다.[9] 교육의 목표 또한 개인의 입신이 아닌 '국가의 복지'에 두었고, '덕육(德育)'을 수반하지 않는 문명개화가 지닌 위험성을 경계해 지육(智育)과 더불어 덕육(德育)을 국민교육의 내용으로 삼았다. 그러나 결과적으로 교육령은 실패했다. 당시 아직 지방자치도 제대로 실시되고 있지 않던 상황에서 교육 자지가 제대로 이루어졌을 리 만무했고, 교육 재원 절감 차원에서 소학교를 없애거나 통폐합하는 곳이 속출했기 때문이다. 한마디로 다나카의 교육령은 당시 실정과는 맞지 않는 이상주의적 교육제도였던 것이다. 이는 결과적으로 아동의 취학률 저

번역교과서로는 中村正直 역의 『西国立志編』이 있다. 또한 『訓蒙話草』는 1867년에 간행된 영어판 '이솝이야기'를 번역한 것이다.

9) 강제적 취학과 정부의 간섭을 최대한 배제하고, 획일적인 '소학교칙'을 폐지하고 각 학교에 교칙편성권을 위임하는 등의 47조로 구성된 자유교육법령이었다.

하로 나타났다. 이에 대한 책임을 지고 문부경(文部卿) 기도 다카요시(木戸孝允)와 다나카는 자리에서 물러났으며, 이듬해인 1880년과 1885년에 한 번씩 교육령에 대한 개정이 이루어진다. 1880년의 이른바 개정교육령은 다나카 후지마로를 중심으로 추진된 교육의 자유화정책을 부분 수정한 것이고, 1885년의 이른바 재개정교육령은 지방재정의 악화에 따른 세부규칙의 부분 개정이었다.

여기서 주목해야 할 점은 1880년 교육령 반포 이후 교육이념의 변화가 일어난다는 점이다. 학제 반포 이후 다나카의 이른바 자유교육령에 이르기까지 일본의 교육은, 그것이 자율적이든 타율적이든지 간에 개인의 입신출세를 지향하는 실학(實學)적 · 공리주의(功利主義)사상을 우선시 하는, 이른바 '지육(智育)'이 중심이었다. 결과적으로 '구화사상(歐化思想)' 만능이라는 사회적 분위기에 의해 에도시대 이래의 유교적 질서는 흔들리기 시작했고, 여기에 편승하듯 점차로 세력을 확대해 나가기 시작한 '자유민권운동(自由民權運動)'은 국가주도적 교육체제를 반대하며 교육의 자율성을 강조했다.[10] 메이지 신정부가 이상으로 삼았던 '화혼양재(和魂洋才)', 즉 동양의 도덕과 서양의 기술이 조화된 일본형 교육이념은 오로지 양재와 서양기술로만 경도되어, 메이지 신정부가 교육에 기대했던 '화혼'과 '동양도덕'을 근간으로 하는 '교육을 통한 국가주의(國家主義)적 규범 형성'이라는 가치 구현은 요원했던 것이다. 이러한 당시의 사회 분위기와 교육 현실은 1879년 '교학성지(敎學聖旨)'를 낳는 계기가 되었으며, 이후 일본의 교육은 '황도주의(皇道

---

10) 자유민권운동(自由民權運動)이 일본의 근대교육에 미친 영향에 대해서는 졸고 「메이지(明治) 후기 국민교육에 관한 고찰」(『아태연구』19-1, 2012.4)에서 언급한 바가 있다. 참고 바람.

主義) 이데올로기의 형성'의 첨병 역할을 한다. 물론 교육의 방향 전환이 당시의 자유민권운동(自由民權運動)에 대한 권력 측으로부터의 견제 내지는 억압이라는 의미가 있었음을 부인할 수는 없다.[11] 천황의 이름으로 발표된 교학성지는 메이지유신 이후 일본의 근대교육이 서양의 실학적 교육사조에 경도되어 있음을 비판하고, 대안으로써 '인의(仁義)'·'충효(忠孝)'·'애국심(愛國心)' 등의 유교적 윤리를 중시하는 '덕육(德育)교육'의 필요성을 강조하는 것이었다. 당연 교육령의 개정에 영향을 미쳤으며, 이러한 흐름을 배경으로 1880년 개정교육령 실시 이후부터 '천황제 이데올로기의 강화를 위한 교육'이라는 새로운 패러다임이 등장한다.

III 덕목교육(德目敎育)과 모리 아리노리(森有礼)

일본교육사의 흐름에서 볼 때 메이지기 일본의 교육목표가 초기의 '지육(智育)'에서 '덕육(德育)'으로 전환되는 시기는 1880년을 전후로 한 교육령 반포 이후부터이며, 이를 공고히 한 것은 1885년 12월 이토 히로부미(伊藤博文)의 천거에 의해 초대 문부대신으로 취임한 모리 아리노리(森有礼)가 등장한 이후부터였다고 할 수 있다. 모리 아리노리는 사쓰마번(薩摩藩)의 하급무사 출신으로, 번교(藩校) 조시칸(造士館)과 대표적 양학기관 가이세이조(開成所)에서 학문을 수양했다. 1865년(慶

---

11) 山住正巳 『日本敎育小事』, 岩波新書, 1987, p.36.

応元년)에 번의 유학생으로 영국에 유학, 훗날 미국으로 건너가 기독교의 일파 스웨덴 보루그파인 해리스교단에 들어가 사회개량주의적 사상의 영향을 받는다. 1868년 귀국 후에는 주로 외교관으로 활약하였는데, 1870년에는 일본교육의 개선을 위한 미국 교육의 조사 및 연구의 특명을 받고 소변무사(少弁務使) 자격으로 미국으로 건너간 모리는 그 결과물로써 영문으로 된『일본의 교육(日本の教育)』등을 간행하기도 했다. 또한 야스다 히로시(安田寛)의 연구에 의하면 일본교육에 창가를 도입함에 있어 결정적인 역할을 한 것도 모리였다고 한다.[12] 또한 모리는 메이로쿠샤(明六社)를 설립하여 남녀동권(男女同権)을 주장하는 한편, 히토쓰바시대학(一橋大学)의 전신인 상법강습소(商法講習所)를 설립하여 상업교육을 벌이는 등 폭 넓게 활약한 계몽활동가로서도 유명하다. 1879년 특명전권대사(特命全権公使)로 임명되어 영국으로 건너가 불평등조약 개정에 진력했으나, 1882년 프랑스 파리에서 이토 히로부미(伊藤博文)를 만나 교육문제로 의기투합하여 귀국 후인 1885년에 내각제도(内閣制度) 성립과 더불어 제1차 이토내각(伊藤内閣)의 문부대신으로 등용된다. 미국과 영국 등에서 기독교의 사상적 영향을 받은 모리는 유교적인 사회관을 부정하고 국가주의 교육체제 확립에 진력했다. 이 때문에 모토다 나가자네(元田永孚) 등 천황의 측근 그룹에 의한 반발을 샀으며, 결국에는 1889년(明治22) 2월 11일 제국헌법(帝国憲法) 발포 당일 자객에 의해 살해를 당한다.

모리는 1886년에 종래의 교육령을 대신하는 소학교령(小學校令)·중학교령(中學校令)·제국대학령(帝國大學令)·사범학교령(師範學校

---

12) 安田寛『唱歌と十字架』, 音楽之友社, 1993.

令) 등의 개별 학교령 공포를 통해 학교 체계의 정비를 꾀하였는데, 특히 인제양성을 위한 사범학교를 중시했다. 또한 모리는 교육의 목표를 '애국심(愛國心) 배양에 두고 이를 실천하기 위한 기재(器材)로써 천황제에 착목하여, 각급(各級) 학교에 '어진영(御眞影)'을 하사하고 기원절(紀元節), 천장절(天長節) 등의 국가 의례 시에는 어진영 배례를 중심으로 한 축하의식을 추진했다. 학교교육에 병식체조(兵式体操)를 도입한 것도 모리였다. 그러나 여기서 우리가 주목해야 할 것은 독실한 기독교도였던 모리에게 있어 천황·천황제는 국가주의 교육체제를 확립하기 위한 하나의 도구에 불과했지 천황 그 자체를 절대시하는 황도주의적 사상의 그것은 아니었다는 점이다. 비록 모리의 국가주의 교육의 실천 계획은 암살로 인해 그 결실을 맺지는 못했지만, 그의 사후 그가 이룬 학교교육의 기본적 체계 위에서 구체적으로 1891년 4월의 '소학교설비준칙(小學校設備準則)'의 어진영·교육칙어의 봉치(奉置)에 관한 규정으로 나타났으며, 6월에는 '소학교축일대제일의식규정(小學校祝日大祭日儀式規定)'을 제정하는 등, 천황제를 근간으로 하는 국가주의교육이라는 이데올로기성의 강화로 나타났다.

모리가 국가주의 교육체제 확립을 위해 천황제를 도구로써만 이용했든, 아니면 어디까지나 황도주의 사상에 근거한 국가주의교육을 세창했든지 간에 그의 사후 1890년대를 전후로 하여 일본의 교육은 천황제 이데올로기 형성을 위해 주력하게 된다. 1890년(明治23) 당시 법제국(法制局) 장관이었던 이노우에 고와시(井上毅)와 추밀고문관(枢密顧問官)이었던 모토다 나가자네(元田永孚) 등, 천황의 측근 그룹에 의해 작성·공포된 '교육에 관한 칙어(教育に関する勅語)', 이른바 교육칙어에서는 그야말로 천황제 이데올로기 형성을 위한 교육이라는, 앞으로

의 교육 프레임을 명확히 제시하고 있다.[13] 여기에서는 황도주의 사상에 기초한 국체관(國體觀)을 분명히 명시하고, 이를 따르는 국민의 행동규범을 구체적으로 제시하고 있다. 교육은 '인의충효(仁義忠孝)'를 절대시하는 국민사상의 통일을 위한 수단에 불과하며, 교육의 목적 또한 진리 탐구나 개성의 신장보다는 헌법으로 보장하고 있는 국체(國體), 즉 천황에게 충실한 신민(臣民) 육성에 있다고 정의한다. 당시 사회에 만연해 있던 구화사상(歐化思想) 만능에 반대하는 유교주의적 입장에서 덕육(德育)의 중시를 교육의 기본이념으로 제시했다.[14] 즉, 신민(臣民)이 지극한 충과 효로써 대대손손 천황과 나라를 위해 진력하는 것이 '국체(國體)의 정화(精華)'이며 '교육의 근원'이라 정의하고 있는 것이다. 이어서 구체적으로 신민이 진력해야 할 14의 덕목을 열거하고, 이러한 덕목은 '황조황종(皇祖皇宗)의 유훈(遺訓)'에 따라 영원히 준수해야할 보편적 진리라 맺고 있다. 공포 후에는 문부성이 직접 등본(謄本)을 만들어 전국의 학교에 이를 배포했으며, 학교의 각종 행사나 국

---

13) 朕惟フニ我カ皇祖皇宗國ヲ肇ムルコト宏遠ニ德ヲ樹ツルコト深厚ナリ 我カ臣民克ク忠ニ克ク孝ニ億兆心ヲ一ニシテ世々厥ノ美ヲ済セルハ此レ我カ國體ノ精華ニシテ教育ノ淵源亦實ニ此ニ存ス爾臣民父母ニ孝ニ兄弟ニ友ニ夫婦相和シ朋友相信シ恭倹己レヲ持シ博愛衆ニ及ホシ学ヲ修メ業ヲ習ヒ以テ智能ヲ啓發シ德器ヲ成就シ進テ公益ヲ廣メ世務ヲ開キ常ニ國憲ヲ重シ國法ニ遵ヒ一旦緩急アレハ義勇公ニ奉シ以テ天壤無窮ノ皇運ヲ扶翼スヘシ是ノ如キハ獨リ朕カ忠良ノ臣民タルノミナラス又以テ爾祖先遺風ヲ顯彰スルニ足ラン 斯ノ道ハ實ニ我カ皇祖皇宗ノ遺訓ニシテ子孫臣民ノ俱ニ遵守スヘキ所之ヲ古今ニ通シテ謬ラス之ヲ中外ニ施シテ悖ラス朕爾臣民ト俱ニ拳々服膺シテ咸其德ヲ一ニセンコトヲ庶幾フ 교육칙어는 일본 문부과학성 홈페이지 http://www.mext.go.jp (검색일: 2012.5.16)의 '学制百年史 資料編'에서 인용.

14) 교육에서의 덕육주의 진흥을 원한 것은 1889년의 대일본제국헌법 공포에 따른 새로운 법체제로의 이행, 총선거 실시 등에 의한 정당정치의 확립에 따른 구래의 질서 유지에 불안을 느낀 지방 장관들이 1890년 2월 지방장관회의에서 덕육진흥의 건의를 수합하여 문부성에 덕육교육을 확정해 줄 것을 건의한 것이 계기가 되었다. 쓰지모토 마사시 외 지음, 이기원・오성철 역, 전게서. p.373

가적 의례 시에는 이를 봉독(奉讀)하게 하였다. 이후 교육칙어는 국민도덕의 절대적 기준이 되고, 최고의 교육이념으로 신성시(神聖視) 되었으며, 국어·수신(修身) 과목을 비롯한 여러 교과서를 비롯해 후술하는 창가(唱歌) 교과서에 수록되어 있는 다수의 노래 가사 또한 이러한 천황의 신성(神聖)함을 어린 아이들에게 주입하는 내용으로 만들어졌다.

교육칙어를 통해 명시된 천황제국가의 사상, 또는 교육이념은 1894년(明治27)의 청일전쟁(淸日戰爭)과 1904년(明治37)의 러일전쟁(露日戰爭)에 참가한 군인들의 '충군애국(忠君愛國)' 정신 함양에 절대적 영향을 미쳤고, 1931(昭和6)부터 이어지는 이른바 '15년 전쟁' 기간 동안에는 극단적으로 신성시되기도 하였다. 이렇듯 천황제 이데올로기 형성을 노골화하는 메이지기의 교육은, 이를 뒷받침할 수 있는 유교주의에 입각한 덕육교육을 중심으로 하고 있으며, 이른바 종별(種別) 전문화·특성화 교육의 길로 들어서는 메이지 후기의 교육에 있어서도 천황제 이데올로기를 근간을 둔 애국심 발양, 또는 전의(戰意) 고양을 위한 수단으로써의 교육이라는 가치의 설정과 추구에는 변함이 없었다.[15]

---

15) 1890년대 이후 이른바 메이지 후기의 종별 전문화·특성화 교육에 대해서는 졸고 「메이지(明治) 후기 국민교육에 관한 고찰」(『아태연구』19-1, 2012.4)를 참고 바람.

IV   메이지 전기 창가(唱歌)교육의 특징

　창가(唱歌)는 학제에 따라 도입된 '초등(初等)·중등(中等) 교과과
정에서 교육적 목적으로 사용하는 노래로, 주로 양악(洋樂)계통의 짧은
가곡(歌曲)'이라 정의할 수 있는데,[16] 초창기의 창가는 서양의 민요나
찬송가, 평이한 예술적 악곡을 그대로 채용한 것이 대부분이었다.[17]
정부에서 파견한 이와쿠라사절단(岩倉使節団)은 선진 제국(諸國)의 교
육현장에서 노래가 유용하게 활용되고 있던 것을 목격하였고, 귀국 후
에 구메 구니타케(久米邦武)는『특명전권대사미구회람실기(特命全權
大使米歐回覽實記)』를 통해 이를 소개했다.[18] 또한 학제 제정 시 참고
한 외국의 교과과정에 창가가 필수과목으로 포함되어 있던 것을 모방
하여 하등소학(下等小學)의 기본 교과에 창가(唱歌) 과목을, 하등중학
과목에는 주악(奏樂)을 포함시켰다. 그러나 처음 의도와는 달리 이를

---

16) 堀内敬三·井上武士偏『日本唱歌集』(岩波文庫, 1958)의　p.240
17) 창가(唱歌)라는 명칭은 일찍이 헤이안(平安)시대 때부터 '쇼가(しょうが)'라 불리
　　며 행해졌던 궁중아악(宮中雅樂)의 전문용어였다. 학제 속에 포함된 창가라는 교
　　과목은, 당시 미국의 초등학교 교과목 중의 하나였던 'Vocal Music'의 번역어(飜譯
　　語)로서 처음 등장한 것으로, 궁정아악의 창가와는 이질적 성격의 것이며 이 양자
　　는 엄격히 구별해야 할 것이다. 미국 초등교육의 교과목이었던 'Vocal Music'이
　　어떠한 경위를 거쳐 창가(唱歌)라고 번역되었는지는 지금으로서는 알 수 없지만,
　　1941년 '음악과(音樂科)'로 개명되기 이전까지 창가는 "악기에 맞춰 가곡(歌曲)을
　　바르게 노래하고, 덕성(德性)의 함양과 정조(情操)의 도야(陶冶)를 목적으로 하는
　　교과목(敎科目)" 혹은 그 "교과에서 사용되는 가곡(歌曲)"이라는 두 가지 의미를
　　동시에 갖고 있었다.
18) 오쿠나카 야스토(奧中康人)는 구메 구니타케(久米邦武)의『米歐回覽實記』의 분석
　　을 통해 사절단이 방문했던 여러 곳에서 외교의례 시 연주된 다양한 음악을 접했
　　고, 특히 학교교육의 현장에서의 음악교육의 중요성을 인식했을 것이라 지적하고
　　있다.『国家と音楽』, 春秋社, 2008, pp.41~87 참조.

가르칠 교사도 교과서도 없는 실정에서 "당분간 이것을 뺀다(当分之を欠く)"라는 단서를 달아 창가교육의 실시를 유보하게 된다.[19] 이에 정부에서는 이자와 슈지(伊沢修二)와 메가타 다네타로(目賀田種太郎) 등이 중심이 되어 서구의 창가교육 실태에 관한 조사와, 이를 일본에 접목하기 위한 창가교육 전문기관인 '음악조사계(音樂取調掛)'를 1879년(明治10)에 문부성 내에 설치하였고, 미국의 음악교육 전문가 메이슨(Luther Whiting Mason, 1818~1896)을 고용하여 창가집 편찬 및 창가교육을 위한 토대를 구축한다. 여기서 1882년(明治15) 4월부터 1884년(明治17)년 3월에 걸쳐 모두 3편의 『소학창가집(小學唱歌集)』이, 1887년(明治20) 12월에는 『유치원창가집(幼稚園唱歌集)』이 만들어진다.

『소학창가집』은 비록 소학교 교재로 만들어진 것이긴 하지만, 당시에는 이것 이외에 달리 창가교재가 없는 상황에서 음악조사계의 전습생(傳習生)은 물론 전국의 중학교, 여학교, 사범학교생도용 교과서로도 사용된 일본 최초의 관제(官製) 창가교과서였다. 『소학창가집』전 3권에는 모두 91곡의 노래가 수록되었는데, 자연물을 소재로 한 '아문조(雅文調)' 노래가 43곡으로 과반수를 차지하고 있다. 이는 학교교육에 창가과목 도입을 추진할 당시 학동들의 '지각심경(知覚心経)'을 활발히 하여 정신을 쾌락하게 만들고, 마음에 감농을 일으키며 즐겁게 함과 동시에 선한 심성을 분기케 한다'는, 창가교육 본연의 목적에 충실한 결과라 볼 수 있다. [20] 그런데 여기서 주목해야 할 점은 그 나머지 대부

---

19) 창가의 생성에 관한 과정 등에 대해서는 졸고(拙稿) 「근대일본의 '소리문화'와 창가(唱歌) -창가의 생성과 '음樂조사계(音樂取調掛)'의 역할을 중심으로-」(『日本思想』 제19호, 2010 · 12) 를 통해 구체적으로 살펴본 바가 있다. 참조 바람.

20) 이자와는 이전에 아이치사범학교의 교육보고서, 즉, '아이치사범학교연표(愛知師範学校年表)' 속 '장래 학술 진보에 있어 필수의 건(将来学術進歩ニ付須要ノ件)'을 통해 학교에서 창가교육을 실시해야만 하는 목적과 효능이 "지각심경(知覚心経)을

분의 곡의 가사가 근학(勤學)과 계몽사상을 소재로 하고 있는 약간의
노래를 제외하면 모두 효행과 주군에 대한 충성, 나아가서는 천황이나
일본에 대한 칭송 등의 유교적 사상을 바탕으로 하는 '충군애국' 사상을
소재로 하고 있다는 것이다. 이는 1880년의 개정교육령 반포 이래 학
교교육이 '인의충효(仁義忠孝)'를 강조하는 '덕목주의(德目主義)'교육,
즉 덕육(德育)에 중점을 두고 이루어졌고, 그러한 흐름 속에서 도입 초
기의 의도와는 달리 천황을 중심으로 하는 국체 형성과 그에 충실한
'신민(臣民)만들기'를 위한 정서적 · 심리적 장치로써 창가가 이용되었
음을 알 수 있다.

　　무릇 교육의 핵심은 덕육(德育)지육(知育)체육(體育)의 삼자에 있다.
　　그리하여 소학에 있어서는 무엇보다도 가장 잘 덕성을 함양함을 핵심으로
　　한다. 원래 음악이 갖고 있는 본질적 성정에 기초해 인심을 바르게 하고
　　덕에 의한 교화를 도우는 효용이 있다. (이하 생략)[21]

　　활발히 하여 정신을 쾌락하게 만들 수 있다는 것", "마음에 감동을 일으킬 수 있다
　　는 것", "발음을 정확하게 하고 호흡을 조절할 수 있게 한다는 것"과 같은 창가유희
　　(唱歌遊戲)의 목적과 효능, 또는 음악조사계(音樂取調掛)의 책임자로서 상신한 '음
　　악조사에 대한 계획서(音樂取調ニ付見込書)'를 통해 "학업으로 지친 심신을 회복
　　시키고, 패와 장기를 튼튼하게 하며", "발음을 정확하게 하는 동시에 청력을 좋게
　　만들고", " 패와 장기를 튼튼하게 만들고", "사고를 치밀하게 만들며, 마음을 즐겁게
　　함과 동시에 선한 심성을 분기케 한다"고 제언(提言)한 바 있다.
21) '凡ソ教育ノ要ハ徳育智育体育ノ三者ニ在リ。而シテ小学ニ在リテハ最モ宜ク徳
　　性ヲ涵養スルヲ以テ要トスベシ。今夫レ音楽ノ物タル性情ニ本ヅキ、人心ヲ正
　　シ風化ヲ助クルノ妙用アリ。故ニ古ヨリ明君賢相特ニ之ヲ振興シ之ヲ家国ニ播
　　サント欲セシ者和漢欧米ノ史冊歴々徵スベシ。曩ニ我政府ノ始テ学制ヲ頒ツニ
　　方リテ已ニ唱歌ヲ普通学科中ニ掲ケテ一般必須ノ科タルヲ示シ、其教則綱領
　　ヲ定ムルニ至テハ亦之ヲ小学各等科ニ加ヘテ其必ズ学バザル可カラザルヲ示セ
　　リ。然シテ之ヲ学校ニ実施スルニ及ンデハ必ズ歌曲其当ヲ得声音其正ヲ得テ能
　　ク教育ノ真理ニ悖ラザルヲ要スレバ、此レ其事タル固ヨリ容易ニ挙行スベキニ
　　非ズ。我省此ニ見ル所アリ。客年特ニ音楽取調科掛ヲ設ケ、充ルニ本邦ノ学士
　　音楽家等ヲ以テシ且ツ遠ク米国有名ノ音楽教師ヲ聘シ、百方討究論悉ク本邦固
　　有ノ音律ニ基ヅキ彼長ヲ取リ我短ヲ補ヒ以テ我学校ニ適用スベキ者ヲ撰定セシ

이자와가 아이치사범학교(愛知師範学校) 교장 재직 시 문부성에 보고한 '아이치사범학교연표(愛知師範学校年表)' 속 '장래 학술 진보에 있어 필수의 건(将来学術進歩ニ付須要ノ件)'을 통해서, 또는 음악조사계(音樂取調掛)의 책임자로서 상신한 '음악조사에 대한 계획서(音樂取調ニ付見込書)'를 통해 제언했던 창가교육의 목적 및 직간접적인 효능은 '학업으로 지친 심신을 회복시키고, 패와 장기를 튼튼하게 하며', '발음을 정확하게 하는 동시에 청력을 좋게 만들고', '패와 장기를 튼튼하게 만들고', '사고를 치밀하게 만들며, 마음을 즐겁게 함과 동시에 선한 심성을 분기케 한다'는 데 있다고 하였다. 그러나 이자와가 작성한 『소학창가집』의 '서언'에서는 "소학에 있어서는 무엇보다도 가장 잘 덕성을 함양함을 핵심으로 한다"고 하여, 창가교육의 목적이 무엇보다도 '덕성(德性)의 함양(涵養)'에 있음을 강조하고 있는 것이다. 야마즈미 마사미(山住正巳)는 이러한 창가교육 목적의 변질에 대해서 도덕교육에 적극적으로 이용하려 했던 교육정책의 전환의 결과라고 지적하고 있는데,22) 교육정책의 전환은 음악조사계가 설치된 같은 해(1879년)에 발표된 메이지천황의 '교학성지(教學聖旨)'의 내용과 무관하지 않을 것이다.23)

ム。爾後諸員ノ協力ニ頼リ稍ヤク数曲ヲ得、之ヲ東京師範学校及東京女子師範学校生徒幷両校付属小学生徒ニ施シテ其適否ヲ試ミ、更ニ取捨選択シ得ル所ニ随テ之ヲ録シ、遂ニ歌曲数十ノ多キニ至レリ。爰ニ之ヲ剞劂ニ付シ名ケテ小学唱歌ト云。是レ固ヨリ草創ニ属スルヲ以テ、或ハ未ダ完全ナラザル者アラント雖モ、庶幾クハ亦我教育進歩ノ一助ニ資スルニ足ラント云爾。'

22) 山住正巳, 前揭書서, pp. 72~73.
23) '教学ノ要仁義忠孝ヲ明カニシテ智識才藝ヲ究メ以テ人道ヲ盡スハ我祖訓國典ノ大旨上下一般ノ教トスル所ナリ然ルニ輓近専ラ智識才藝ノミヲ尚トヒ文明開化ノ末ニ馳セ品行ヲ破リ風俗ヲ傷フ者少ナカラス然ル所以ノ者ハ維新ノ始首トシテ陋習ヲ破リ知識ヲ世界ニ廣ムルノ卓見ヲ以テ一時西洋ノ所長ヲ取リ日新ノ效ヲ奏スト難トモ其流弊仁義忠孝ヲ後ニシ徒ニ洋風是競フニ於テハ將來ノ恐ルル

전 장에서 살펴본 바와 같이 교학성지에서는 교육의 본지(本旨)를 '인의충효(仁義忠孝)'를 분명히 하는 것에 있다고 정의하고 있다. 개국 이래 만연하던 '양풍존중(洋風尊重) 사상'을 부정하고, 유교(儒教)의 가르침을 교육(道德教育)의 핵심으로 삼아야 할 것을 강조한다. 이어서 부속한 '소학조목2건(小学條目2件)'을 통해 초등교육에 있어 인의충효(仁義忠孝) 교육의 중요성을 다시금 강조하고 있는데, 1880년(明治13)의 개정교육령을 통해 소학교 교과목에 처음으로 '수신(修身)'과목이 포함된 것도 이 교학성지의 정신을 실천적으로 구현한 것이었다고 할 수 있다.

인의충효(仁義忠孝)를 강조하는 '덕목주의(德目主義)'교육의 궁극적 지향점은 천황을 중심으로 하는 국체형성에 있었다. 즉, 교학성지의 발상에 따른 덕목주의의 테두리 안에서 창가도 인식되고 있었음을 알 수 있다.

<table>
<tr><td align="center">蝶々</td><td align="center">나비야</td></tr>
<tr><td>てふてふてふてふ　菜の葉にとまれ</td><td>나비야 나비야 유채꽃에 앉아라</td></tr>
<tr><td>なのはにあいたら　桜にとまれ</td><td>유체꽃이 싫증나면 벚꽃에 앉아라</td></tr>
<tr><td>さくらの花の　さかゆる御代に</td><td>벚꽃처럼 활짝 핀 천황의 세상에</td></tr>
<tr><td>とまれよあそべ　あそべよとまれ</td><td>앉아라 놀아라 놀아라 앉아라</td></tr>
</table>

所終ニ君臣父子ノ大義ヲ知ラサルニ至ランモ測ル可カラス是我邦教学ノ本意ニ非サル也故ニ自今以往祖宗ノ訓典ニ基ヅキ專ラ仁義忠孝ヲ明カニシ道徳ノ学ハ孔子ヲ主トシテ人々誠實品行ヲ尚トヒ然ル上各科ノ学ハ其才器ニ隨テ益々畏長シ道徳才藝本末全備シテ大中至正ノ敎学天下ニ布満セシメハ我邦獨立ノ精紳ニ於テ宇内ニ恥ルコト無カル可シ '교학대지'는 일본 문부과학성 홈페이지(http://www.mext.go.jp) '学制百年史 資料編'을 통해 확인할 수 있다.

우리나라에서도 잘 알려져 있는 '나비야(蝶々)'라는 곡의 1절이다. 『소학창가집』초편에 17번 째 노래로 실려 있으며, 『유치원창가집(幼稚園唱歌集)』에도 재록(再錄)된다. 원곡은 독일의 민요(民謠)이다.[24] 일본 최초의 창가라 여겨지고 있는 이 곡은 이자와가 아치사범학교 교장 시절 시험했던 창가유희(唱歌遊戲) 시에 사용하기 위해 수집했던 와라베우타(童歌)인 '고초(胡蝶)'를 원류로 한다. 원곡은 '나비야 앉아라 유채꽃에 앉아라 유채꽃이 시들면 나뭇잎에 앉아라(蝶蝶とまれ、菜の葉に止れ、菜の葉が枯れたら木の葉に止れ)'라는 짧은 가사였는데, 이자와에 의해 '나비야 나비야 유채꽃에 앉아라 유채꽃이 싫증나면 벚꽃에서 놀아라 벚꽃처럼 활짝 핀 천황의 세상에 앉아라 놀아라 놀아라 앉아라(蝶々蝶々　菜ノ葉ニ止れ　菜ノ葉ニ飽タラ　桜ニ遊ヘ　桜ノ花ノ　栄ユル御代ニ　止レヤ遊ベ　遊ベヤ止れ)'라 바뀌었다고 한다.[25] 이자와는 아이들 사이에 유행했던 와라베우타의 짧은 가사에 '번영하는 천황의 세상(栄ユル御代ニ)'이라는 가사를 덧붙임으로써, 천황을 중심으로 하는 번영된 국가에서 충실한 신민으로서의 자각을 강조하는 노래로 변질시켰던 것이다. 이 밖에도 지면의 제약도 있고 해서 일일이 예를 들수는 없지만, 천황에 대한 칭송이나 나라와 천황에 대한 인민의 충성을 소재로 한 노래로, いはへ(초), 千代に(조), 野辺に(초), うつくしき(초), 君が代(초), 薫りにしらるゝ(초), 雨露(초), 玉の宮居(초), 年たつけさ(2), みたにの奥(2), 皇御国(2), 栄行く御代(2), 五日の風(2), 天津日嗣(2), 太平の曲(2), やよ御民(3), 寧楽の都(3), 富士筑波(3), 治まる御代(3), 祝へ吾君を(3), 招魂祭(3) 등이 있고, 효행과 충의를 중심으로 하는

---

24) 安田寛 『「唱歌」という奇跡　十二の物語』文芸春秋, 2003, p. 51
25) 安田寛, 上揭書, p.47

유교적·도덕적 사상을 소재로 한 노래로는 大和撫子(초), 五常の歌 (초), 五倫の歌(초), あふげば尊し(3), 母のおもひ(3), 小枝(3), 誠は人の 道(3), 忠臣(3), 四の時(3),花月(3) 등의 노래가 있다. 괄호 안의 숫자는 초편, 2편, 3편을 나타낸다.

취학 전 유아(幼兒)의 창가교육을 위해 만든 『유치원창가집(幼稚園 唱歌集)』(1887)의 편찬 목적 또한 '유덕(幼德)을 함양하고 유지(幼智)를 개발'하는 데 있음을 알 수 있다.[26] 『소학창가집』에서 가져온 노래도 있고, 대상이 유치원생이다 보니 전체적으로 부르기 쉬운 노래로 만들 어졌다. 전 29곡을 보면, 『소학창가집』에서 볼 수 있는 '오상의 노래' '오륜의 노래''기미가요(君が代)''스메라미쿠니(皇御国)''이와에와가키미 (祝へ吾君)' 처럼, 충군충효 사상을 강조하는 노골적인 가사의 노래는 없다 하더라도, 『유치원창가집』을 통한 창가교육의 목적 또한 유아들 의 '덕육'에 있었음을 알 수 있다.[27]

『유치원창가집』 편찬의 목적 또한 그 주체가 유아(幼兒)로만 바뀌

---

26) 一 本編ハ、児童ノ、始メテ幼稚園ニ入リ、他人ト交遊スルコトヲ習フニ当リテ、 嬉戯唱和ノ際、自ラ幼徳ヲ涵養シ、幼智ヲ開発センガ為ニ、用フベキ歌曲ヲ纂 輯シタルモノナリ。 一 唱歌ハ、自然幼稚ノ性情ヲ養ヒ、其発声ノ節度ニ慣レ シムルヲ要スルモノナレバ、殊ニ幼稚園ニ欠ク可ラズ。諸種ノ園戯ノ如キモ、 亦音楽ノ力ヲ仮ルニ非ラザレバ、十分ノ効ヲ奏スルコト能ハザルモノナリ。 一 幼稚園ノ唱歌ハ、殊ニ拍子ト調子トニ注意セザル可ラズ。拍子ノ、緩徐ニ失ス ルトキハ、活発爽快ノ精神ヲ損シ、調子ノ高低、其度ヲ失スルトキハ、啻ニ音 声ノ発達ヲ害スルノミナラズ、幼稚ノ性情ニ厭悪ヲ醸シ、其開暢ヲ妨グル恐レ アリ。故ニ本編ノ歌曲ハ、其撰定ニアタリ、特ニ此等ノ要旨ニ注意セリ。 一 幼 稚園ニ、箏、胡弓、若クハ洋琴、風琴、ノ如キ楽器ヲ備ヘテ、幼稚ノ唱歌ニ協 奏スルヲ要ス。是レ楽器ニヨリテ、唱和ノ勢力ヲ増シ、深ク幼心ヲ感動セシム ルノ力アルヲ以テナリ。文部省音楽取調掛『幼稚園唱歌集』大日本圖書、1887
27) 『유치원창가집(幼稚園唱歌集)』에 대해서는 졸고「근대일본의 '소리문화'와 창가 (唱歌) -창가의 생성과 '음악조사계(音樂取調掛)'의 역할을 중심으로-」『日本思想』 제19호, 한국일본사상사학회, 2010·12 에서 다룬 바 있음으로 참조 바람.

었을 뿐 『소학창가집』과 마찬가지로 '덕성(德性)의 함양(涵養)'에 있었음을 알 수 있다.

 ## 메이지기 후기 창가(唱歌)교육과 전쟁 · 전쟁영웅

1894년(明治27) 청일(淸日)전쟁 이후 창가교육은 일대 전환을 맞이하게 된다. 메이지기의 창가교육은 주로 전기의 '정조(情操)'를 중심으로 하는 덕목교육에서 후기로 가면 갈수록 '충군애국(忠君愛國)'과 전의(戰意) 고양(高揚)을 위한 교육의 일환으로 실시되었다. 전쟁을 소재로 한 군국미담(軍國美談)과 전쟁영웅을 소재로 한 이른바 문부성창가(文部省唱歌)라 불리는 일련의 창가집에 수록되어 있는 창가들이 바로 그러한 역할을 담당했다. 문부성창가는 한마디로 1910년(明治43)부터 1944년(昭和19)까지 문부성이 편찬한 심상소학교(尋常小学校), 고등소학교(高等小学校), 국민학교(国民学校)의 예능과(芸能科) 음악교과서에 실려 있는 창가의 총칭이다.[28] 당시는 소학교령(小学校令)의 '교과통합(教科統合) 시행규칙'에 의해 수신(修身), 국어독본(国語読本), 일본역사 등의 교과서와 공통된 소재를 다루고 있는데, 『심상소학독본창가

---

28) 구체적으로는 『심상소학독본창가(尋常小学読本唱歌)』(1910), 『심상소학창가』(1~6학년,1911~1914), 『고등소학창가(高等小学唱歌)』(1930) 『신정심상소학창가(新訂尋常小学唱歌)』(1~6학년, 1932), 『신정고등소학창가(新訂高等小学唱歌)』(1~3학년, 남녀 별, 1935) 『우타노홍(ウタノホン) 상 · 하』(국민학교 초등과 1,2학년, 1941) 『초등과음악(初等科音楽)』一~四(초등학교 초등과 3~6학년, 1942~1943년까지) 『고등과음악(高等科音楽)』一』(남녀 별, 1944) 등의 창가집에 실려 있는 노래가 문부성창가의 범주에 속한다.

(尋常小学読本唱歌)』라는 명칭에서 알 수 있듯이, 국어독본에 실려 있는 시(詩)를 가사로 하여 그 내용을 노래라는 형식을 빌려 이해하기 쉽고 효과적으로 학습시키기 위한 목적으로 만들어진 창가집이었다. 이하 메이지 후기의 창가집을 예로 청일전쟁(1894)과 러일전쟁(1904)을 거치면서 군국미담과 전쟁영웅을 소재로 하여, 충군애국 정신의 함양과 전의고양(戰意高揚)을 목적으로 만들어진 메이지 후기 창가교육의 특징에 대해 살펴보기로 한다.

『심상소학독본창가』(1910)에 수록되어 있는 27곡은 와라베우타인 가조우에타(かぞへ歌)를 제외하곤 모두 문부성이 동경음악학교에 의뢰하여 그곳 교수를 중심으로 구성된 편찬위원들의 합의 하에 만들어졌다.29) 앞에서 살펴본 『소학창가집』과 『유치원창가집』은 비록 문부성 산하의 음악조사계에서 만들어지긴 하였지만 서양음악의 선율을 그대로 차용하고 있다는 점에서 문부성창가의 범주에 들어가지 않는다. 따라서 『심상소학독본창가』는 이전 창가집과는 일획을 긋는 획기적 창가집이라 할 수 있다. 수록되어 있는 전곡은 『심상소학창가』에도 그대로 실려 있다. 뿐만 아니라 약간의 개사(改詞)는 있었지만 1932년(昭和7)의 『신정심상소학창가』와 1941년부터 소학교에서 이름을 바꾼 국민학교(國民學校)의 예능과 음악교과서에도 계속해서 이어졌으며, 몇몇 노래들은 1945년 이후의 검정교과서(検定教科書)에도 수록되었고, 심지어 100년이 지난 지금도 일본인들에게 친숙한 노래를 담고 있다.

또한 『심상소학독본창가』는 1903년(明治36) 소학교 교과서에 대한 국정(国定)제도가 결정된 이후 처음으로 만들어진 창가집이다. 창가교

---

29) 『東京芸術大学百年史　東京音楽学校篇　第二巻』同編集委員会編(音楽之友社 2004) pp.749-772

과서는 문부성에서 저작권을 소유하는, 이른바 준(準) 국정교과서이긴 하였지만, 문부성에서 직접 이를 출판하였기 때문에 일반인들은 국정 교과서와 마찬가지로 이를 인식했다.[30] 국정교과서(國定敎科書)는 정부의 방침에 따라 취사·선택된 내용으로 구성되며, 이를 학생들에게 강제적으로 사용하게 함으로써 학습 내용에 행정기관, 즉 국가의 의지가 적극 반영된다. 더구나 그것이 사회나 역사교육에 있어 나타나면 극단적 자국중심주의 사상을 형성하게 되는 것이다. 그 결과 아이들의 자유로운 역사관에 기초한 국가관을 갖기보다는 맹목적으로 국가에서 강제하는 역사관을 가지게 되며, 편협하고 편중된 자국중심주의 사상에 무의식중에 지배당하게 됨은 말할 필요도 없을 것이다.

『심상소학독본창가』가 만들어진 이듬해에 편찬되기 시작한 『심상소학창가』(1911~14)는 『심상소학독본창가』에 수록되어 있는 27곡의 창가에 새롭게 만들어진 창가를 더한 120곡을 1학년에서 6학년까지 각 학년 별로 1책 20곡씩을 수록하여 전 6권으로 구성되어 있다.[31] 『심상소학창가』는 1911년 4월부터 신정판(新訂版)이 만들어지는 1932년 3월까지 약 21년이라는 오랜 기간 동안 창가교과서의 표준으로 사용되었다. 노래는 보통 2~3절의 구성으로 되어 있고, 4절 혹은 '我は海の子', '同胞すべて六千万', '水師営の会見'과 같이 실게는 7~9절의 가사

---

30) 1903년 소학교령(小學校令)에서는 교과서에 대해 「修身·日本歴史·地理ノ敎科用図書及ビ国語読本ヲ除キ其ノ他ノ教科用図書ニ限リ文部省ニ於テ著作権ヲ有スルモノ及ビ文部大臣ノ検定シタルモノニ就キ府県知事ヲシテ之ヲ採定セシム」라 규정하고 있다.

31) 5학년용에는 21수, 6학년용에 19수. 『심상소학독본창가』과 『심상소학창가』에 수록되어 있는 창가의 제목과 가사의 내용 분석을 근거로 노래의 분류는 졸고 「근대기 일본의 국민국가 형성과 창가(唱歌) - '문부성창가(文部省唱歌)'를 중심으로-」(『日語日文學研究』제77집, 2011년 5월)를 참조 바람.

를 갖는 노래들도 보인다. 먼저 1학년부터 6학년까지의 120곡 전체를 놓고 봤을 때, '화조풍월(花鳥風月)'을 소재로 한 '아문조(雅文調)'의 가사로 된 자연과 경물(景物)을 소재로 한 노래가 41곡('我は海の子'를 포함한다면 42곡)으로, 전체의 약 3분의 1을 차지한다. 이것은 창가교육 본연의 목적에 충실한 결과라고 할 수 있겠다. 1학년을 대상으로 한 창가는 '日の丸の旗'와 같이 자국을 상징하는 국기 '히노마루'를 찬양하는 노래와, 예부터 전해져 내려오는 이야기 속 인물을 소재로 한 노래가 포함되어 있기는 하지만, 대부분이 동물과 식물 등의 경물(景物)을 소재로 한 노래로 20곡 중에 12곡을 차지하고 있다. 이러한 경향은 2학년을 대상으로 하는 노래에도 그대로 나타나, 20곡 중 10곡이 자연물을 소재로 한 노래들이다. 그러던 것이 3학년을 대상으로 할 경우에는 20곡 중에 5곡, 4학년의 경우에도 5곡, 5학년의 경우에는 4곡, 6학년의 경우에는 5곡으로 점점 그 비중이 줄어들고 있는데, 이것과는 대조적으로 효행과 충의(忠義)를 중심으로 하는 노래와 애국심 고양을 위해 일본의 사물(事物)을 소재로 한 노래의 숫자가 점점 많아진다. '日の丸の旗', '富士山', '日本の国', '靖国神社' 등 국가적 심벌을 소재로 한 노래는 물론이거니와, '天皇陛下', '皇后陛下', '八岐の大蛇', '天照大神' 등과 같이, 신화에 등장하는 신(神)이나 천황가 사람들을 직접 소재로 한 노래는 그야말로 국가신도(國家神道)적 이데올로기에 바탕을 둔 국체(國體)의 형성이라는, 문부성창가가 지향하는 궁극적이면서도 직접적인 역할을 수행했음에 틀림없다.

또한 『심상소학독본창가』에는 두 곡밖에 수록되어 있지 않았던 역사나 전설·설화 등을 포함하는 옛날이야기 속 주인공들을 소재로 한 노래가 『심상소학창가』에는 무려 18곡이나 새롭게 만들어졌다는 것에 주목하고 싶다. 물론 이것은 앞에서 살펴본 바와 같이 당시의 교과서가 교과통합이라는 방침에 따라 교육의 소재를 공유함으로써 나타난 현상일수도 있겠지만, 이들 대부분이 무장(武將)이며, 소가(曽我)형제나 사이토 사네모리(斎藤実盛), 고지마 타카노리(児島高徳) 등과 같이 전세(戰勢)의 불리함에도 불구하고 주군(主君)을 위해 끝까지 고군분투(孤軍奮鬪)하며 끝내는 장렬히 전사한 역사적 인물들에 초점을 맞추고 있다는 점은 흥미롭다. 충군애국의 정신과 전의(戰意)를 고양시키기 위해 이러한 '충용미담(忠勇美談)'이 호재(好材)로 활용되었다는 것을 쉽게 짐작할 수가 있다.

加藤清正	가토 기요마사
一. 勝ちほこりたる敵兵を	승리에 취해 있는 적병을
一挙に破る賤が嶽	일거에 격파하는 시즈가다케의
七本槍の随一と	일곱 무장 중에 최고로
誉は高き虎之助	명예도 드높은 도라노스케
蛇の目の紋の陣羽織	고리 모양 문양의 진바오리
十字の槍の武者振は	십자창의 무사의 모습은
後の世までの語りぐさ	후대까지 이야기 소재
二. 友危しと、身をすてて	벗이 위험하자 몸을 돌보지도 않고
赴き救ふ蔚山や	달려가 구한다 울산이로다
百万余騎の明軍の	백만이 넘는 명군 기병도
荒胆ひしぐ鬼上官	간담이 서늘케 하는 오니조칸
黒地に白き七文字の	검은 바탕에 하얀 일곱 문자의
妙法蓮華の旗風に	묘법연화의 깃발 바람에
異国までも靡きけり	이국까지 휘날리누나

1901년(明治34)년『유년창가(幼年唱歌)』2에 수록되었던 노래를 재수록하고 있는 '가토 기요마사(加藤清正)'라는 노래이다. 가토 키요마사의 무용(武勇)은 당시 만들어졌던 창가집의 단골 소재였고, 이 노래는 1933년(昭和8)『신정심상소학창가』에도 재수록 되었다. 또한 '모모타로(桃太郎)'나 '우라시마타로(浦島太郎)'와 같이 옛날이야기의 주인공들의 모험을 소재로 의협심을 고취시키는 전승동화를 소재로 하는 노래도 소수 있지만, 대부분은 역사적 실존인물들을 소재로 하고 있다는 특징을 보인다. 학제 반포 이후 소학교 교과서에 전승동화는 그다지 교육소재로 활용되지 못했는데, 문부성에서 동화는 비속(卑俗)하다고 하여 채택하지 않았기 때문이다.[32] 전승동화를 소재로 한 노래는 1900(明治33)부터 1902년(明治35)에 걸쳐 언문일치(言文一致)체 가사로 만들어진『교과적용 유년창가(幼年唱歌)』(전 10권)에 처음 등장한다. 이 창가집은 당시의 창가 가사가 아이들이 평소 사용하는 말과는 다른 아문조(雅文調)로 되어 있어 위화감이 있다는 주장에 따라 만들어진 창가집이다.[33] 이어서『심상소학창가』에도 동명이곡(同名異曲)의 모모타로의 노래가 실리게 되는데 이 두 노래의 가사는 전혀 다르다.『유년창가』초편 상권에 실려 있는 모모타로(총 4절)는 복숭아에서 태어났고, 마음씨는 착하지만 힘이 장사라고 하는, 우리가 흔히 알고 있는 내용에 대한 묘사에서부터 노래가 시작하는 데에 비해(1절 モモカラウマレ、タモモタロー、キハヤサシクテ、チカラモチ、オニガシマヲバ、ウタントテ、イサンデイヘヲ、デカケタリ)、『심상소학창가』(총 6절)에

---

32) 山住正巳『戦争と教育』岩波書店, 1997, p.60
33) 이어서 고등소학교(高等小学校) 용『教科統合 少年唱歌』전 8권도 1903년(明治36) 4월부터 1905년(明治38) 10월에 걸쳐 발행되었는데, 고학년을 대상으로 하는 이 창가집의 가사는 문어(文語)로 되어 있다.

는 이 부분을 생략하고 바로 오니가시마(鬼ヶ島) 정벌을 위해 길을 떠난다는 이야기부터 가사가 시작되고 있다.(1절, 桃太郎さん桃太郎さん、お腰につけた黍団子、一つわたしに下さいな). 게다가 4절의 가사를 보면 『유년창가』라고 하는 창가집의 이름에서는 상상치도 못할, 아이들의 노래로써는 어울리지 않는 과격한 가사를 담고 있다(そりや進めそりや進め、一度に攻めて攻めやぶり、つぶしてしまへ鬼が島). 그야말로 전의고양을 위한 가사라 할 수 있다.

또한 히로세 중좌(広瀬中佐)나 다치바나 중좌(橘中佐)와 같이, 러일전쟁 당시 나라와 전우를 위해 극한 상황에서 목숨을 버린 전쟁영웅을 소재로 한 노래도 눈에 띤다.

広瀬中佐	히로세 중좌

一 轟く砲音　飛来る弾丸　　　　울려 퍼지는 포음 날아드는 탄환
　荒波洗ふ　デツキの上に　　　거친 파도 덮치는 덱키 위에
　闇を貫く　中佐の叫　　　　　어둠을 관통하는 중령의 외침
　「杉野は何処　杉野は居ずや」　스기노는 어디 있나 스기노 있나

二 船内隈なく　尋ぬる三度　　　배 안을 구석구석 찾기를 세 번
　呼べど答へず　さがせど見えず　불러도 대답 없고 찾아도 보이질 않네
　船は次第に　　波間に沈み　　　배는 서서히 파도 속으로 가라앉고
　敵弾いよいよ　あたりに繁し　　적탄은 마침내 사방에 떨어진다

三 今はとボートに　うつれる中佐　지금이라고 보트로 옮겨타는 중령
　飛来る弾丸に　忽ち失せて　　날아오는 탄환에 바로 쓰러져
　旅順港外　　恨ぞ深き　　　　여순항외 원한은 깊어
　軍神広瀬と　其の名残れど　　군신 히로세라 그 이름 길이 남아

橘中佐	다치바나 중좌
一. かばねは積りて 山を築き 血汐は流れて 川をなす 修羅の巷か、向陽寺 雲間をもるる月青し	시체는 쌓여 산을 이루고 피는 흘러 강을 이룬다 아수라장인가 샤온즈이 구름 사이에서 새나오는 달빛도 파랗구나
二. みかたは大方 うたれたり 暫く此処をと 諫むれど 恥を思へや つはものよ 死すべき時は今なるぞ	아군은 모두 쓰러졌다 잠시 여기를이라고 훈계를 해도 창피한 줄 알라 병사여 죽어야 할 때는 바로 지금이다
三. 御国の為なり 陸軍の 名誉の為ぞと 諭したる ことば半ばに 散りはてし 花橘ぞ かぐはしき	나라를 위해서다 육군의 명예를 위해서라 설득하는 말도 대부분 땅에 흩어진다 귤꽃이여 향기롭도다

히로세 다케오(廣瀬武夫)와 다치바나 슈타(橘周太)는 모두 러일전쟁에서 큰 공을 세운 영웅이다. 히로세 다케오는 여순(旅順)항구 폐쇄라는 특별작전에 참가하여 행방불명이 된 부하를 찾아 배를 3번 수색하고, 구명보트 위에서 러시아의 포탄에 맞아 전사하는 등, 상사로서 부하를 배려하는 행동과 평소의 성품도 훌륭했다는 점에서 대중에게 군신으로 추앙받았다. 다치바나 슈타는 수산보(首山堡) 공략에서 부대원의 맨 앞에 서서 적진에 뛰어들었으며 장렬한 전사로 인해 군신(軍神)으로 추앙되었다. 히로세와 다치바나는 청일전쟁에서는 이렇다 할 군신이 탄생하지 않았기 때문에 근대 일본 최초의 군신이라고 말할 수

있다. 이에 애국심 고취 및 전의 고양, 나아가 민족적 자긍심을 강조하는 사회통합의 방법으로서의 전쟁영웅의 창출과 수용이라는 점에 있어, 미디어를 포함한 여러 매체와 더불어 창가가 그 일익을 담당했다는 사실을 부정할 수 없을 것이다. 그 밖에 1894년(明治27) 제1편이 발행된 이후 7편까지 나온 『교과적용 대첩군가(大捷軍歌)』에는 '황해의 전투(黃海の戰鬪)', '용감한 수병(勇敢なる水兵)' 등 청일전쟁·러일전쟁 당시는 물론 아시아·태평양전쟁 시에도 많이 불리게 되는 노래가 다수 실려 있다.

勇敢なる水兵 용감한 수병

1 煙も見えず雲もなく　　風も起こらず浪立たず
　연기도 보이지 않고 구름도 없다 바람도 일지 않고 파도도 없다
　鏡のごとき黄海は　曇りそめたり時の間に
　거울 같은 황해는 먹구름 드리울 사이에

2 空に知られぬ　雷か　浪にきらめく　稲妻か
　하늘에 알 수 없는 천둥인가 파도에 번뜩이는 번개인가
　煙は空を　立ちこめて　　天つ日影も　色暗し
　연기는 하늘에 가득 차 하늘 햇살도　색이 어둡다

3 戦い今か　たけなわに　務め尽せる　ますらおの
　전투가 한창일 때 임무를 다하는 일본 장부들의
　尊き血もて　甲板は　から紅に飾られつ
　존귀한 피로 갑판은 진홍색으로 물들었구나

4 弾丸のくだけの　飛び散りて　数多の傷を身に負えど

탄환 빗발처럼 쏟아져 내려 다수의 상처를 몸에 입어도
その玉の緒を　勇気もて　繋ぎ留めたる　水兵は
그 목숨을 용기로 매어두는 수병은

5 間近く立てる　副長を　痛むまなこに　見とめけん
바로 옆에 서있던 부함장을 상처 입은 눈으로 확인하고는
彼は叫びぬ　声高に　「まだ沈まずや　定遠は」
그는 소리쳤다 소리 높이 "아직 가라앉았습니까, 정원은"

6 副長の眼は　うるおえり　されども声は　勇ましく
부함장의 눈에는 문물이 고이고 하지만 목소리는 늠름하게
「心安かれ　定遠は　戦い難く　なしはてぬ」
"안심해라 정원은 이제 더 이상 싸울 수 없게 되었다"

7 聞きえし彼は　嬉しげに　最後の微笑を　もらしつつ
그 말을 들은 그는 기쁜 듯 마지막 미소를 지으며
「いかで仇を　討ちてよ」と　いうほどもなく　息絶えぬ
"어떻게든 적을 무찌르세요"라고 말할 틈도 없이 목숨이 끊어졌다.

8 「まだ沈まずや　定遠は」　その言の葉は　短かきも
"아직 가라앉았습니까, 정원은" 그 말은 짧아도
皇国を守る　国民の心に永く　しるされん
황국을 지키는 국민의 마음에 영원히 새겨질 것이다.

　　1894年(明治27) 9월17일 일본해군 연합함대는 황해의 압록강 하구
부근에서 청국(淸国)의 북양함대(北洋艦隊)를 포착, 격전 끝에 이것을
격파했다. 이 해전이 바로 황해해전(黄海海戦)이고 '용감한 수병'은 그
당시 일화를 바탕으로 만들어졌다. 일본함대의 기함(旗艦) '마쓰시마

(松島)'는 청나라 함대의 전함 '진원(鎮遠)'의 포격에 큰 피해를 입었지만, 그 격전 중에 부상을 입은 미우라 도라지로(三浦虎次郞) 삼등수병(三等水兵)은 부함장인 무코야마 신키치(向山慎吉) 소령(少佐)에게 "아직 정원(定遠)은 침몰되지 않았습니까" 라고 묻고 적전함 '정원'이 전투불능이 됐다는 말에 미소를 지으며 죽는다. 이 일화는 신문에 보도가 되자 국민적인 감동을 불러 일으켰고, 사사키 노부쓰나(佐佐木信綱)도 감동하여 10절로 구성된 가사를 하룻밤에 만들었다고 한다. 『대첩군가』는 당시 7편이나 발행되었는데, 당시 일반 민중들이 쉽게 신문보도를 접하기 어려웠기 때문에 창가(군가)는 신문을 대신하는 미디어의 기능을 동시에 갖고 있었다고도 할 수 있다.[34] 황해에서 전투가 벌어지면 그것을 소재로 노래가 만들어지고 바로 보급되었던 것이다.

메이지 신정부가 근대국가로서 자리매김 할 수 있었던 것에 전쟁의 역할이 컸다는 점은 부정할 수 없다. 전쟁은 국가가 정한 정치적 목적을 달성하기 위한 수단이었고, 교육은 이러한 목적 실현을 위해 자발적 국민의 협력을 이끌어내기 위한 통합된 이데올로기 형성의 장으로 변질되어 갔다. 1881년(明治14) 발표된 '소학교교칙강령(小學校教則綱領)'은 국가의 교육에 대한 의지와 지향점을 보여주는 좋은 예이다. 소학교교칙강령에서는 소학교의 역사교육은 일본역사만을 가르치도록 규정하고 있다. 역사교육을 일본사만으로 한정시킨 것은 역사교육을 통해 만세일계(萬世一系)의 황통보(皇統)의 연면성을 강조함으로써 일본국과 그 군주인 천황에 대한 절대적 '충군애국' 정신의 함양하기 위한 노림수였다. 이러한 목적을 달성하기 위해 민중이 정치 주역으로 등장하

---

34) 山住正巳, 前揭書, p.21

는 세계사의 흐름은 오히려 방해가 되었다는 것이다. 그 후 1886년(明治19)에 시행된 교과서에 대한 검정제와 1903년(明治36)의 국정제(國定制)의 시행은 이러한 국가권력의 의지를 여실히 보여주는 것이라 할 수 있다.

VI 맺음말

창가교육을 포함한 메이지 전기의 학교교육의 지향점이, 국체의 형성이라는 국민의 공통된 이데올로기 창출과 이를 강제적으로 주입시켜 충실한 신민(臣民) 만들기에 있었다면, 메이지기 중반 이후, 즉 청일전쟁 무렵부터 창가교육을 위한 텍스트에, 충군애국의 사상과 전의고양을 목적으로 창작된 가사를 갖는 노래가 다수 등장하는 것은, 몇 번의 전쟁을 거치면서 충군애국 정신과 전의 고양을 위한 군국·충용미담을 설파하는, 심리적·정서적 수단으로 창가가 이용되었음을 여실히 보여주고 있다. 또한 교과서를 통한 교실 내의 교육은 물론이거니와, 병식(兵式)체조, 운동회 등, 전의고양과 애국심 배양을 위한 다양한 현장에서도 창가는 중요한 역할을 담당한다. 문부성에 의한 '축일대제일 창가(祝日大祭日唱歌) 8곡의 제정이 바로 그것이다. 1890년 교육칙어가 반포되자 바로 이듬해부터 축일(祝日)에는 학교를 중심으로 봉축(奉祝)의식이 거행되었고, 만세봉축, 교육칙어의 봉독(奉讀)과 더불어, 1893(明治26)년부터는 '기미가요(君が代)'를 비롯해 '1월 1일의 노래', '천장절(天長節)', '기원절(紀元節)' 등, '축일대제일의식창가(祝日大帝日儀式

唱歌)' 제창(齊唱)이 정해졌다. 시간이 지날수록 의식의 간소화는 있었어도 창가 제창이 생략된 경우는 없었다.

근대 일본의 교육과정에 창가(唱歌)를 도입한 원래의 목적은, 노래를 통해 '지각심경(知覺心經)'을 활발히 하며 정신을 쾌락하게 만들고, 마음에 감동을 일으켜 즐겁게 함과 동시에 선한 심성을 분기케 하기 위함이었다. 그러나 메이지기의 창가교육은, 전기의 '정조(情操)'를 중심으로 하는 덕목교육에서 후기로 가면 갈수록 '충군애국(忠君愛國)'과 전의(戰意) 고양(高揚)을 위한 도구로 변질되어 갔다. 말할 나위도 없이 1945년의 패전 이전까지 이러한 경향은 라디오 방송 개시와 레코드 음반의 유통이라는 새로운 기재(器材)의 출현과 더불어 그 성노를 너해 간다. 본고에서는 그 시기를 메이지기에 한정해, 주로 창가교육을 대상으로 제국주의, 군국주의로 치닫는 20세기 초 일본의 사상적 정체성 확립에 교육, 특히 창가교육이 어떻게 관여하고 진행되었는가를 살펴보았다. 다이쇼(大正)·쇼와(昭和)로 이어지는 일본의 근대기는 그야말로 전쟁의 역사라고 해도 과언이 아닐 것이다. 이 시기의 창가와 대중가요를 중심으로 하는 이른바 '소리문화'가 만들어내는 전쟁과 전쟁 영웅의 제 상에 관한 고찰은 앞으로의 과제로 남겨둔다.

堀內敬三・井上武士偏『日本唱歌集』, 岩波文庫, 1958

海後宗臣 仲新編『日本教科書大系 近代編 第25巻 唱歌』, 講談社, 1965

堀內敬三『定本 日本の唱歌』, 実業之日本社, 1970

『學制百年史 記述編』, 文部省, 1972

『學制百年史 資料編』, 文部省, 1972

井上武士偏『日本唱歌全集』, 音楽之友社, 1972

金田一春彦・安西愛子編『日本の唱歌(上)明治編』, 講談社文庫, 1977

_____『日本の唱歌(中)大正昭和編』, 講談社文庫, 1977

山住正巳『唱歌教育成立過程の研究』, 東京大学出版会, 1967

_____『戦争と教育』, 岩波書店, 1997,

東京芸術大学音楽取調掛研究班『音樂敎育成立への軌跡』, 音楽之友社, 1976

東京芸術大学百年史編集委員会編『東京藝術大學百年史』, 音楽之友社, 1987

大久保利謙『大久保俊謙歷史著作集 4 明治維新と教育』, 吉川弘文館, 1987

中村紀久二『教科書の社会史 一明治維新から敗戦まで』岩波新書, 1992

安田寬『唱歌と十字架』, 音楽之友社, 1993.

_____『「唱歌」という奇跡 十二の物語』, 文藝春秋, 2003

猪瀬直樹『唱歌誕生』, 小学館, 2002

田中彰『明治維新と西洋文明』, 岩波書店, 2003

奥中康人『国家と音楽』, 春秋社, 2008

山東功『唱歌と国語』, 講談社新書, 2008

윤종혁『한국과 일본의 학제 변천 과정 비교 연구』한국학술정보, 2008

渡辺裕『歌う国民』中公新書, 2010

한용진『근대 이후 일본의 교육』문, 2010

辻本雅史 外(이기원・오성철 역)『일본교육의 사회사』경인문화사, 2011

北桐芳雄 外(이건상 역)『일본 교육의 역사』, 논형, 2011

이권희「근대일본의 '소리문화'와 창가(唱歌) -창가의 생성과 '음악조사계 (音樂取
       調掛)'의 역할을 중심으로-」(『日本思想』제19호, 2010・12)

_____「근대기 일본의 국민국가 형성과 창가(唱歌) -'문부성창가(文部省唱歌)'를

중심으로-」(『日語日文學研究』제77호, 2011.5)

_____ 「메이지(明治) 전기 국민국가 형성과 교육 - 학제(學制)의 변천과 창가(唱歌) 교육을 중심으로- 」(『日本思想』제21호, 2011·12)

_____ 「메이지(明治) 후기 국민교육에 관한 고찰 -창가(唱歌)를 통한 신민(臣民) 형성과정을 중심으로-」(『아태연구』제19권 제1호, 2012·4)

제5장

근대시가와 구군신(九軍神)
―『애국시집』과『군신을 따르라』를 중심으로―

서재곤(徐載坤)

I 머리말

인류의 역사는 전쟁의 역사라는 말이 있듯이 인류와 전쟁은 떼려야
뗄 수 없는 것으로 크고 작은 국지전뿐만 아니라 이미 두 번의 세계대
전을 경험하였다. 게다가 각 나라는 근대화 과정에서 공업의 발달로
인해 원료 공급처와 제품 판매처의 필요성이 부각되면서 적극적으로
식민지 개척에 나서게 되었고 이 과정에서도 전쟁은 동반되었다.

한편 일본의 경우도 근대화의 역사 = 전쟁의 역사, 라는 등식에서
예외는 아니었고 1874년, 대만 출병을 시작으로 동아시아 있어서의 식
민지 개척에 나섰고 마침내 식민지 개척의 선발 주자였던 서양 열국과
의 전쟁으로까지 이어진다.

전쟁은 그 과정에서 본의든 타의든 전쟁영웅을 낳게 되고 일본에서
도 개인과 집단 전쟁영웅이 탄생하였으니 이른바 군신(軍神)이 바로

171

그것이다.[1)]

그 중에서도 본고에서는 태평양전쟁이 낳은 집단 전쟁영웅 九軍神에 주목하고자 한다. 집단 전쟁영웅은 1932년의 상해사변 때, 중국군 진지의 철조망을 파괴하기 위해 파괴통을 들고 적진으로 육탄 돌격을 감행하여 죽은 「폭탄 삼총사(爆弾(肉弾)三勇士)」가 그 시초이다. 두 번째가 1941년 12월의 진주만 기습 공격 때, 특수잠항정을 타고 진주만 안의 군함 공격을 시도한 九軍神이다. 하지만 양자 사이에는 뚜렷한 차이가 있는데, 전자는 그들이 돌격하는 모습을 본 많은 목격자가 존재하지만 후자는 목격자가 전혀 없고 오로지 대본영의 발표만으로 군신으로 추앙받게 되었다는 것이다. 다시 말해서 허구의 집단 전쟁영웅인 셈이다.

따라서 九軍神의 신격화 과정을 살펴봄으로서 일본 근현대 문학(가)의 전쟁 협력 과정, 다시 말해서 일본 근현대문학이 전쟁 찬양과 전의 고양에 어떻게 이용되었는지를 밝힐 수 있을 것이다. 이를 위해 먼저 일본 근대시가에 있어 전쟁 관련된 시가, 특히 애국시가라는 미명(美名)으로 불리어 온 전쟁 시가(집)에 어떤 것이 있는지를 조사하고 이들 시가집에 수록되어 있는 九軍神을 소재로 한 작품을 분석하고자 한다.

---

1) 근대 일본의 군신 창조 과정에 대해서는 山室建德 『軍神』, 中央公論新社, 2007 를 참조.

Ⅱ 애국시가와 九軍神의 등장

일본이 중국과의 전쟁의 수렁에서 빠져 나오지 못하고 있던 1939년 9월, 독일이 폴란드를 침공하면서 제2차 세계대전이 시작된다. 그리고 41년 12월 8일, 일본이 진주만에 있는 미해군의 태평양함대 기지를 기습 공격하면서 태평양전쟁이 시작된다. 그에 앞서 일본은 1938년 5월의 국가 총동원법, 39년 7월의 국민 징용령, 40년 10월의 대정익찬회(大政翼贊會)의 발족 등을 통하여 국력을 총동원해야 하는 근대전의 준비를 착착 진행시켜 왔고 문단에서도 1942년 5월, 문학보국회(文學報國會)를 만들어 본격적으로 전시체제에 협조하게 된다.

이런 문단 차원의 움직임에 앞서 1941년 9월의 일본청년시인연맹이 편찬한 『현대 애국시집』이, 12월에 나가타 스케타로우(永田助太郎)(외) 편찬 『시와 전쟁(詩と戦争)』이 간행된 것을 필두로 하여 애국시가집이 연이어 등장하게 된다. 1942년에는 오오노 유우지(大野勇二) 『대동아 전쟁시집 민족의 화전(民族の火箭)』(3月), 타카무라 코우타로우(高村光太郎) 『위대한 날에(大いなる日に)』(4月), 미요시 다쓰지(三好達治) 『첩보 도착하다(捷報いたる)』(7月), 일본방송출반협회(日本放送出版協会) 편찬 『애국시집(愛國詩集)』(9月), 사토우 소우노스케(佐藤惣之助)·카츠 요시오(勝承夫) 편찬 『거국적으로(国を挙りて)』(12月)가, 1943년에는 대정익찬회 문화부 편찬 『군신을 따르라(軍神につづけ)』(2月), 오오키 아츠오(大木惇夫) 『대해에서 노래하다(海原にありて歌へる)』(4月), 쿠라하라 신지로우(蔵原伸二郎) 『전투기(戦闘機)』(7月), 이토우 시즈오(伊藤静雄) 『봄의 재촉(春のいそぎ)』, 일본문학보국회 편찬『대동아(大東亜)전쟁 가집(歌集)』(9월), 일본문학보국회 편찬 『길거리(辻) 시집』(10월)이, 1944년에는 일본문학보국회 편찬『시집 대동아』(10월), 오오키 아츠오(大木惇夫)『구름과 야자(雲と椰子)』가, 그리고 1945년에는 오오키 아츠오 편찬『과달콰날(Guadalcanal) 전투 시집(ガダルカナル戦詩集)』(2월)이 간행되었다.

이들 시가집 중에서 九軍神과 깊은 관계가 있는 것이 일본방송출판 협회 편찬『애국시집』과 대정익찬회 문화부 편찬『군신을 따르라』이 다. 1942년 9월, 일본방송협회(NHK의 전신)는『애국시집』을 출판하는 데 일본방송협회 사무국장 세키 마사오(關正雄)는 서문에서 시집의 출 판 경위에 대해서 다음과 같이 설명하고 있다.

12월 8일, 미국과 영국에 대하여 황공하옵게도 개전 칙서를 선포하시었 고 연이어 거둔 빛나는 큰 전과는 국민의 감격을 점점 더 끓어오르게 했고 국민 각층에 걸쳐 뭔가 높아지는 애국의 열정을, 또 순국의 지성(至誠)을 힘차게 읊은 시를 갈구하게 된 것이다.

애국시는 이 국민의 바람에 의해서 생겨난 것으로 시인들의 시를 통해 서 국민의 진심이 발로(發露)한 것이다.

일본방송협회에서는 쇼우와(昭和) 16년(1941년; 저자 주) 12월 12일부 터 애국시의 낭독을 개시하였는데 이 애국시 낭독이 혁혁한 황군(皇軍)의 전과 보도랑 군사 발표, 그 외 다른 방송들과 더불어 국민의 사기 앙양에 기여한 바가 적지 않음을 확신하는 바이다.

만요우(万葉) 이래로 수많은 애국시가가 어떻게 사람들의 마음을 진작 시키고 일본 정신을 순화하는데 중요한 역할을 하였는지를 돌이켜 볼 때, 이 대동아 전시하에서의 시인에 대한 국민의 기대는 매우 크다. 우리들은 더욱더 좋고 많은 애국시가 잇따라 발표되기를 진심으로 바라 해 마지않 는다. 그리하여 늠름한 대동아 건설의 진군 나팔소리는 사방으로 메아리 치고 더욱더 높이 연주될 것이다.

본 시집은 대동아전쟁 발발 직후부터 최근에 이르기까지 방송된 애국
시를 수록한 것이다. 오늘에 이르기까지의 승전보로서의 기록이기도 하
고 또 이것을 읽는 것에 의해 거듭 그 날, 그 때의 감격을 새롭게 할 수
있다면 이 책의 간행도 결코 헛수고가 되지 않을 것임을 확신하는 바이다.
　　끝으로 이 시집의 제1부는 협회의 위탁에 의한 것이고 제2부는 신문,
잡지 등에 발표된 작품이다.

　　서문 전체를 인용하였는데, 서문 내용을 요약하면, 태평양 전쟁 발
발과 동시에 시작된 라디오에서의 애국시의 낭송은 「국민의 사기 앙양」
에 기여하였다. 따라서 더 많은 「애국시」가 발표되어서 「만요우」로부
터 이어져 온 「애국시가」의 맥을 이어가야 한다는 깃이다.

　　여기에서 『만요우슈우(万葉集)』가 등장하고 있는 점에 주목하지 않
을 수 없다. 태평양 전쟁기에 있어 『만요우슈우』는 「ますらをぶり」라
는 남성적이며 강인한 가풍(歌風), 그리고 변방을 지키면서 고향에 남
겨 두고 온 가족을 그리는 애절한 마음을 노래한 「사키모리노우타(防
人歌)」가 전선의 병사들과 고향에 남겨진 가족들의 심정을 대변한 것
으로 인식되면서 일본 국민들 사이에서 폭넓은 지지를 얻게 된다. 뿐
만 아니라 위정자들에 의해 『코지키(古事記)』, 『니혼쇼키(日本書紀)』
와 함께 「군국 일본의 싱진(聖典)」[2]으로 추앙되었다. 그 중에서도 가
장 많이 선전에 사용된 것이 다음의 오토모 야카모치(大伴家持)의 와
카이다.

　　갈대 무성한 풍요로운 이 땅에 천손강림해, 통치 시작된 뒤로 대가 이어

---

2) 田中悦一「万葉集に託されたもの」勝原春希(他)編『和歌をひらく　第5巻　帝国の
　和歌』, 岩波書店, 2006, p.209

져. 사방의 땅은 산과 들이 드넓고 기름져 있어 헌상되는 보물을 헬 수
없구나. (중략) 바다에 가면 물에 잠긴 시체들. 산에 가며는 풀숲 속의
시체들. 임금 곁에서 죽고자 한다. 내 몸 돌보지 않고. (후략) (卷18, 4094)3)

천황을 위해 이 한 몸 돌보지 않고 기꺼이 목숨을 바치겠다는 와카
의 내용이 대대적으로 선전된 것은 말할 것도 없다. 그 뿐만 아니라
「산과 바다에 널려 있는 시체들」이란 표현은 태평양 전쟁말기에 「옥쇄」
라는 미명 아래에서 행해진 무고한 집단 죽음을 예언하고 있다고도 할
수 있을 것이다. 그리고 전쟁기에 발표된 수많은 애국시가 또한 천황과
국가를 위해 목숨을 바치라는 것과 전사자들의 찬양에 이용되었다는
것은 두 말할 것도 없다.

야카모치의 쵸우카(長歌)는 1937년 11월, 노부토키 키요시(信時潔)
에 의해 작곡되어 오오사카 중앙방송국이 제작하고 있던 「국민가요(國
民歌謠)」의 하나로 발표된다. 그리고 1942년 12월에 대정익찬회에 의
해 「국민노래(國民歌)」로 지정되고 그 다음해부터는 공식 모임에서의
제창이 의무화되었다.4)

전쟁기에 만들어진 애국시의 경우, 의뢰에 의해 만들어진 것과 그
렇지 않은 두 가지가 있는데, 일본방송출판협회에서 편찬한 『애국시집』5)

---

3) 「葦原の　端穂の国を　天下り　領らしめしめる　皇御祖の　神の命の　御代重ね
　天の日嗣ぎと　領らし来る　君の御代御代　敷きませる　四方の国には　山川を
　広み厚みと　奉る　御調宝は　数へ得ず　尽しもかねつ　(中略)　海行かば　水漬く屍
　山行かば　草生す屍　大君の　辺にこそ死なめ　かへり見はせじ(後略)」
4) 田中, 앞의 논문, p.211
5) 「애국(시)」이라는 단어가 들어가 있는 시가집은 앞서 소개했듯이 1941년 9월에
　일본청년시인연맹이 편찬한 『현대 애국시집』이 있다. 이 시집은 「후기」에 적혀
　있듯이 중일 전쟁 발발 4주년에 즈음하여 발간된 것으로 태평양 전쟁 이전의 것이
　기에 본 논문에서 다루고자 하는 九軍神을 소재로 한 시는 수록되어 있지 않다.

은 협회에서 직접 창작을 의뢰한 36편이 제1부에, 그리고 이미 잡지나 신문 등에 발표되었던 것을 재수록한 38편이 제2부에, 총74편의 시가 수록되어 있으며 그 당시의 유명 시인들이 총망라되어 있다.

제1부에는 타카무라 코우타로우「그들을 쏘다(彼等を擊つ)」「싱가포르 함락(シンガポール陷落)」), 노구치 요네지로우(野口米次郎)「전 아시아 민족에게 외치다(全亜細亜民族に叫ぶ)」「탄환(弾丸)」「마닐라 함락(マニラ陷落)」「랑군(Rangoon) 폭격(ラングーンの爆擊)」「싱가포르 함락(シンガポール陷落)」), 사이죠우 야소(西條八十)「승전의 라디오 앞에서(戦勝のラジオの前で)」「홍콩의 일장기(香港の日章旗)」), 오자키 키하치(尾崎喜八)「새로운 달력(新たなる暦)」「결의는 이미 굳건하다(決意はすでに堅い)」), 시로토리 세이고(白鳥省吾)「칙서 선포의 날(大詔渙発の日)」), 후쿠다 마사오(福田正夫)「무찔러야 할 그들(擊つべし彼等)」), 사토우 이치에이(佐藤一英)「눈 내리다(雪降れり)」), 사토우 소우노스케(佐藤惣之助)「바다의 신군(海の神兵)」), 미요시 다쓰지(三好達治)「아메리카 태평양 함대는 전멸했다(アメリカ太平洋艦隊は全滅せり)」), 모모타 소우지(百田宗治)「우리들은 발을 구르고 있다(僕等は足踏みしてゐる)」), 후카오 스마코(深尾須磨子)「천마 달려간다(天馬を駆りて征く)」), 선게 모토마로(千家元麿)「전승에 삼격해서(戦捷に感激して)」), 호리구치 다이가쿠(堀口大学)「호소하다(呼びかける)」), 카츠 요시오(勝承夫)「우리 애에게 가르치다(我が子に教ふ)」, 이노우에 야스부미(井上康文)「일본 하늘(日本の空)」, 카와이 스이메이(河井酔茗)「대동아 전쟁(大東亜戦争)」「스미요시의 신(真住吉の神)」, 진보 코우타로우(神保光太郎)「아시아에 바치다(亜細亜に捧ぐ)」, 사카모토 에츠로우(阪本越郎)「해 돋는 나라의 설날(日出づる国のお正月)」, 카와

지 류우코우(川路柳虹) 「세기의 시(世紀の詩)」, 사토우 하루오(佐藤春
夫) 「빛 폭풍(光の嵐)」, 오사다 츠네오(長田恒雄) 「목소리(声)」 등이 수
록되어 있다.

제2부에 작품이 수록되어 있는 시인에는 사토우 소우노스케, 쿠라
하라 신지로우(蔵原伸二郎), 도이 반스이(土井晩翠), 무라노 시로우(村
野四郎), 마에다 테츠노스케(前田鉄之助), 나카니시 고도우(中西悟堂),
소우마 교후우(相馬御風), 무로우 사이세이(室生犀星), 야마모토 카즈
오(山本和夫), 마루야마 카오루(丸山薫), 사사자와 요시아키(笹沢美明),
콘도우 아즈마(近藤東), 오오에 미츠오(大江満雄), 쿠사노 신페이(草野
心平), 이와사 토우이치로우(岩佐東一郎) 등이 있다. 이 시집에는 九軍
神을 읊은 미요시 다쓰지(三好達治)의 「아홉 진주의 존함(九つの真珠
のみ名)」과 사이죠우 야소(西条八十)의 「진주만의 군신(真珠湾の軍神)」
가 제2부에 수록되어 있다.

미요시 다쓰지 「아홉 진주(眞珠)의 존함」

위대한 나라 야마토 국가의／일억 명의 신하들 모두 다함께／어느 누
구가 눈물 흘리지 않으랴／가벼이 생각할소냐／아홉 진주의 존함을／지
난 불공격 개시되었을 적에／하와이 공격한 사내대장부의／동서고금의
／유례가 없는 신속하고 과감함／작전 계략은 본래부터 치밀히／용단조
차도 필적할 자 없어라／정말이어라 경천동지 그 자체／미국인 바보 제
독／겨우 눈 뜰 때는／싸움은 이미 판가름 나버렸다／전광석화의 공격
의 자랑스럼／아니! 대단한 공적／헤아리기도 어려운 가운데서／유별나
게도 그 이름을 듣고는／가슴 뿌듯함──특별공격대／바닷속으로 해
초를 짊어지고／바다 밑으로 숨어들어 가서는／접근하기도 어려워라 적
의 만(灣)／좁은 문이라 기뢰 사이사이를／빠져나가서 진주만 저 안으로

/진심이로다 필사의 각오지만/구사일생을 도모해야 할지의/기로인지는 임무 완수한 다음/살아오라는 명령은 받았지만/무쇠로 만든 불침의 요새라고/자랑스럽게 적군이 믿고 있는/여기 수많은 적들의 주력 함대/남기지 않고 전멸시켜 버리고/정말이구나 몸조차 그곳에다/파도 깊숙이 가라앉혀 버렸네/적국의 군항 저 아래 깊숙한 곳/영원하도록 가라앉아 계시네/아홉 진주의 존함을/위대한 나라 야마토 국가의/일억 명의 신하들 모두 다함께/어느 누구가 눈물 흘리지 않으랴/가벼이 생각할소냐[6]

5·7조의 리듬으로 쓰여진 이 시는 먼저 「そらみつ」라는 마쿠라코토바(枕詞)로 시작된다. 1억 일본 국민들이 九軍神의 존재를 알게 되어 그들의 애국충정에 감격의 눈물을 흘리고 있다고 적고 있다. 진주만의 「진주」라는 고유명사와 보석 진주를 결부시키고 있는데, 이 또한 와카의 「카케코토바(掛詞)」라는 기법에서 나온 표현이다. 전반부에서는 적의 허를 찌르는 일본군의 하와이 기습 공격의 신속하고 과감한 전략, 그리고 그 대단한 전과에 대해 칭송하고 있다. 그 다음에 수많은 전과

---

6) 「そらみつ大和の国の／一億の臣のことごと／誰しかは涙はなくて／かりそめに思ひいづべき／九つの真珠のみ名を／すぐる火の戦のはじめ／ハワイ撃つます ら武夫の／西東千古の書（ふみ）に／たぐひなき神速果敢／籌略（ちりゃく）はもとより精に／勇断は匹儔を絶つ／げにもそは驚天動地／メリケンのこけの提督／やうやくに眼ざめし頃は／戦ははや決したり／電撃のいくさのほまれ／いやたかきいさほしのかず／かぞふるにたへたるがうち／とりわきてその名をきくに／さへやはや膽（きも）は張るかの／──特別攻撃隊／沖つ藻の玉藻をかづき／わたつみの底ひにしぬび／寄せがたきあたのいり海／狭き門の機雷のひまを／くぐり入る真珠湾内／まことやな万死はありて／一生をつひに期すべき／境かは任（にん）をおほせて／帰り来と命はうけたれ／くろがねの不沈の城と／誇りかにあたのたのめる／こゝだくの主力戦艦／残りなく屠りつくして／うべや身もつひにかしこに／波ふかく沈みたまひぬ／敵国の軍湾の奥／とこしへにしづまりゐます／九つの真珠のみ名を／そらみつ大和の国の／一億の民のことごと／誰しかは涙はなくて／かりそめに思ひいづべき」

중에서 다시는 살아 돌아오지 못할 것이라는 사실을 알고서도 출정하여 임무를 완수하고 진주만 바다 속으로 사라져간 「특별 공격대」의 존재, 그리고 그 공격 과정을 기술하고 있다. 진주만 안으로 적군에게 들키지 않고 몰래 숨어들어가기 위해서는 먼저 바닷속으로부터의 적의 침입을 막기 위해 설치해놓은 잠수함 방어용 펜스를 통과해야한다. 다음으로 역시 방어를 위해 진주만 안의 수로 곳곳에 설치되어 있는 기뢰 사이를 무사히 뚫고 가야하는 것이다. 뿐만 아니라 미요시의 시에서는 언급되어 있지 않지만 미국의 태평양함대 기지가 있던 진주만은 산호초 등으로 인하여 수심이 매우 얕아 배 등이 드나들 수 있는 곳이 한정되어 있어서 적의 잠수함 공격으로부터 배를 보호할 수 있는 천혜의 자연 요새였다. 설령 난공불락의 요새 안에 있는 적함 공격에 성공하더라도 모선으로 무사히 귀환하기란 더욱 어려운 일이었다. 먼저 공습으로 인해 대혼란에 빠져 있을 만에서 빠져 나오는 것 자체가 거의 불가능할 뿐만 아니라 그 난관을 통과하였더라도 자칫하다가는 우리 편 함대의 위치가 적에게 노출될 수 있으므로 적의 추격을 뿌리쳐야 한다. 하지만 배터리라는 한정된 동력으로는 사실상 불가능하기에 오로지 적함 공격이라는 임무만을 완수하겠다는 필사의 각오로 임할 수밖에 없는 것이었다. 그렇게 하여 죽어간 이들을 진주만의 진주가 되었다는 식으로 미요시는 미화하고 있다.

III 九軍神의 본격적인 신격화

여기서 九軍神의 탄생 과정에 대해 간단히 정리하고자 한다.

12월 8일의 진주만 기습 공격의 전과에 대해서는 그 날 오전 6시와 오후 1시에 대본영 육군부가, 오후 3시에 해군부가 발표하고 있다.[7) 육군부는 8일 새벽에 서태평양에서 미국과 영국과 전투(전쟁) 상태에 돌입하였으며 하와이 방면의 미국 함대와 항공 병력에 대해 결사적인 대공습을 감행하였음을, 해군부는 전함 5척 격침을 비롯하여 구체적인 전과를 발표하였다. 하지만 九軍神에 대한 구체적인 언급은 그로부터 10일 뒤인 18일 오후3시, 「그 날의 해전 때, 특수잠항정으로 편성된 우리의 특별공격대가 철통같은 경계를 펼치고 있던 진주만 안으로 필사적인 돌입을 감행하여 우군의 항공부대의 맹공과 동시에 적 주력을 강습, 또는 단독 야간 기습을 감행하여 적어도 앞서 언급한 아리조나형 1척을 격침시킨 것 이외에도 대단한 전과를 올려 적 함대를 몹시 놀라게 하였다」라고 대본영 해군부가 발표하였다. 이때부터 「특수잠항정」에 의한 「특별공격대」의 존재가 공식적으로 알려지게 되었지만 구체적인 작전 내용에 대해서는 공개되지 않았다. 그로부터 6일 뒤인, 12월 24일의 아사히 신문에 「독무대 특수잠항정／불가능을 가능으로 사신(捨身)의 극치(独天下の特殊潜航艇／不可能を可能に　捨身の極地)」라는 제목의 5단짜리 기사가 실렸다. 그 내용을 정리하면 다음과 같다. 지난 11일 저녁에 실시된 후루하시(古橋) 중령의 방송은 항공부대의

---

7) 鶴谷憲三 「文学者の≪十二月八日≫(一)ー安吾「真珠」の素材についてー」『日本文学研究』35号, 梅光女学院大学, 2000, p.40, 41

성과에 대한 설명이었지만 이번의 하와이 해전에는 수중에서 감행된 「특별공격대」라는 「특별 병력(特色兵力)」이 동원되었다. 「이번의 수중 공격의 위력」은 「제국 해군 전통의 하사품」인데 전 세계적으로 「어뢰」를 공격 무기로 장착한 함정이 탄생한 것은 1881년부터이며 1884년부터는 세계열강이 앞 다투어 이 무기를 만들기 시작했고 일본도 일찍부터 이 무기에 주목하고 있었다. 그리하여 청일전쟁 때, 신병기인 어뢰를 가지고 전함을 격침시키기 위해 기습 전법과 사신(捨身) 전술이 확립되었고 전 세계 차원의 군축 회의 결과, 군함의 비율이 5대3으로 서양 열강에 비해 열세에 빠진 일본 해군 전력을 만회하기 위해 「특별 병력」에 더욱 의지하지 않을 수 없게 되었다. 이번의 하와이 기습 공격 때의 「특별공격대」의 멸사봉공의 정신이야말로 우리 해군의 전통이라 하지 않을 수 없다는 내용이었다. 그리고 1942년 1월의 히라이데 히데오(平出英夫) 해군 대령의 담화 「영미 함대 격멸(米英艦隊撃滅)」에서도 「특별공격대」에 대해 언급되어 있다고 한다.[8] 그 다음으로 1942년 3월 6일 오후 3시에 대본영의 「특별공격대의 장렬·무비(無比)한 진주만 공습」라는 제목으로 공격의 경위에 대한 발표와 동시에 해군부에서는 1942년 2월 11일자의 연합함대 사령관 야마모토 이소루쿠(山本五十六)의 감사장(「感状」) 수여와 1941년 12월 8일자로 2계급 승진이 되었다는 사실을 공포하였다.[9] 그리고 다음 날의 여러 신문에서 대대적인 보도를 통하여 국민이 「특별공격대」의 전모를 접하게 되는데 그 때, 아사히신문에 미요시 다쓰지의 시 「아홉 진주의 존함(九つの真珠のみ名)」

---

8) 花田俊典 「超人と常人のあいだ－坂口安吾「真珠」巧」『文学論輯』37号, 九州大学教養部文学研究会, 1992, p.72
9) 花田, 같은 논문, p.73

이 발표되었으며 아사히신문은 「특별공격대」라는 특집을 3월 8일, 9일, 11일의 3회에 걸쳐 연재하였다고 한다.[10] 그리고는 이 과정에서 잠항정 공격에 참가한 10명 중에서 1명이 포로가 되었다는 사실은 철저히 은폐된 채, 9명에 대한 합동 장례가 4월 8일, 해군장으로 치루어진다. 이 무렵, 이미 츠치야 켄이치(土屋賢一)『바다의 군신 특별공격대(海の軍神 特別攻擊隊)』(春陽堂), 마에카와 덴지(前川伝二)『특별공격대 바다의 九軍神(特別攻擊隊 海の九軍神)』(前川書房), 아사히신문사(편)『특별공격대 九軍神 정전(特別攻擊隊 九軍神正伝)』등과 같은 책들이 출판되기 시작한다. 9월에 일본방송협회의『애국시집』이 간행되었고 그 속에 九軍神을 읊은 미요시 다쓰지와 사이죠우 야소의 시가 실려 있는 것에 대해서는 앞에서 지적한 대로이다. 하지만『애국시집』은 군신만을 위한 것은 아니었다.

그런데, 1943년 2월에 간행된 대정익찬회 문화부에서 편찬한『군신을 따르라』는 제목에서 알 수 있듯이 군신을 찬양하기 위해서 만들어진 시가집으로 와카 33수, 하이쿠 57수, 시 19편, 총 109편이 수록되어 있다.

「머리말」에서 문화부장 다카하시 겐지(高橋健弍)는 이 시가집을 발간하게 된 경위에 대하여 다음과 같이 적고 있다.

지성이 모이면 1억 국민 모두가 군신이 될 수 있다. (중략)
지금이야말로 3천년 동안 길러 온 일본 민족의 힘이 뭉쳐져 나타나야 한다. 모든 것이 군신의 마음을 명심하고 군신을 따라야 한다.
그런 의미에서 일본문학보국회가 12월 8일 2주년을 맞이함에 있어서

---

10) 島田昭男「「真珠」論」『日本文学』21巻8号, 日本文芸協会, 1972, p.75

대정익찬회의 의뢰에 따라 국민 사기 앙양을 위해 「군신을 따르라」를 표어로 정한 것은 뜻 깊은 일이었다. (중략) 탄카와 하이쿠와 시를 일류작가에게 의뢰하여 그것을 각 신문에 연재하기로 기획했다. (중략) 동경 매일 신문이 시를, 아사히신문이 와카를, 요미우리신문이 하이쿠를 각각 게재하기 위해 연일 귀중한 지면을 할애하는 것을 기꺼이 승낙하여 주셨다. 또한 작가들도 문학보국회 시 분과 회장 타카무라 코우타로우씨, 탄카 분과 회장 사사키 노부츠나(佐々木信綱)씨, 하이쿠 분과 회장 타카하마 쿄시(高浜虚子)씨를 비롯하여 각 분과의 대표 작가들이 짧은 시간내에 역작들을 보내주셨다. (중략) 11월 27일부터 각 신문 조간에 「군신을 따르라」라는 표어 하에 약 2주간에 걸쳐서 이들 시, 와카, 하이쿠가 연재되었다. 표어라는 새로운 발표 형식임과 동시에 하나의 기획에 따라 작가와 신문사가 보조를 맞추어 국민에게 호소하였다는 점에서 획기적이었다고 할 수 있을 것이다. (중략) 국민 모두가 「군신을 따르라」라는 정신에 입각하여 살아가겠다는 마음가짐을 새롭게 하기를 기원하는 바이다.

태평양 전쟁 발발 2주년을 맞이하여 국민 사기 앙양을 위해 대정익찬회와 문학보국회가 공동으로 기획한 것이 시가집 『군신을 따르라』이다. 시와 탄카, 하이쿠의 대표 작가들에게 창작을 의뢰하고 이를 3개의 신문에 나누어서 연재를 하는 등, 문단과 매스컴이 조직적으로 움직였다는 것을 알 수 있다.

이 시가집에 실린 작품 중에서 직접적으로 군신이 등장하는 것에는 다음과 같은 것이 있다.

　　오타 미즈호(太田水穂)
　　사쿠마 슈리, 이와사 군신 모두 험한 삶을 살고는 나라 위해 순직했네(佐久間修理岩佐軍神いづれみな嶮しくぞ生きて国に殉しぬ)

먼저 「사쿠마 슈리」는 에도 말기에 활약한 선각자의 한 사람으로 쇼우잔(象山)은 그의 호이다. 신슈우(信州) 출신으로 에도로 상경하여 서양 학문을 공부하여 서양포술의 일인자로 주목받았다. 공무합체(公武合體)와 개국을 주장하여 1864년 7월 11일, 존황양이(尊皇攘夷) 과격파에 의하여 살해당하여 그 꿈을 펼치지 못했지만 카츠 카이슈우(勝海舟), 요시다 쇼우잉(吉田松陰), 사카모토 료우마(坂本龍馬) 등의 제자들이 일본 근대화 과정에 큰 활약을 한 것으로 유명하다.

한편 이와사 나오지(直治)는 특수잠항정 공격 발안자의 한 사람으로 자신도 이 공격에 직접 참가, 전사함으로서 九軍神 중에서도 가장 주목을 받았으며 도우죠 히데키(東條英機) 수상이 그의 생가를 직접 방문하기도 했다.

이 두 사람의 죽음을 「순직」으로 정의하고 이와사 중령을 난세를 살다가 자신의 꿈을 못다 펼치고 사라졌지만 후대에 영웅으로 추앙받고 있는 사쿠마 쇼우잔과 같은 위대한 인물로 신격화하려고 하고 있는 것이다.

  한다 료헤이(半田良平)
  용사가 되년 되지 못하딘 간에 군신의 뒤를 이어가까만 한다 남자야 일어나라(兵となるもならぬも軍神の後を継ぐべく男の子らは起て)

  군신의 마음 나누어 갖고 있는 남자들이 나아가는 길 앞에 장애물 있을소냐(軍神のこころ頒けもち男の子らの行きゆく前に障あらめや)

한다의 와카는 당시 젊은이들이 九軍神의 정신을 이어 받아서 군인이 될 것을, 그리고 九軍神의 정신으로 무장하면 어떤 「장애물」도 극복

할 수 있다고 역설하고 있다.

메이지 유신에 의해 에도 시대와 같은 엄격한 신분제도는 사라졌지만 사족(士族)과 평민의 구별은 엄연히 존재하고 있던 그 당시 상황에서 군인(장교)이 된다는 것은 일종의 신분 상승이라는 점을 이용하여 젊은이들의 입대, 더 나아가서는 九軍神처럼 나라를 위해 목숨을 바쳐 무훈을 세워서 호국의 신이 될 것을 종용하고 있는 것이다.[11]

아오키 겟토(青木月斗)
군신을 따르라 용맹스런 독수리 용맹스런 매 한겨울 참새(軍神につづけあら鷲あら鷹寒雀)

군신을 따르라 산속의 취침, 거칠은 바다 아랑곳하지 않고(軍神につづけ山の眠り海の荒びをものとせず)

군신을 따르라 후방의 무명 솜옷, 후방의 몸베(軍神につづけ銃後の布子銃後のもんぺ)

아오키의 첫 번째 와카는 九軍神의 용맹스러움을 독수리나 매와 같은 맹금(猛禽)류와 한겨울의 추위를 이겨내고 있는 참새에 비유하고 있다. 그 다음 와카에서는 군인 생활의 어려움을 노래한 다음, 후방에 있는 국민도 호화호식하지 말고 「무명 솜옷」과 「몸베」와 같은 검소한

---

11) 길윤형『나는 조선인 가미카제다』, 서해문집, 2012년 에 의하면, 그 당시에 평민이 사족이 될 수 있는 길은 두 가지로, 하나는 고등문관 시험에 합격하는 것, 또 하나가 사관학교를 나와 장교가 되는 것이었다고 한다.(p.72) 그리고 식민지 조선의 소년들에게 있어서도 소년비행병 시험 합격은 '인생 역전'의 찬스였다고 한다.(p.60) 이형식「태평양전쟁시기 제국 일본의 군신만들기 ―『매일신보』의 조선인 특공대('神鷲')보도를 중심으로―」『日本学研究』37輯, 단국대학교 일본연구소, 2012 도 한국인 군신 문제를 다루고 있음.

옷을 입는 등, 전선의 군인들과 같은 생활을 해야 한다고 주장하고 있다. 1940년 7월, 이른바 「77사치금지령」이 내려지면서 「사치는 적이다」는 슬로건 아래 「사치 감시대」가 등장하는 등, 총력전의 상황에서는 전선과 후방의 구별이 없고 후방의 국민은 전선의 군인들에게 필요한 물자와 자원 보급에 총력을 기울여야 한다는 「후방 수비(銃後の守り)」 운동이 전개되었다.

　　　　야마구치 세이시(山口誓子)
　　　산천을 헤엄치고 나중에 군신 되었네(山川に泳ぎてのちの軍神いくさがみ)

　　　군신들과 이세(伊勢)의 영봉들이 이어져 있구나(軍神と伊勢の青嶺といや継ぎに)

　　　　우스다 아로우(臼田亜浪)
　　　감사장에 빛나는 다카하시 카즈요시(高橋一義) 중위를
　　　땀범벅 되어 농사의 신과 군신 하나가 되다(汗まみれ農魂士魂一に帰す)

　　　　이다 다코쓰(飯田蛇笏)
　　　화롯불 끄고 九軍神의 영전에 명목을 빈다(炉火を佗び九霊を裕かふしたてまつる)

　야마구치는 어릴 시적에 시냇가에서 헤엄치고 놀던 평범한 아이가 어른이 되어 군신이 되었다며, 우스다는 시골에서 농사를 짓던 농부가 군인이 되어 나라를 위해 목숨을 바치고 호국의 신이 되었다며 칭송하고 있다. 특히 야마구치는 군신들이 「이세의 영봉」들과 이어져 있다고 하고 있는데 이는 군신들을 이세 신궁에 모셔져 있는 신들과 동격으로까지 숭상하려는 것으로 신격화의 극치라 할 수 있다.

이에 비해 이이다의 작품은 九軍神의 명목을 빌고자 하는 감정을 아주 솔직하게 나타내고 있는데 이와 비슷한 작품으로

사토우 롯코츠(佐藤肋骨)
九軍神들을 제사지내는 12월 8일이구나(九軍神祀る師走の八日かな)

가 있다.

또한 이이다의 작품에 나오는 「화롯불(炉火)」은 오기하라 세이센스이(荻原井泉水)의 「바다에 묻힌 대장부 모군에게 붙이는 3수」 중의

너의 엄마의 화롯불 꺼트리지 않을 우리가 있다(君が母によ炉の火たやさじ我等あり)

라는 작품에도 등장하고 있다.

「炉」는 집안에서 불을 피워 요리를 할 수 있게 방바닥에 설치한 사각형의 화로로 난방기구의 역할도 겸하고 있었다. 우리나라의 온돌과 같은 난방기구가 없던 일본에서 겨울을 나기위해서는 숯은 필수불가결한 물자였다. 따라서 이이다가 「화롯불」의 세기를 낮춘다는 행위는 앞서 소개한 「후방 수비(銃後の守り)」운동의 일환으로 볼 수 있다. 그리고 오기하라가 「너의 엄마의 화롯불」을 꺼트리지 않겠다는 것은 남겨진 유족들의 생활을 보장해주겠다는 의미로 실제로 군신이 탄생하면 九軍神처럼 국가에 의한 계급 승진뿐만 아니라 민간 차원에서의 성금 모금 운동이 전개된다.12)

---

12) 이형식 앞의 논문 pp.195~197

오기하라의 나머지 2수는 다음과 같다.

겨울바다로 가라. 해는 파도 위로 뜨고 파도를 가라(冬海を征け、日は浪
を出づ　浪を行け)

달빛, 눈(雪) 되어 떨어진다. 포말을 뒤집어쓰고 가는 너로구나(月光雪と
散る　飛沫を浴びて征く君か)

이들 작품의 「겨울바다」, 「눈」은 진주만 공격이 12월에 이루어졌다
는 사실에 근거한 것으로 겨울바다의 거친 파도를 뚫고 감행된 기습
공격의 어려움뿐만 아니고 국가적 차원이 국난, 그리고 유족들의 현실
적 생활고도 같이 상징하고 있다고 볼 수 있다. 그런 중첩된 어려움
속에서 「포말」을 뒤집어쓰고 멸사봉공의 정신으로 순직한 「너」의 충
정을 받들고 남겨진 유족들이 편히 생활할 수 있게끔 하겠다는 결의를
다지고 있는 것이다.

한편으로 군신들의 희생이 있었기에 자신들은 후방에서 평온하게
지낼 수 있다는 심정을 노래한 것도 있다.

오노 부시(小野蕪子)
군신 후루노(古野) 소령이 '어린 벚나무(若桜)」를 읊은 직이 있다.

고향의 어린 벚나무 그립구나(ふるさとの若桜とてしたはしく)

옛날 모습이 가까이서 느껴져 국화 꽃송이(おもかげを身近に感じ霰きく)

고향 온가(遠賀)의 제방가의 풀들이 향기롭구나(ふるさとの遠賀の堤草芳
し)

어린 벚나무를 보니 후루노 소령이 예전에 고향의 벚나무를 읊은 와카가 있다는 사실이 떠오르고 국화를 보니 군신들의 옛 모습이 떠올라 친근감이 느껴진다는 것이다. 그리고 또다시 봄이 되니 후루노 소령의 고향 「온가(遠賀)」의 제방에 봄풀들이 돋아나면서 향기를 품기고 있을 것이라 상상해보는 것이다.

다음으로 九軍神을 노래한 시에 안자이 후유에의 「군신을 따르라 (軍神につづけ)」와 타카무라 코우타로우의 「근원으로 돌아가는 자(みなもとに帰するもの)」가 있다.

> 안자이 후유에 「군신을 따르라」
> 빛나는 칙서, 평탄한 대도/확 트인 이 길을 개벽할 때/산과 강과 바다와 준령/모두 다 하나 되니/천황의 영토/아아!/감격의 12월 8일/천지가 뒤바뀌어 와 또다시 지척에 있네//그것/생사를 묻지 않고/명예와 이익 또한 관심 밖/천황의 명을 반드시 받들라/오로지 필살의 정신/응축되어 격발(激發)하니/진주만 상공에 곧바로 검붉은 불길 하늘로 솟아오르고/뱅갈만 바다 위 진홍색의 불과 파도를 태우니/그 때문에 적의 간담이 서늘했을 것이다//아아!/곧바로 사라지고/하지만 헤아릴 수 없을 정도로 존재하고/순간적이며/게다가 영원을 뒤덮는 것/지순하며 지고한/10군신의 순국 충정의 새 정신/널리 펴지는 이 아침/여기서 우리는/진퇴에 있어 사사로움 없어야 하리/이 마음/이 길을 철저히 해서/100년을 굴하지 않을 전쟁 끝까지 싸우리라/군신을 따르라/군신을 따르리라[13]

---

13) 「大詔昭昭、大道坦坦/豁然としてこの道の開關するところ/山川海嶽/帰一してことごとく/天皇の率土/ああ/感激の十二月八日/乾坤、転じ来つてふたたび咫尺あり//それ/生死を云はず/名利また堨外/必謹/ただ必殺の神気/凝つて激発すれば/真珠湾頭たちまち紅蓮の焔と天に冲し/ベンガル海上真紅の火と濤を焼いて/ために敵膽をして寒からしむ//ああ/倏忽に消え/しかも阿僧祇(あそうぎ)に存し/利那にして/なほ且つ盡未来際(じんみらいざい)を覆ふもの/至純にして至

천황의 개전칙서가 내려진 이후, 일본군은 진주만과 뱅갈만에서의 대승을 시작으로 모든 전선에서 승승장구를 거듭하고 있었다. 그에 따라 「천황의 영토」도 나날이 넓혀지고 있었다. 세상사 모든 것이 순간성과 영원성이라는 양면을 가지고 있듯이 비록 군신들은 죽어 이 세상에서 사라졌지만 「순국 충정의 새 정신」은 후세에 영원히 전해질 것이다. 따라서 「그 마음」과 九軍神이 걸어간 「그 길」을 우리도 따름으로서 「100년 전쟁」을 완수하여 승리를 쟁취해야 한다고 역설하고 있다.

여기서 놓치지 말아야 할 것은 생사를 초월한 필사의 정신으로 오로지 「천황의 명」을 받들고자 한 군신들 희생을 강조한 대목에 그 당시 군국주의 이데올로기의 핵심용어가 들어가 있다는 점이다. 「천황의 명을 반드시 받들라」고 번역한 부분의 일본어 표현은 「必謹」으로 이 표현은 이른바 「헌법 17조」의 제3조에 나온다. 「헌법 17조」는 604년에 쇼토쿠 태자(聖德太子)가 제정한 법률로 신하들에게 내린 훈계로 군신의 도와 모든 사람이 따라야 할 도덕을 제시한 것이다.

> 세 번째로 이르기를 천황의 명령을 받았으면 반드시 황공해하며 따르라. 군주는 하늘이고 신하는 땅이다. 하늘이 땅을 덮고 땅은 하늘을 떠받친다. 그리하여 사계절이 순환하고 만물이 생성되는 것이다. 땅이 하늘을 덮으려고 한다면 만물은 파멸하게 될 것이다. 그래서 군주는 명하고 신하는 따르는 것이다. 윗사람이 따르면 아랫사람도 따르게 된다. 그렇기 때문에 천황의 명령을 받았으면 반드시 황공해하며 따라야 한다. 황공해하며 따르지 않으면 자멸하게 될 것이다.[14]

高なる／十軍神殉忠の新精神／磅礴してこの朝にあり／こゝにしてわれら／行藏また邪あるべからず／この　　こころ／この道に徹底して／百年不退転の戰をわれら戦ひ抜かんかな／軍神につづけ／軍神につづかん。」

「承詔必謹」의 영으로 불리고 있는 이 조목은 천황의 명령에 대한 신하로서의 절대 복종 의무를 이야기하고 있다. 이것이 태평양전쟁 시에 천황의 생각을 대변하고 있는 대본영의 명령에 대한 절대 복종의 근거로 사용되었다는 것은 말할 필요도 없다.

Ⅳ 맺음말

본고에서는 일본 근대시가 중에서 九軍神을 소재로 한 작품 고찰을 통하여 일본 근현대문학이 전쟁 찬양과 전의 고양에 어떻게 이용되었는지에 대하여 살펴보았다.

1938년부터 총력전이라는 근대 전쟁을 수행하기 위한 일본의 국가 체제 정비가 시작되자 문단에서도 문학보국회를 만들어 전시 체제에 협조를 하게 된다. 이후, 수많은 애국시가집이 개인적 차원과 집단적 차원에서 간행된다. 그 중에서 九軍神이 최초로 등장하는 것은 일본방송출판협회에서 편찬한 『애국시집』이었다.

1942년 9월에 일본방송출판협회에서 편찬한 『애국시집』은 태평양전쟁 발발 이후, 라디오에서 낭독된 애국시를 모은 것으로 총 74편의 작품이 수록되어 있었다. 여기에는 그 당시의 유명 시인들의 작품이

---

14) 「三に曰く、詔を承りては必ず謹め。君は天なり、臣は地なり。天は覆ひ地は載す。四時順行して、万気通ふこと得。地、天を覆はむとするときは、壊るることを致さむ。是を以ちて、君言ふときは臣承る、上行ふときは下靡く。故、詔を承りては必ず慎め。謹まずは自づからに敗れなむと。」小島憲之(他)『新編古典文学全集3 日本書紀②』、小学館、2004, p.543

총망라되어 있었다. 그 중에서 미요시 다쓰지의 시 「아홉 진주의 존함」
은 대본영의 九軍神 신격화 작업의 일환으로 발표된 작품으로 5·7조
라는 전통 시가의 리듬을 바탕으로 마쿠라코토바, 카케코토바 등, 일본
전통시가의 기법을 사용하여 멸사봉공의 정신으로 진주만 기습 공격
에 참가하여 죽어 간 九軍神을 보석의 진주로 미화하고 있었다.

1943년 2월에 대정익찬회 문화부에서 편찬한 『군신을 따르라』는
제목 그대로 군신을 찬양하기 위해 간행된 시가집으로 와카 33수, 하이
쿠 57수, 시 19편, 총 109편이 수록되어 있었다. 대표 작가들에게 창작
을 의뢰하고 이를 신문에 연재, 그리고 출판하는 등, 문단과 매스컴의
상호협동작업에 의해서 만들어 진 것이었다.

九軍神을 나라를 위해 순직한 호국의 신으로 만들고자 하는 일념하
에 그들의 용맹을 찬양하고 젊은이들에게 그 정신을 이어받을 것을 종
용하기도 하고 「후방 수비(銃後の守り)」운동에의 동참을 호소하기도
하고 있었는데 그 백미는 안자이 후유에의 「군신을 따르라」라는 시였
다. 그는 시 속에서 「必謹」이라는 군국주의 이데올로기의 핵심용어를
사용하여 九軍神의 「순국 충정」을 이어받아야 한다고 역설하고 있었다.

끝으로 본고에서 소개만하고 다루지 못한 사이죠우 야소와 타카무
라 코우타로우의 시를 비롯하여 다른 에국시가(집), 그리고 九軍神을
소재로 한 소설에 대하여서는 추후의 과제로 삼고자 한다.

小島憲之(他)『新編古典文学全集3 日本書紀②』, 小学館, 2004, p.543

島田昭男「「真珠」論」『日本文学』21巻8号, 日本文芸協会, 1972, p.75

田中悦一「万葉集に託されたもの」勝原春希(他)編『和歌をひらく 第5巻 帝国の和歌』, 岩波書店, 2006, p.209, 211

鶴谷憲三「文学者の《十二月八日》(一)ー安吾「真珠」の素材についてー」『日本文学研究』35号, 梅光女学院大学, 2000, p.40, 41

花田俊典「超人と常人のあいだー坂口安吾「真珠」巧」『文学論輯』37号, 九州大学教養部文学研究会, 1992, p.72, 73

山室建徳『軍神』, 中央公論新社, 2007, pp.3〜345

길윤형『나는 조선인 가미카제다』, 서해문집, 2012, p.60, 72

이형식「태평양전쟁시기 제국 일본의 군신만들기 ―『매일신보』의 조선인 특공대(神鷲)보도를 중심으로―」『日本学研究』37輯, 단국대학교 일본연구소, 2012, pp.5〜197

제3부
전쟁의 기억과 해석

단국대학교 일본연구소 학술총서 5
일본의 전쟁영웅 내러티브 연구

도조 히데키(東条英機)의 전후
─ 소설과 영화 속의 도조상 ─

노병호(魯炳浩)

I 머리말

　도조 히데키! 한국에도 너무나 친숙한 이 이름은 일본 우익들의 망언과 일본 각료들의 야스쿠니신사 참배가 있는 날이면 어김없이 한국 미디어의 지면을 장식한다. 하지만 한국 미디어의 지면에 표현된 도조의 특징은, 태평양전쟁의 개전을 감행한 군인출신의 수상이 아니라, '야스쿠니신사에 합사된 복수형의 A급 전범'을 대표하는 단수라는 점일 것 같다. 즉 도조보다는 '야스쿠니신사' 혹은 야스쿠니신사에 합사된 '14명의 A급 전범' 중의 한명으로, 즉 야스쿠니신사에 부속적으로 도조 히데키(東条英機 혹은 東條英機로 쓴다, 1884. 7.30-1948.12.23)가 거론되고 있는 것 같다.

　그 원인으로는, 여론의 관심을 끌기 위하여 '도조 등을 합사한'이라는 표현이 물론 전치되어야 하겠지만, '야스쿠니신사'가 갖는 상징성이 더 크다는 점, 도조의 행동과 사상에 대한 사전지식이 선행되어 있어야한다는 점, 도조가 수상이 되기 오래전 이미 조선이 일본의 식민지하에 놓여있었던 점을 들 수 있다.

1941년 12월 8일 진주만을 기습공격하여 미국과의 개전을 감행한 장본인인 도조가 미국과의 관계에서는 매우 중요한 '부정적인 기제'로 작동하고 있기 때문에, 미일관계에서 도조의 중요성이 부각되는 것은 어쩌면 너무도 당연한 일일지도 모른다. 그렇다고 하더라도 도조가 보다 직접적인 관심의 대상이 되지 못하는 한국의 여론과 학계의 현상이 결코 바람직스러워 보이지도 않는다. 국회도서관에서 '도조 히데키'로 자료를 검색해 보면 거의 일본어 문헌이며, 학술적 가치가 있는 연구논문이 좀처럼 눈에 띄지 않는 상황은, 일본의 역사왜곡과 보수화에 대한 우리의 반응의 깊이를 시사한다는 점에서 우려스럽기까지 하다.

이 글은 전후 일본에서의 도조 히데키에 관한 '언설'의 변화(?) 혹은 현황을, 도조에 대한 사상사적인 분석을 배제하지는 않지만, 주로 소설과 영화 등에 표상된 도조상에 초점을 맞추어, 표상된 내용 및 표상의 전략의 '정치성'에 대해서 검토해 보는 것이다. 일본 국내에서의 연구도 도조 히데키의 '표상'을 대상으로 하는 것이 아니라, '도조 히데키' 자신에 관한 것이 주류를 이룬다는 점을 고려하면, '연구의 연구' 혹은 '표상의 연구'라는 본고의 문제의식도 그리 무가치한 것만은 아닐 것이다.

II 도조 히데키의 현재

1. 야스쿠니신사의 '신앙'

전후의 일본에서 도조 히데키가 다시 본격적으로 유명해지기 시작한 것은 야스쿠니신사(靖国神社)에의 합사가 발표된 79년 4월 18일 이후일 것이다. 동일의 교도통신(共同通信)이 최초로 도조를 포함한 A급 전범 14명이 '쇼와의 순난자(昭和殉難者)'로서 은밀히 야스쿠니신사에 합사되었다고 발표한 것이다. 동년 4월 19일자의 아사히신문 보도는 합사가 이루어진 것은 1978년 10월이고, 합사에 대해서는 유족 및 관계자에게도 알리지 않았다고 한다.[1]

합사의 의의에 대해서 곤구지(権宮司) 후지타 가쓰시게(藤田勝重)는 이렇게 설명한다.

이제까지 A급 전범의 취급에 대해서 국민감정의 면에서 자꾸 미루어져 왔다. 그러나 전후 33년이나 경과한 점, 메이지 이래의 전통에 따라 야스쿠니에 모시는 섯이 적당하다 (중략) A급 진범이리 하디리도 각지 나라를 위해서 애썼다는 점은 분명하고, 유족의 심정도 고려하여, 언제까지 방치해 둘 수 없었다. (중략) 우리들만의 판단이 아니라 신사의 숭경자 대표(崇敬者総代, 당시의 동경도 지사를 포함한 10명) 전원의 합의도 얻었다. 관계자들에게 폐를 끼치고 싶지 않았지만, 무리하게 숨기고 싶은 마음도 없었다. 어디까지나 모셔야할만 해서 모시는 것뿐이다.[2]

---

1) 上丸洋一 『『諸君!』『正論』の研究』, 岩波書店, 2011, p.111
2) 上丸洋一 上掲書 p.111

이 시점을 계기로 야스쿠니에는 'A급 전범이 합사된'이라는 수식어가 따라다니게 되었고, 일본 내외에서 많은 물의를 일으키는 상징적 공간이 되었다. 1980년대 나카소네 야스히로(中曾根康弘) 수상이 두 번째로 공식참배를 하려다 단념한 86년 8월 15일, 천황은 야스쿠니신사 문제에 대해서, "이 해 이 날에도 또 야스쿠니신사의 일로 근심 깊네"[3]라는 시를 남겼다고 한다. 2006년 7월 20일 각 신문의 일면에 실린 전 궁내청 장관 도미타 도모히코(富田朝彦)가 남긴 메모는, 쇼와천황이 A급 전범들에 대해 불쾌하게 생각하고 있었다는 점을 암시하는 내용을 담고 있는데, 이에 대한 해석을 둘러싸고 여전히 논란이 끊이지 않고 있다.

2013년 현재 야스쿠니신사 홈페이지에는, "야스쿠니에 모셔진 것은 군인만이 아니라, 전장에서 구호를 위해 활약한 종군 간호부와 여학생, 학도동원중에 군수공장에서 사망한 학도 등, 군속·문관·민간인들도 다수 포함되어 있고, 그 당시 일본인으로서 싸우다가 사망한 대만과 한반도출신자 및 시베리아 억류중에 사망한 군인, 군속, 대동아전쟁 종결시에 전쟁범죄인으로 처형된 분들의 신령(神靈)이 모셔져 있습니다. (중략) 야스쿠니신사에 모셔진 236만 6천여의 신령은 '조국을 지킨다고 하는 공무(公務)에 기인하여 돌아가신 분들의 신령'이라는 점에서는 공통됩니다"[4]라는 글이 실려있다. 야스쿠니신사측은 '공무'를 강조함으로써, A급 전범의 문제성, 구식민지 출신자 및 민간인 등의 문제를 회피하려 하고 있는 것이다.

---

3) 上丸洋一 上揭書 p.127
4) 야스쿠니신사 홈페이지 http://www.yasukuni.or.jp/history/detail.html(2013년 2월 27일 검색)

2. 무책임의 체계의 원형

마루야마 마사오(丸山眞男)의 대표적인 논문인 「초국가주의의 논리와 심리」는 1943년 제81의회 중의원 전시행정특례법위원회에서 '독재정치'에 대해 언급하는 도조의 모습을 그리고 있다.

> 독재정치란 말이 자주 거론되는 것 같은데 명확히 해두고 싶다. (중략)
> 도조라는 자는 하나의 초망(草莽)의 신하(臣)이다. 당신들과 전혀 다르지
> 않다. 단지 나는 총리대신이라는 직책을 맡고 있다. <u>이 점이 다르다. 이</u>
> <u>직책은 폐하의 어광(御光)을 받고서 비로소 빛난다.</u> 폐하의 어광이 없다
> 면 그저 돌멩이 한개에 불과하다. 폐하의 신임이 있고, 이 위치에 있기
> 때문에 빛난다. 그 점이 유럽에서 독재자로 불리는 사람들과 다르다.(1943
> 년 2월 8일 아사히신문사 속기. 강조는 마루야마)[5]

도조를 포함한 전쟁지도자들은 이러한 관념을 전제로 전쟁에 내달린 것이다. 마루야마는 이에 대하여, "(이들 모두가, 필자) 무언가 보이지 않는 힘에 쫓기면서도, 실패의 두려움에 전율하면서도, 눈을 감고 내달렸다. 그들이 전쟁을 원했을까라고 한다면 그러하고, 그들은 전쟁을 피하리 했을끼리고 한다면 이 또한 그러하다. 전쟁을 원했음에도 전쟁을 회피하려 하고, 전쟁을 회피하려 했음에도 불구하고 전쟁의 길을 선택했다"[6]고 기술하고 있다. 이러한 상황의 최정점에 천황이 있다.

---

5) 「超国家主義の論理と心理」(1946.5)(『丸山眞男集』第三卷, p. 32). 이 논문은 1948
년 5월의 「日本ファシズムの思想と運動」(『丸山眞男集』第三卷), 1949년 5월의
「軍国支配者の精神形態」(『丸山眞男集』第四卷), 1956년 12월의 「續補遺 日本支
配層の戰争責任」(『丸山眞男集』別卷) 등과 함께 마루야마의 전전일본의 군국주의
의 사상과 논리에 대한 탁월한 분석력을 보여주는 걸작이라고 생각된다.
6) 丸山眞男 「續補遺 日本支配層の戰争責任」 p. 5

천황은 통치권의 총람자일 뿐만 아니라 입헌군주로서의 성격도 갖는 '야누스의 머리'7)와도 같은 존재였다. 마루야마는 이렇게 말한다. "자신의 지위를 비정치적으로 분식(粉飾)함으로써 최대의 정치적 기능을 꾀하고 있는 점이 일본 관료제의 전통적인 비밀이라고 한다면, 이 비밀을 집약적으로 표현하고 있는 것이 관료제의 정점에 위치하고 있는 천황이다."8)

상기의 도조의 답변은 무소불위의 권한을 갖고 있던 수상의 의미심장한 발언이다. 도조는 '야누스의 머리'와도 같은 구극적인 권위(천황)에의 친근성에 의한 의기양양한 우월의식과 동시에, 그러한 권위의 정신적인 중요성을 머리 위로 오싹오싹 느끼는 한명의 소심한 신하의 심정을 가감없이 토로하고 있기 때문이다.9)

이처럼 마루야마로 대변되는 '회한의 공동체(悔恨の共同体)'10)는 도조 히데키를 천황과 함께 무책임의 체계의 최중추에 위치시키면서, 전쟁과 패전의 근원인 주체성을 자각하지 않는 종속된 심리를 비판하고 있다.

---

7) 丸山眞男 上掲論文 p. 6
8) 丸山眞男 上掲論文 p. 6
9) 丸山眞男 上掲論文 p. 10
10) 丸山眞男 『後衛の位置から』, 未来社, 1982에 수록된 「近代日本の知識人」에서 마루야마가 사용한 이후 유행하게 된 명칭이다. 이 논문의 초고는 1977년 『学士会会報』에 처음 실렸다. 전쟁직후 전문분야와 직업의 차이를 뛰어넘어 새로운 지성의 건설을 지향하는 여러 집단이 분출하였는데, 이들은 하나의 연대와 책임의식을 가져야 한다는 감정과 연결되어 있었고, 이러한 감정을 공유하는 집단을 표상하는 용어로서 고안되었다.(丸山眞男 上掲書 pp.116-117)

Ⅲ 비극적인 순교자의 풍경

1. 소설

전후 도조 히데키를 주된 연구대상으로 한 정치 · 역사의 연구는 실로 방대하다. 하지만 도조가 소설의 주인공으로 등장하는 경우는 현재 1971년 아리마 요리치카(有馬賴義)에 의한 「왼손잡이 독재자—도조 히데키의 비극(左利きの独裁者—東條英機の悲劇)」[11]과 2002년 마쓰다 주코쿠(松田十刻)의 『도조 히데키 대일본제국을 위해 순교한 남자(東条英機 大日本帝国に殉じた男)』[12] 이 두편 정도인 것 같다.

이 두편 모두 실존했던 인물을 대상으로 했다는 제약 때문인지, 문학적이기 보다는, 수기적 · 전기적 느낌을 자아낸다. 결론적으로 전자는 도조의 '비극'에 초점을 맞춘 반면, 후자는 문학적 뉘앙스의 '비극'보다는 정치적인 느낌을 갖게하는 '순교'에 중점을 두고 있는 것 같다. 대상이 되는 시기는 전자가 주로 미일개전 이후라고 한다면, 후자는 도조의 전 생애를 검토하고 있다. 이 절에서는 양 소설에서 각각 중시되는 신(scenes) 혹은 정조(情調)를 살펴봄으로써, 소설에서 도조가 어떻게 그려지고 있는지를 검토해 보고자 한다.

「왼손잡이 독재자」에서 주인공(私)의 도조와의 만남은 도조의 장녀인 도조 미쓰에(東條光枝)와의 만남을 통해 간접적으로 이루어진다. 그날은, 수증기가 낮게 깔려 있지만, 뜨겁고, 불유쾌한 날씨가 예상되는

---

11) 新潮社編 『時代小説大全集6 人物日本史』, 新潮社, 1991에 수록.
12) PHP文庫, 2002

아침이었다. 둘 다 감옥에 갇혀있는 부친의 면회를 가야하는 패전후의 어느 날이었다.

　　그날 아침은 수증기가 낮게 깔려 대지를 감싸고, 태양이 나오자 사방이 복숭아색으로 물들었다. 뜨거운 하루가 시작될 전조였다. (중략) 부친의 얼굴도 보고 싶었지만 면회에 이르기까지 수속이 까다로와 나를 우울하게 하였다. 제대로 식사도 하지 못한 체력적인 문제도 있었다. 하루 종일 집에서 뒹굴뒹굴하고 있으면 뭐 그럭저럭 견디겠지만, 양복을 제대로 차려입고, 햇살이 뜨거운 거리를 걸어야 한다는 것은 생각만으로도 불유쾌했다. (중략) 공습으로 동경에는 작은 새도 매미 한마리도 사라져 버렸다. 매미가 울지 않는 한여름의 점심 무렵 잠자리만이 날아오를 뿐이었다. 나는 언덕을 내려오면서 어렴풋이 사람의 기척을 느꼈다. 여자였다. 수수한 오오시마(大島) 명주로 된 기모노에다, 같은 천으로 된 몸뻬를 입고 있었던 듯 하다. (중략) "실례합니다." 내가 말을 걸었다. "누구의 가족입니까?" 여인은 "도조입니다"라고 대답했다. 어투에는 어떠한 주저함도 없었다. 불가사의하게, 그 이름을 듣고 나서도, 나의 마음속에 있던 일종의 동료의식은 사라지지 않았다.(有馬 pp.69-71)

여기서의 동료의식은 둘 다 면회를 가야한다는 패전후의 상황에 대한 우울함 때문만은 아니었다. 미군기와 1대 1로 조우하여 죽음 직전까지 갔었던 주인공의 체험이 미쓰에의 상황과 오버랩되고 있었던 것이다. '미국에 대한' 입장의 공통성이라고 말하는 편이 좋을 것이다.

　　나는, 그 날까지(Grumman제의 비행기가 공격하기 이전까지, 노병호), 미공군, 혹은 해군을 조금도 증오하지 않았다는 사실에 눈을 떴다. 전쟁이기 때문에 라고 생각하고 있었다. 그리고 군대가 있기 때문이라고도 생각했다. 나를 폭행한 사관도, 상등병도, 나를 개인적으로 증오하고 있었던 것은 아니다. 그러나 그날 그루만의 탑승원은 완전히 유희의 기분으로,

나 개인에 대하여, 몇백발의 기관총을 쏘아댔던 것이다. 나 혼자 거기에서
죽는다 하더라도, 그 때 이미 전쟁은 실질적으로는 끝나 있었던 것이 아닌
가. (중략) 내가 최초로, 왜, 자신의 일을, 이렇게 길게 쓰고 있느냐 하면,
이는 나 개인은 전쟁의 초기부터, A급 전범이 처형된 날까지 도조 히데키
그 사람을 조금도 미워하지 않았다는 점을 말하고 싶었기 때문이다. 나의
인생은 전쟁 때문에 모든 청춘을 잃었다. 나처럼 청춘을 혹은 생명을 잃어
버린 많은 사람들 중 누가, 과연, 이 전쟁의 장본인이 도조이며, 이 전쟁의
책임자가 도조라고 생각했었을까?(有馬 pp.75-76)

주인공은 도조 히데키의 미국인 변호인 죠지 브르웻(George Blewett)
처럼 자신 또한 자신의 내부에 도조가 존재하고 있다는 점을 자각하고
있었다. 아래와 같이 작가 자신에 의해 강조된 부분은 주인공과 작가의
마음이 도조와 함께 있었다는 점을 암시하고 있다. 브르웻은, "어떤 하
나의 인물의 견해, 행위가, 일본인 전체가 생각하고 행하려 한 상황이
되었다. 일본인 전체가 생각하고 행하려 한 것을, 어떤 인물이 생각하
고 행하려 한 것이 아니었다. 여기에 모든 열쇠가 있다"(인용과 강조
모두 有馬 pp.77-78)라고 말했던 것이다.

이처럼 무겁고 답답한 분위기는 거슬러 올라가 1944년 7월 18일
이후의 도조의 '인간적인' 장면을 통해 오히려 짙어져 간다. 「왼손잡이
독재자」에서는 이 시기 도조의 한적하고 적막한 생활을 이렇게 묘사하
고 있다.

도조는 하야하여 더 이상 아무것도 할 필요 없이, 어떤 일을 생각할
필요도 없이, 한적한 생활을 보내고 있었다. 무더운 여름이었지만 도조는
매일 정원에 나가 밭을 갈고 있었다. 과거는 안개라고 할 수 있었다. 과거
속의 하루, 과거속의 어떤 일들을 생각해 낸다는 것은 전혀 무의미했다.
모든 평가가 바뀌려 할 때, 과거에는 어떤 가치도 없었다. 할 만큼 일을

했기 때문에 방법이 없다라는 것이 도조의 본심이었다. 그리고 불가사의하게도, 중신에 속하였던 도조를, 어느 신문도, 한줄도 쓰지 않는다. 때때로 중신회의에 참석하더라도, 도조는 거의 발언하지 않았다. (중략) 밤이되자, 거리도, 집안도, 조용해졌다.(有馬 p.106)

태평양전쟁이라는 대전쟁의 발발에 책임을 져야할 도조가, 제2차 대전을 태평양으로 확대시킨 장본인인 도조가, 퇴임 이후, 군인이 아닌 그저 평범한 인간이 되어, 정원과 밭에서 흙을 일구는 장면은,『도조 히데키 대일본제국을 위해 순교한 남자』에서도 간접적으로 묘사되고 있다. 그러나 도조 히데키에 대한 '고결하고', '평범한' 이미지는 직접적으로 표현되어 있다.

고결한 생활을 신조로 하고 있던 도조는 세간의 오해를 피하기 위해 부지의 대부분을 밭과 정원으로 만들었고, 육군대신 경험자라고는 생각되지 않을 정도로 극히 평범한 집을 축조했다. 또한 특권을 남용하지 않아 배급자재로 조달했기 때문에, 착공 후 일년이 지났어도 내장은 아직 완성되어 있지 않았다.(松田 p.264)

마쓰다가 보는 도조는 전체적으로 "대일본제국을 위해서 순교한 남자"였다. 도조는 '극악비도(極惡非道)'의 대명사가 아닌, '마성(魔性)의 역사'를 한 몸에 짊어진 비운의 군인이었을 뿐이다. 도조는 "철두철미하게 일본 육군의 한명으로서 직무에 전념하여, 이리도 저리도 못하는 상황에서 일본의 키를 잡았을" 뿐이다.(松田 pp.3-5) 요컨데 책임감이 강한 성실한 군인이, "일본이 근대국가가 된 이래, 최악의 타이밍에 수상에 취임"(松田 p.275)하였던 것이다. 나빴던 것은 타이밍이었지, 도조가 아니며, 오히려 도조는 '순교자적인' 인간상을 부여받게 된 것이다.

마쓰다는 도조의 성격에 대하여 이렇게 묘사한다.

> 도조는 노력형 인간에게 종종 있는 것처럼, 자존심이 강하고 자의식 과잉의 면이 있고, 노력하지 않는 인간을 멀리하는 경향이 있다. 또한 천황을 모시는 군인으로서, 청렴결백하고, 엄격, 질소한 생활을 중시하고, 술과 여자에 빠지는 군인을 경멸하고 있었다. 더구나 신심이 두터운 부인 가쓰코(勝子)의 영향으로 신불을 숭배하고, 불단 앞에서는 '나무아미타불'을 염불했다.(松田 pp.224-225)

이렇게 소설속의 도조는, 격동의 시대와 결단에 순응하는, 성실하고 책임감이 강한, 동시에 청렴하고 신앙심이 두터운, 너무나 '인간적인' 한명의 왜소한 인간일 뿐이었다. 이러한 인간상은 소설에 한정된 것만이 아니었다. 이하의 영화에서도, 1944년 7월 18일 퇴임 이후, 1945년 9월 11일 GHQ에 의해 체포되기 직전까지, 도조는, 가족 내에서는 인자한 할아버지로, 후술하는 것처럼 천황에 대해서는 충심 가득한 신하로, 불교를 경유해서는 세상 모두를 상대화하는 독실한 종교가로 그려지고 있다.

2. 영화

『대일본제국(大日本帝国)』[13]은 1982년에 공개된 도에이 배급의 전쟁영화로서 「싱가폴로 가는 길」과 「사랑은 파도를 넘어서」의 2부로 구성된 장편영화이다. 마스다 도시오(舛田利雄)가 감독했고, 단바 데쓰로(丹波哲郎)가 도조역으로 열연한다. 주요 인물로는 육군사관학교를

---

13) 東映株式会社『大日本帝国』, 1982

졸업한 직업군인 오다지마 고이치(小田島剛一, 三浦友和가 연기)와 교토대학 학생이었던 에가미(江上孝, 篠田三郎가 연기)가 있다. 그밖에도 이발소를 경영하던 고바야시 고기치(小林幸吉, あおい輝彦가 연기)와 도조의 부인으로 이나노 가즈코(稻野和子)가 연기하는 가쓰코 등이 등장한다. 다이몬(大門勳)역으로는 사이고 데루히코(西郷輝彦)가 연기한다.

이 시대의 도조의 위치를 확인하기 위해서는 태평양전쟁 발발 직전의 일본의 정치사에 대한 간단한 스케치가 필요할 것 같다. 먼저 1941년 7월 18일 대미강경파인 마쓰오카 요스케(松岡洋右)가 경질된 후, 제3차 고노에 내각은 10월 16일까지 지속된다. 그런데 9월 6일의 어전회의에서는 미국과의 개전을 마다하지 않는 「제국국책요강(帝国国策要綱)」이 결정되며, 여기에는 남방에 대한 시책 등이 정리되어 있다. 10월 15일 데키가이소(荻外莊)[14]에서는 이 문제에 대한 의견교환이 이루어지는데, 도조에 관한 영화의 대부분은 이 데키가이소 회담을 중요하게 묘사하고 있다. 이 회담에서는 대미 개전에 대한 도조의 완고한 입장이 확인되는데, 여기에는 도조는 물론 고노에 후미마로(近衛文麿) 총리, 오이카와 고시로(及川古志郞) 해상, 도요타 데이지로(豊田貞次郞) 외상, 스즈키 데이이치(鈴木貞一) 기획원 총재가 참가하였다.

도조의 완강한 입장을 역으로 이용하기 위하여, 즉 대미회담에서 양보하려 하지 않는 완고한 육군을 달래기 위하여(영화와 소설의 일부에서는 그렇게 해석하고, 그리고 있다), 도조는 천황에 의해 수상에 임명된다. 도조는 1941년 10월 18일부터 1944년 7월 22일까지 제40대 내각총리대신으로서, 1941년 12월 8일 이후 태평양전쟁을 지도하게 된

---

14) 고노에 후미마로의 별장으로 전전 중요한 결정이 여기서 이루어졌다.

다. 12월 1일의 어전회의에서는 대미 결전에 대한 최종결정이 이루어
진다.

『대일본제국』의 데키가이소 회담 장면에 등장하는 도조의 어조는
자신감에 가득 차 있고, 의지도 강력했다. 미국과의 교섭을 중시해야
한다는 고노에에 대하여 도조는, "(고노에 수상의 발언은, 필자) 의외
다. 9월 6일의 어전회의의 결정을 중시해야 한다. 전쟁에 자신이 없다
는 것은 천황에 대한 불근신 아닌가?"라고 말하고 있으며, 미국측이 주
장하는 일본군의 중국으로부터의 철수를 받아들여 대미교섭에 임하자
는 외무대신에 대해서는, "철병은 양보할 수 없다. 양보는 양보를 낳을
뿐이다"라고 강한 어조로 외친다. 해군대신인 오이카와가 결정을 총리
에게 일임한다는 입장을 취하자 도조는, "일임은 불가능. 육군이 이미
움직이고 있다. 애매한 입장을 취하지 말고 각료 전원이 책임을 지고
결정해야 한다. 확실히 해야 한다"라고 강경한 입장을 굽히지 않는다.

이렇게 육군의 입장을 배경으로 강경한 입장을 취하는 도조를 정반
대의 방향에서 돋보이게 하는 것은 미국에 대한 안티테제로서의 도조
상일 것이다.

이 영화의 후반부에서는 전쟁을 일으킨 책임자로서의 도조의 '진
실?' 보다는, 연합국 특히 미국과 GHQ에 의해 '만들어진?' 악의 상징으
로서의 도조의 이미지에 초점을 맞추고 있다. 즉 미국에 의해 '도조'는
악의 대명사가 되었고, 일본은 이 도조에 의해 표상된다는 점이다. 단
적으로 동남아시아에서 포로가 된 일본군 병사들이, 전쟁중 저항하지
않았던 현지인(마리아라는 여성)을 살해한 혐의로, B, C급 전범으로서
재판을 받았다. 그 중의 한명인 다이몬에게 미군병사가 배식된 식사를
바닥에 던진 후 이를 개처럼 엎드려 핥아먹으라고 강요한다. 미군병사

는 말한다.

　　　"헤이 도조! 먹어! 개처럼 먹어! 빨리 먹어!"

　　여기에 등장하는 '도조'라는 호칭이 갖는 상징성은, 전후의 '도조 히데키'를 미국적인 시각에서 이해하기 위한 결정적인 메타포이다. 하지만 '도조'라는 '욕설'을 감수하며 다이몬을 대신하여 바닥에 던져진 식사를 핥아먹는 에가미의 행동은, '정당하게' '도조'를 재해석해야 한다는, 나아가 일본에 대해서는 직접적으로 강력한, 미국에 대해서는 소극적이지만 결코 굽히지 않는 저항으로 해석할 수 있도록 하는 장치로서 기능하고 있는 것 같다.

　　물론 "천황이 원군을 이끌고 구조하러 올 것이므로 기다리자", "대원수 각하는 절대로 배신하지 않는다", "미국과 손을 잡지도 않는다", "설사 포츠담선언을 수락한다 하더라도 대원수 각하 혼자서라도 우리를 구하러 올 것이다", "대원수 각하를 위해 목숨을 걸고 싸워온 우리들을 대원수 각하는 버리지 않을 것이다"라는 외침의 무상함을, 이미 미국에 항복한 천황과의 대비를 통해 보여주고 있기는 하다.

　　그러나 결국 미국과 도조 이 양자의 무게중심을 후자에게 향하도록 하는 장치는, 동남아의 감옥의 옆방에서 들리는 소리, "고국의 꿈을 꿀 수 있도록 조용히들 해!", "다시 태어나도 해군이 되어 미국과 계속 싸울 것이다"(다이몬의, 필자)라는 여운이다.

　　한편『대일본제국』및 다른 도조에 관한 영화들이 도조를 보조적으로 논하고 있는 것에 비하여,『프라이드 운명의 순간』[15]은 도조를 직

---

15)　東映株式会社『プライド 運命の瞬間』, 1998

접적으로 그린 점에서 차이가 있다. 감독은 이토 슌야(伊藤俊也), 도조 역은 쓰가와 마사히코(津川雅彦), 죠셉 키난 수석검사로는 스코트 윌슨(Scott Wilson), 윌리암 웹 재판장으로는 로니 콕스(Ronny Cox), 기요세 이치로(清瀬一郎) 변호사역으로는 오쿠다 에이지(奧田瑛二), 가쓰코 역에는 이시다 아유미(いしだあゆみ)가 연기하고 있다.

이 영화의 가장 큰 특징은 평화롭고 인간적인 도조의 모습 혹은 감옥에 있는 인간 도조의 모습을 전치한 후, 극동국제군사재판(極東国際軍事裁判)16) 당시의 불공정하고 편향된 재판의 진행과, 그럼에도 불구하고 당당했던 전범들의 모습을 보여주고 있다. 동시에 양자의 사이사이에 식민지 인도의 실상을 인도의 독립운동을 이끌었던 숩하스 찬드라 보스(Subhas Chandra Bose)의 '인도국민군', '자유인도임시정부', 그리고 인도출신의 팔(Radhabinod Pal) 판사와 식민화된 인도의 실상을 삽입함으로써, 도조에 관한 시각과 재판의 공정성에 문제를 제기하

---

16) 극동국제군사재판은 1946년 4월 29일 쇼와천황의 생일에 전범들을 기소함으로써 시작되었고, 1946년 5월 3일부터 이치가야(市ヶ谷) 구 육군사관학교 강당에서 심리가 개시된다. 형의 선고를 포함한 판결의 언도는 1948년 11월 4일 시작되어, 11월 12일 종료되었다. 7인의 교수형의 집행은 1948년 11월 23일 오전 0시 1분 30초부터 진행되어, 35분에 종료했다. 이 날은 현 일본 천황의 15세의 생일이었다. 이 재판의 재판장은 William Flood Webb, 수석검찰관은 Joseph Berry Keenan이다. 피고는 이히 28명. 이중 교수형 7명, 종신형 16명, 유기금고형 2명, 기소면제 1명, 판결전 병으로 사망 2명. 교수형은 도조 히데키, 무토 아키라(武藤章), 마쓰이 이와네(松井石根), 기무라 헤이타로(木村兵太郎), 도이하라 켄지(土肥原賢二), 히로타 코우키(広田弘毅), 이타가키 세이시로(板垣征四郎) 7명이다. 나머지 21명으로는 아라키 사다오(荒木貞夫), 우메즈 요시지로(梅津美治郎), 오오카와 슈메이(大川周明), 오오시마 히로시(大島浩), 오카 다카즈미(岡敬純), 가야 오키노리(賀屋興宣), 기도 코이치(木戸幸一), 고이소 구니아키(小磯國昭), 사토 겐료(佐藤賢了), 시게미쓰 마모루(重光葵), 시마다 시게타로(嶋田繁太郎), 시라토리 토시오(白鳥敏夫), 스즈키 데이이치(鈴木貞一), 도고 시게노리(東郷茂徳), 나가노 오사미(永野修身), 하시모토 킨고로(橋本欣五郎), 하타 슌로쿠(畑俊六), 히라누마 키이치로(平沼騏一郎), 호시노 나오키(星野直樹), 마쓰오카 요스케(松岡洋右), 미나미 지로(南次郎)가 있다.

고 있다. 영화의 엔딩 또한 독립한 인도에서 인도의 독립을 기뻐하고 있는 한 일본인의 표정이다. '자유인도임시정부'가 싱가폴에서 조직된 것은 1943년 10월 21일이었다. 이것이 가능했던 것은 1942년 2월에서 1945년 8월까지 일본군이 싱가폴을 점령하고 있었기 때문이다. 인도의 독립은 1947년 8월 15일에 달성되었다.

먼저 영화는 수상에서 물러난 도조가 1945년 9월 어느날 처인 가쓰코와 함께 집 주위의 밭에서 토마토를 따먹고 있는 평화로운 풍경과, 천진난만한 도조의 표정을 그리는 데서 시작한다. 도조는 토마토를 먹으며 가쓰코에게, "맛있다. 이렇게 맛있는지 처음 알았어"라고 말한다. 그러나 9월 11일 도조는 GHQ에 의해 체포되고 A급 전범으로 극동국제군사재판을 받게 된다.

재판이 진행되고 있는 동안 도조는 전혀 굴하지 않고 있으며, 당당하게 자신의 의견을 말한다. 이렇게 당당한 도조의 모습과는 반대로, 피고인들의 죄를 밝히기 위해 법정에서 증언하는 참고인들(예를들면 만주국 황제였던 부의와 남경사건을 목격했던 어느 백인목사)의 모습은 비굴하거나 당당하지 못한 모습으로, 연합국측에 불리한 증언이 있는 경우 전기가 나가거나, 전범들의 발언이 중지되는 것으로 그려진다. 동시에 재판관들의 너무도 자유분방하여(?) 오히려 퇴폐적인 분위기를 암시하는 댄스파티 등은, 재판의 본질 그 자체인 것처럼 그려진다. 또한 웹 재판장과 킨 수석검사의 밀담은 마치 음모를 꾸미는 음모꾼의 형태로 묘사되고 있다.

한편 스가모 형무소의 도조는, 수상에서 하야한 직후처럼, 매우 인간적으로 그려진다. 미군 간수가 손주를 도조에게 건내주자, 도조는 "아리가토"라고 말하며 정중한 태도를 잊지 않고 있으며, 이렇게 인간적인 도조에 대한 간수의 시선도 부드럽다. 도조에게는 아무런 죄도 없다는 것처럼….

교수형이 결정된 후 스가모 형무소를 찾아온 가쓰코에게 도조는, 오히려 안심을 시키려는 듯, "원래 그런 겁니다(そんなもんですよ). 나로서는 무사히 대역(大役)을 다해서 여한이 없소. 애초부터 내 생각을 말할 수 있는 상황이 아니오"라고 말하며, 재판의 성격 자체에 대해 간접적으로 비판하고 있다.

요컨데 『프라이드 운명의 순간』에서는, 인도의 참상과 이 인도를 도우려는 일본의 인도주의적인 모습, 너무나 인간적인 도조의 모습과 너무도 부당한 극동군사재판을 대비적으로 그림으로써, 도조의 인간성과 식민지 인도의 모습을 교차하여 보여줌으로써, 관객들의 시선의 범위를 매우 한정된 공간으로 내몰고 있다.

이로 인해 파생되는 가장 큰 문제는, 너무나 인간적인 도조와, 인간이 살고 있는 인도가 겪고 있는 참상, 그 참상의 원흉으로서 극동국제군사재판을 연계시킴으로써, 너무나 인간적인 도조가 아닌, '인간'인 동시에 군인인 도조상, 정책결정의 책임자 도조상을 자의적으로 배제시킨다는 점이다. 또한 이 영화는 일본제국주의하의 식민지와 그 식민지의 민(民)들의 시선과 삶을 전혀 고려하지 않고 있다. 오히려 폐허가 된 공터에 기요세 이치로가 심었던 감자가 잘 자라 있는 모습을 보고, 이웃의 노파가 "공습으로 죽은 사람들의 재로 인해 감자밭이 더 기름져 감자가 더 잘 열릴 것이다"라고 말하는 장면은, 재판의 결과에 대한 소극적인 반감을 넘어서, 죽은 영령의 보호로 인해서 더욱 밝은 일본의 미래가 있을 것이라는 '야스쿠니적인' 사상을 암시하고 있는 것처럼 보인다.

Ⅳ 천황상과의 교착: 독재자, 영웅, 혹은 불교자의 여운

　도조 히데키는 1941년 12월 8일 일본이 진주만(Pearl Harbour)을 공격할 당시의 수상이다. 도조를 유명하게 한 것도 바로 미국과의 개전을 통해, 대륙에서의 중국과의 전쟁을 태평양으로 확대시켜, 제2차 세계대전으로 연결시켰기 때문이다.

　그런데 전쟁의 개시 등 중요한 국책의 결정은 천황이 참석하는 회의를 통해 이루어졌다. 그 회의란 이른바 어전회의(御前会議)이다. 어전회의는 메이지 시대 청일전쟁의 개시와 강화 및 러일전쟁의 개시와 강화시에 메이지 천황이 참석한 것을 계기로 시작되었고, 다이쇼 시대에는 열리지 않았다가, 1938년 1월 1일 중일전쟁의 처리와 관련하여 다시 열리게 되었다. 1938년의 재개 이후 1945년 8월 14일 포츠담 선언의 수락에 이르기까지 총 15회가 열렸다. 태평양전쟁과 관련해서는 1941년 7월 2일, 9월 6일, 11월 5일, 12월 1일의 4차례의 회의가 중요한데, 도조는 11월 5일 이전은 육군대신으로, 11월 5일 이후는 수상의 자격으로 참가하였다. 전쟁이 진행중인 1942년 12월 21일, 1943년 5월 31일, 9월 30일의 회의에도 도조의 모습이 보이고 있다.[17]

　소설과 영화의 어전회의와 관련된 장면, 천황은 단지 경청하는 국외적인 입장으로, 도조는 당시의 정세를 무겁게 보고하는, 상식적이고 평이한 모습으로 그리고 있어서, 둘의 관계에 대한 해석의 여운을

---

17) NHK『御前会議 太平洋戦争開戦はこうして決められた』, 1991.8.15, 『日本大百科事典』, 小学館, 1994, 佐々木隆爾編『昭和史の事典』, 東京堂出版, 1995

남기지 않는다.

그렇다면 이와 유사한 공적인 장면에서 도조는 과연 어떠한 입장을 취했으며, 천황을 어떻게 인식하였던 것일까? 혹은 그 이외의 자리에서 도조는 천황을 어떻게 말하고 있었을까? 이러한 의문을 풀어가다 보면 도조의 천황관은 천황에 대한 도조의 인식과 평가라는 차원에 그치지 않고, 전쟁책임과 관련된 천황과 도조의 '제로섬게임'적인 상황이라는 점을 발견하게 된다.

요컨데 앞에서 언급한 소설과 영화에 표상된 도조상은, (1)'독재자', (2)'영웅', (3)세속을 상대화하는 '불교자'의 구도, 이 세가지 상으로 나눌 수 있을 것 같다. 이러한 구분법에 대응하는 천황의 위상은, (1)독재자에 휘둘렸던, 전쟁의 책임와는 무관한 자애로운 존재, (2)영웅을 신하로 갖고 있는 훌륭한 군주이거나 상대적인 약자라는 이미지는 있지만 전쟁책임에서 완전히 자유롭지 않은 상황, (3)세상의 진실이 어떠한 것이든 자신이 묵묵히 이를 감수한다는 불교적인 종교관에 대응하는 이미지로서 전쟁의 실질적인 책임은 천황에게 있었다는 메타포이다. 재미있는 것은 소설과 영화에 표상된 도조상에는 이러한 요소가 혼재되어 있다는 점이다.

소설 「왼손삽이 독재자」에서는 1941년 10월 15일의 네기가이소 회담시의 도조를 독재자로 그리고 있다. 즉 대미 협상파인 고노에 후미마로와 강경파인 도조를 대비시키고 있다. 이 장면을 정리하면 다음과 같다.

東條: 미일교섭에서 중국 주병(駐兵) 문제는 절대 양보할 수 없다. 미국에 굴복할 생각이라면 달리 방법이 없겠지만. 그렇지 않다면 교섭의 전망은 어둡다.

及川: 이제 전쟁을 결의해야 할지, 외교교섭을 계속해야 할지 결정할 단계에 왔다.

近衛: 외상의 견해는?

豊田: 교섭은 상대가 있으니까 절대로 확신한다고는 말할 수 없다.

近衛: 어느 방침을 취해도 위험은 있다. 어떤 위험이 보다 클지가 문제다. 오늘 여기에서 결정하라고 하면, 나는 교섭계속을 선택한다.

東條: 외상은 확신이 없는 것 아닌가? 외상의 논리로는 통수부(統帥部)를 설득할 수 없다. 확신이 있는 말을 듣고 싶다.

近衛: 쌍방을 비교한 후에 나는 교섭을 선택한다.

東條: 그것은 총리의 주관적인 의견에 지나지 않다. 그것으로는 통수부를 설득할 수 없다.

東條: 주병문제만큼은 육군의 생명이어서 절대로 양보할 수 없다.

近衛: 이러한 상황에서는 명분보다는 실리를 취하여, 형식은 미국이 말하는 대로 하고, 실리는 주병과 동일한 결과를 얻는다면 좋지 않을까. 어쨌든 나는 어디까지나 외교교섭을 선택한다. 그럼에도 불구하고 전쟁을 하려한다면, 나는 책임을 질 수 없다.

東條: 9월 6일의 어전회의에서 외교교섭의 전망이 없다면 개전을 결의한다고 결정하지 않았는가? 이 회의에는 총리도 출석하셨기 때문에, 책임을 지지 않는다는 것은 이해할 수 없다.

近衛: 교섭에 보다 큰 확신이 있는데도, 확신이 없는 쪽을 가라고 하면, 책임을 질 수 없다는 의미다.

鈴木: 작전의 모든 준비를 중단한다고 결정하는 경우, 과연 군 내부를 통제할 수 있는가?

東條, 及川: 결정한다면 통제할 수 있다.(矢部貞治『近衛文麿』)(有馬 pp.81-83)

이처럼 중국 주병 문제에 대한 도조를 포함한 육군의 완강한 태도에 대하여 대미관계의 악화를 우려한 고노에 등의 결론은, 도조를 수상에 임명함으로써 같은 육군에 의해 육군을 견제하도록 하는 일종의 이이제이(以夷制夷) 방식을 도입하는 것이었다. 즉 도조 자신에 의해서 대미개전이 결정된 9월 6일의 어전회의를 무시하도록 유도하려고 하였다. 고노에는 10월 14일에도 도조를 만났었지만, 도조는 조금도 양보의 기색을 보이지 않았다. 이러한 상황에서 기도 고이치(木戸幸一)는 고노에에게, "만일 도조가 (수상에, 필자) 임명되어 9월 6일의 어전회의를 무시한다고 명령하면, 도조는 육군을 통제할 수 있고, 그렇게 함으로써 도조가 평화적 교섭을 계속한다면, 이번의 내각사직에 임하여, 개전을 예상하고 있는 미국의 분위기는 호전될 것이다"(矢部貞治『近衛文麿』)(有馬 p.92)라고 언급하고 있다. 즉 사건의 모든 원흉은 '완강한 독재자' 도조에게 있었던 것이다.

한편 천황을 보호하려는 '영웅'으로서의 도조상은 스가모 구치소에서의 심문내용에 담겨있다. 도조는 개전은 천황의 희망을 저버린 행위였다고 하여 천황을 변호하고 있는 동시에, 개전 그 자체가 불법적인 것은 아니었다고 하면서, 천황과 개전의 결정 모두를 변호하고 있다.

문: 미국에의 최후통첩을 천황에게도 전했는가?
답: 그 책임은 나에게 있지 않다.
문: 천황은 최후통첩 전의 공격개시에 대하여 화를 냈다고 한다. 사실인가?
답: 천황께서 화를 내셨다는 것은 사실이라고 생각한다. 천황은 그러한 분이시다.
문: 천황의 희망을 저버린 이유에 대해 당신은 어떤 조사를 했고, 어떤 사실을 알았는가?
답: 우리들은 천황의 희망을 존중했다. 일본국민으로서의 나도, 수상으로서의 나도 그러했다. 천황이 희망하지 않는 결과가 발생한 사실에 대

해서 변명하고 싶지 않다.

문: 천황의 희망을 저버린 것은 육해군참모총장의 죄가 아닌가?

답: 내 죄다. (중략) 우리들은 천황의 희망을 저버리는 일에 대해 생각해본 적이 없다. 그러나 저버린 결과가 된 책임을 나는 통감하고 있다.

문: 이러한 상황에서 행해진 공격은 전쟁행위가 아니라 모살(謀殺)이라고 생각지 않는가?

답: 그렇게는 생각하지 않는다. 도전에 직면한 합법적 방위였다고 생각하고 있다.(有馬 pp.100-102의 요약)

즉 도조는 천황에게 책임을 전가하지 않고, 결과적인 책임만 자신이 질 것이며, 전쟁의 개시 그 자체는 합법적인 행위였다고 역설하고 있다. '영웅'으로서의 도조의 모습은 천황을 위해 자살하려 하는 장면에서도 그려진다.

1944년 7월 18일 하야한 이후의 도조는 거친 전황과는 무관하게 한적한 생활을 보내고 있다. 권좌에서 물러난 도조에 대하여 언론은 이상하리만치 무관심했다. 동년 11월 동경의 상공에 사이판에서 출발한 B29가 모습을 보여도 상황은 그리 변하지 않았다. 그런데 1945년 5월 동경이 미공군에 의해 공습을 당한 이후 상황은 조금씩 바뀌기 시작한다. 8월 15일 패전이 있고, 약 25일 정도가 지난 9월 11일 도조는 자살을 기도하는데 그 자살은 천황을 위해서 였다.

그러던 어느날 근처의 의사에게 다녀온 후, 처인 가쓰코와, 장녀인 미쓰에(光枝)에게, 셔츠의 가슴을 열어 보였다. 도조의 왼쪽 가슴에는 묵으로 자그마한 원이 그려져 있었다. "피스톨을 여기에 대고 방아쇠를 당기면 탄환은 분명히 심장을 관통할 거야"라고 말하며 웃었다. 가쓰코와 미쓰에는 상상은 하고 있었지만, 도조가 언제, 어디서, 그러한 계획을 실행에 옮길지 몰랐고, 폐하를 지켜내기 위해서야, 라고 말할 때는 제지할 수 없었다. 도조는 욕조에서 큰소리로 가쓰코를 불렀다. "모처럼 그려준 표시가 없어졌어." 도조는 당일 또 의사에게 가서 원을 그린 후에 돌아왔다. 도조는 당시 권총 2정과 단도를 항상 가까이 두었다.(강조는 필자)(有馬 pp.106-107)

한편 『도조 히데키 대일본제국에 순교한 남자』에서의 도조는 '불교자'적인 '영웅'으로 그려져 있다. 처형 직전 스가모 형무소의 교회사(教誨師)인 하나야마 신쇼(花山信勝)에게, "종신금고로 영구히 번뇌에 시달리는 것보다 죽는 편이 안락(安樂)합니다. 아미타불의 정토에 다시 태어나는 것을 신앙으로 알고, 기뻐하며, 이 세상을 떠날 수 있습니다"(松田 pp.354-355)라고 말한다. 이는 아미타불의 정토에 대비되는 '속세'의 천황을 연상시킨다. 그러나 "폐하에게 누를 끼치지 않고 안심하고 죽을 수 있다. 지금은 죽기에 좋은 시기입니다"(松田 p.354)라고 하여, 천황을 대신한 영웅적인 죽음임을 그리고 있다.

이 소설의 화자는, 독재자라고 믿어 의심치 않았던 도조가 실은 천황제 국가의 충실한 군인의 한명이었을 뿐이며, 당시 일본의 사상과 가치관을 반영한 군국주의자이긴 했지만 히틀러와 같은 타입의 독재자는 아니었다고 한다(松田 p.344). 즉 영웅인 도조상을 중시하고 있는 것이나. 영웅으로서의 도조는 천황과 국민을 향해서 있었고, 그 영웅이 영웅인 것은 '스스로' 전쟁책임을 짊어졌다는 점이며, 그 책임은 천황과 일본국민, 그리고 일본의 역사에 대한 것이었다. 도조는 사토 겐료(佐藤賢了)에게 아래와 같은 말을 남겼다고 한다.

전쟁책임은 나 혼자 지고 싶었지만, 많은 사람들에게 폐를 끼쳐 미안하네. (중략) 적에게 벌을 받는다고 생각하면 화가 나겠지만, 폐하와 국민으로부터 벌을 받는다고 생각하고, 감수하려 한다. 패전으로 인해 국가와 국민이 받은 타격과 희생을 생각하면 내가 교수대에 올라가는 것으로 오히려 부족하다. 갈갈이 찢겨도 부족하다. (중략) 나에 대해서 조금도 변호하지 않았으면 좋겠네. 나는 단지 교수대에 올라가는 치욕을 경험하는 것만이 아니라, 영원히 역사상의 조롱과 비판의 채찍을 받아야 하기 때문이네.(松田 p.344)

이렇게 사토에 남긴 말속에 역사의 조롱과 비판을 감당하는 '영웅 도조'상이 간접적으로 숨어 있지만, 화자는 이 '영웅'을 아래와 같이 직접적으로 묘사하고 있다.

도조는 수상 취임 이래, 정무의 보고를 위해 빈번히 궁중에 가서, 숨기지 않고 진실을 전하려고 하였다. 때문에 천황의 신임도 두터웠다. 도조는 천황의 의사에 따라 화평을 실현하려 하였지만, 혹시라도 전쟁을 하지않고 미국의 요구에 굴복하는 경우, 2·26사건 이상의 쿠데타와 내란이 발생할 수도 있기 때문에, 헌병과 경찰을 장악하여 이를 진압할 필요에서 내상(內相)을 겸임하고 있었다. 도조는 이 시점에서 시대의 영웅으로서의 찬사 속에 있었다. 일본이 미국에 승리했다면 역사는 그를 영웅이라고 불렀을 것이다.(松田 pp.297-298)

영화 『대일본제국』에서는 천황은 화평(和平)을 매우 중시하는 군주로 묘사되어 있다. 반면 도조는 천황의 뜻에 순종적인 신하로 그려져 있지만, 화평을 중시하는 천황과 배치되는 독재자로 표상되거나, 천황을 보호하려는 영웅상이 오버랩되어 있다. 물론 세속을 상대화하는 불교자적인 구도도 동시에 보여진다.

1941년 10월 17일 수상에 취임하여 기도 코이치와 함께 궁내성을 참배하게 된 도조는 천황의 의중이 화평에 있다는 점을 인식하게 된다.

즉 영화에서의 도조 및 천황은 통수부와는 다른 입장을 취하는 평화적인 인물로 그려진다.

하지만 기묘하게도 상황은 전쟁으로 이어졌고, 12월 8일의 대미 개전에 뒤이어, 12월 25일 일본은 홍콩을 점령하게 된다. 앞서 천황의 의중을 파악한 평화롭고 충성스런 도조의 이미지는 초전에 승리한 이 장면에서는 의기양양한 독재자의 모습으로 바뀐다.

1944년 6월 15일에서 7월 9일 사이에 벌어진 사이판 전투에서 일본군 3만명이 전사하는 등 전황이 불리하게 돌아가자, 도조내각은 7월 18일 총사직하지 않을 수 없었다. 이때의 천황은 '화평'만이 아니라 희생을 자초한 '독재자' 도조에게 매서운 시선을 보낸다. 천황의 마음에서 멀어진 도조는 '연약하고 쓸쓸한' 독재자로 변모하는 것이다. 천황의 시선이 '화평'을 거스른 도조에 대한 것인지, 계속되는 전투에서의 패배에 대한 것인지 분명하지 않지만, 천황을 화평을 추구하는 평화주의자로 해석하는 경우, 도조는 이렇게 독재자가 되지 않을 수 없는 것이다.

'화평'을 애호하는 천황상은 1945년 8월 14일 포츠담선언을 수락하는 대일본제국 최후의 어전회의의 장면에서도 반복된다.

> 세계의 현상과 국내의 사정을 충분히 검토한 결과 더 이상 전쟁을 계속하는 것은 무리라고 생각합니다. 육해군 장병의 기분은 충분이 이해합니다. 하지만 내 운명도 어떻게 될지 모르겠지만, 국민의 생명을 보호하고 싶습니다. 전쟁을 계속한다면 국민의 고통이 가중될 뿐이고, 저는 이를 참을 수 없습니다.

즉 천황은 처음부터 화평을 바랬던 인물로 그려졌고, 전쟁을 끝내는 장면에서도 평화와 국민을 애호하는 모습으로 반복적으로 그려지고 있는 것이다. 무릎을 꿇고 천황의 옥음방송(玉音放送)을 경청하는 도조의 모습은, '평화의 천황' 대 '독재자 도조'의 교착상황을 보여주는 장면인 것 같다. 그러나 도조는 여전히 천황에 충성스런 존재임을 포기하지 않는다.

이처럼 패전의 공간에서 천황과 도조는 제로섬적인 관계에 있었다. 어느 한쪽이 희생되어야 한다면 그것은 도조여야 하고, 피할 수 없는 운명이라면 그 운명은 영웅으로 승화되어야 한다. 그 영웅의 삶과 죽음은 모두 극적이고, 영웅적이어야 하는 것이다. 1945년 9월 11일 육군대신 시모무라 사다무(下村定)와의 대화에는 '영웅'이 되어야 하는 도조의 '슬픈' 운명이 명확히 드러나 있다.

> 도조: 내게 황실과 국민에 대한 중요한 책임이 있다. 사죄는 죽음으로 할 수 밖에 없다.(중략)
> 도조: (담배를 사양하며, 필자) 나도 군인이다. 살아남아 겪게 될 부끄러움 이라는 괴로움은 싫다.
> 下村: 그러나 자결하지 말고 법정에 서 주시죠, 도조씨. 연합국의 일부는 폐하에게 전쟁의 책임을 뒤집어 씌워 일본의 국체를 근저에서 바꾸려 합니다. 증언석에서 당신이 직접 폐하의 진정한 이념은 평화주의였다고 피력해 주지 않는다면···. 폐하와 일본을 위해 부끄러움은 감내해야 합니다. 폐하와 일본을 위해 괴로움을 참아주십시요.

즉 위의 대화에서는 평화·화평능 천황과 '영웅 도조'가 공존하고 있다. 자살이라는 가장 극단적인 선택보다, 자살할 수 없는 부끄러움과 괴로움을 참아내며 살아있는 것이 더 극적이며 힘든 것이라는 역설을 전해주는 이 장면은, '영웅'에 의해서 구조되어야 하는 '더 슬픈 천황과 일본의 국체'의 관계가 잘 묘사되어 있다.

영웅인 도조는 죽기 직전까지 천황을 변호한다. 전쟁은 도조내각에서 결의된 것이며, 천황 히로히토의 의사에 반한다. 통수부의 진언에 따라 '어쩔 수 없이' 전쟁을 감행했다. 스가모 형무소에서 가쓰코에게 "수갑은 내 영혼에 아무런 의미가 없다. 이것으로 내 할 일은 다 끝났다. 폐하에게 폐를 끼치지 않고 끝났다"라고 말하는 것도 같은 맥락일 것이다.

물론 이러한 영웅상이 고정된 것은 아니다. 스가모 형무소에서 불교에 귀의한 도조가 "불교에 비하면 지상의 제왕은 작은 것"이라고 말하는 장면, 교수대로 가는 동안 끊임없이 나무아미타불을 반복하는 장면은 천황을 '세속'의 존재로 상대화하는 일면을 갖기도 한다.

『프라이드 운명의 순간』에는 독재자가 되어야만 충신과 영웅이 될 수 있는 상황이 연출되어 있다. 즉 일부러 천황을 거역하여 전쟁을 시작한 역신이 됨으로써 도조는 일본과 천황을 지켜낼 수 있는 것이다. 이때의 도조는 원령으로 떠돌아야 할 만큼 외롭고 쓸쓸한, 그러나 그렇기 때문에 오히려 충성스럽고 비장한 영웅상을 갖게 된다.

> "천황의 명령을 거역하여 전쟁을 시작했다고 말해야 합니다"
> "내가 천황의 명령을 거역한다고?"
> "일본국민이 천황의 의사에 반하여 전쟁을 개시할 리가 없다고 말해버리면, 결국 천황폐하가 전쟁을 시작한 것이 됩니다. 폐하를 지켜내기 위해서는..."
> (도조는 절규한다, 필자)
> "결국 역신(逆臣)이 되라는 의미로군"
> "마지막으로 의지할 곳도 잃어버리게 되는거군. 神이라고 숭앙해온 천황폐하를 내가...?" "자결하는 것도 불가능하군"
> "용서받지 못하는 나는 원령(怨靈)이 되라는 이야기로군"

(결심한 듯, 필자)

"전장에서 죽어간 수많은 장병들의 뜻을 지키기 위하여 폐하와 국체를 내가 지킨다"

V 맺음말: 비극의 '정치'

'영웅'이 영웅일 수 있기 위해서는, '시세'에 따른 각성이든, '각성'이 시세를 반영한 것이든, '수동적'인 것이 아닌 '주체적'인 결단을 필요로 한다. 즉 영웅은 '주체적 결단'의 과정을 통과한 이후, 시대에 대한 사명 감을 자각하고, 매진함으로써 영웅화 될 수 있는 것이다. 영웅은 또한 시대를 앞서가야 한다는 점에서 간신이 될 수도 있다는 점을 자각해야 한다. 죽음과 직면할 수 있는 각오 자체가 앞으로의 시대를 예언할 수 있는 성격을 갖게 될 때, 바로 그때의 죽음이 참으로 영웅적인 죽음이 고, 죽임을 당한 사람을 '영웅'으로 부를 수 있는 것이다.

그런데 도조 히데키에 관한 전후의 소설과 영화의 각 장면이 남기는 여운은, '주체적인 결단'과 '시대'라는 보편성을 경과한 자각이 아닌, 화평을 추구하는 '천황'의 이미지와, 이 천황을 신앙하는 너무나 '인간 적인' 도조상 뿐이다.

요컨데 전후의 소설과 영화는 천황을 한 지점에 고정시켜 두고, 다른 한 지점에 도조의 사명을 천황을 '위하여'에 고정시켜 두려고 하는 것 같다. 그럼에도 불구하고 도조가 때로는 독재자로서, 때로는 영웅으로서, 또 때로는 불교자로서 그려졌던 것처럼, 도조를 축으로 한 천황의 이미지 또한 '화평'에 고정될 수만은 없을 것이다. 또한 '책임자'와 '결정자'가 어느 순간 '영웅상'과 '화평' 속에 의해 묻힘으로써, 마루야마 마사오가 말하는 '무책임의 체계'가 강력하게 구축되게 된다.

전체적으로 전후의 일본의 소설과 영화에 등장하는 도조는 너무나 '인간적인' 모습으로 그려짐으로써, 소설과 영화 자체를 성립시키고는 있지만, 소설 및 영화와 다른 현실속에서의 '인간'의 죄악을 숨기거나 애매하게 만들고 있다. 특히 영화의 첫장면이 1930년대의 중국에서의 도조가 아닌 데키가이소의 도조가 되거나, 『프라이드 운명의 순간』이 그러했던 것처럼, 퇴임 이후의 도조가 된다면, 극적인 효과는 뛰어날지 모르지만, '인간' 그 자체의 모습을 보여주기는 힘들다고 생각된다.

'도조'가 아닌 도조와 일본에 의해 핍박을 받았던 식민지와 식민지인 혹은 점령지와 점령지의 '인간'이었다면, '인간적'이고 '비극적인' '영웅 도조'라는 메시지에 그저 감동하고 있을 수만은 없을 것 같다.

그럼에도 불구하고 현대 일본에서의 도조와 전후에 대한 '피부감각적인 묘비명'이라는 인식은 너무 강렬하다.

천황을 보호하며 전쟁의 전책임을 혼자서 짊어지려 했던 도조가, 포로 학대로 처형된다는 것은 이해할 수 없었다. 그러나, 요컨대, 이는 연합국이 피부감각적(皮膚感覚的)으로 말한다면 미국이 도조 히데키에게 부여한 묘비명이었다.(강조는 有馬) 쇼와 23년 11월 12일 저녁무렵, 나는 정원의 낙엽을 쓸어모아, 모닥불을 피우려 하였다. 그때 나의 귀에 라디오 스피커에서 흘러나오는 이치가야법정의 판결장면에 대한 라디오 중계방송이 들렸다. 나는 빗자루를 버리고, 썰으려 하는 젖은 낙엽의 가장자리에 허리를 앉혔다. 'death by hanging'이라는, 태어나서 처음 듣는, 불길한, 무감동적인 웹재판장의, 약간 새된 목소리였다. 그 소리는, 어딘가 먼 곳에서, 뭔가를 통해서 들려오는 목소리 같았다. 그 거리만큼이나, 우리들의 힘든 세월이 있었다. 이로써 끝났다. 그러나 정말로 끝난 것일까라고 나는 생각했다.(有馬 pp.111-112)

이러한 잿빛의 이미지가 문학과 예술을 넘어 현대 일본의 '정치'의 본질을 구성하고 있는 것 같다.

참고문헌

東條由布子・福冨健一『東條英機の中の仏教と神道』, 講談社, 2010

『東條英機-皇国の殉教者―全てを背負って死んだ男』, 宝島社, 2007

別冊宝島編集部『東條英機』, 宝島社, 2008

丸山眞男『丸山眞男集』전17권, 岩波書店, 1995.9-1997.3

佐藤早苗『東條英機 [わが無念]』, 河出文庫, 1997

上丸洋一『『諸君!』『正論』の研究』, 岩波書店, 2011

秦郁彦『統帥権と帝国陸海軍の時代』, 平凡社, 2006

太田尚樹『東條英機 阿片の闇 満州の夢』, 角川学芸出版, 2009

福冨健一『東條英樹天皇を守り通した男』, 講談社, 2008

노병호「새역모의 분열과정에서의 '사상'과 '정치'」『日本學研究』35집(2012년 1월호)

〈주된 연구대상인 소설과 영화〉

有馬頼義「左利きの独裁者-東条英機の悲劇」(1971)(『時代小説大全集 人物日本史 昭
　和』, 新潮社, 1991

松田十刻『東条英機-大日本帝国に殉じた男』, PHP, 2002

『大日本帝国』, 1982

『プライド・運命の瞬間』, 1998

〈기타 영화〉

『大東亜戦争と国際裁判』, 1959

『皇室と戦争とわが民族』, 1960

『激動の昭和史 軍閥』, 1970

『トラ・トラ・トラ!』, 1970

『戦争と人間 第三部 完結編』, 1973

『スパイ・ゾルゲ』, 2003

『南京の真実』第一部「七人の死刑囚」, 2008

『東京裁判』, 1983

제7장

전쟁 내러티브와 국가정체성의 재생성
─ 영화 '나는 조개가 되고 싶다', '남자들의 야마토', '망국의 이지스'를 중심으로─

윤석상(尹奭相)

I 머리말

2000년대 이후 일본사회는 우경화가 가속화되는 정치·사회상을 노정하고 있다. 그러나 이 같은 상황은 80년대 '전후정치의 총결산'을 개혁 목표로 추진한 나카소네(中曾根康弘) 내각에 그 뿌리를 두고 있으며, 역사교과서 왜곡, 야스쿠니 신사 참배, 독노 영유권주상 능으로 인해 동아시아 국가들과의 갈등이 표출되고 있다.

이와 같은 우경화의 단면들은 현재의 불안을 애국주의 이데올로기로 봉합하여 '과거로 회귀'하려는 모습으로 심화되고 있으며, 전전으로의 회귀라는 국가주의 현상은 전쟁을 테마로 한 전쟁소설과 이를 바탕으로 만들어지는 영화와 애니메이션 등을 통해 극명히 나타나고 있다. 2005년 일본영화 흥행에서 1위를 기록한 '남자들의 야마토(男たちの大

和)'를 시작으로 후쿠이 하루토시(福井晴敏)의 소설들을 영화화한 '로렐라이(ローレライ)', '전국자위대 1549(全国自衛隊1549)', '망국의 이지스(亡国のイージス)' 등이 제작되었으며, 이외에 '출구 없는 바다(出口のない海)'(2006년), '나는 너를 위해 죽으러 간다(俺は、君のためにこそしにいく)'(2007년), '나는 조개가 되고 싶다(私は貝になりたい)'(2008년) 등이 제작되어 전쟁의 '기억'을 가공하고 있다. 이들 영상물들은 전후 도덕성의 타락, 일본의 패자 인식, 국가정체성 구축을 공통의 주제로 하고 있으며, 우리와 다른 타자를 구별하는 국가적 애착 및 민족적 자긍심을 강조함으로써 현대 일본사회의 통합을 제시하고 있다는 점이 특징적이다.[1)

일본사회의 통합이라는 측면은 전후 일본 영화의 공통된 특징이라고 볼 수 있다. 그러나 패전 이후 영화와 현재 영화의 차이점은 패전 이후의 영화가 제국주의적인 제도 하에서 생산된 폐쇄적이고 구속적인 영화에서 탈피하여 민주주의 건설에 기여하는 건설적인 방향으로 영화가 생산되었다는 점에서 현재의 모습과는 다른 양상을 보이고 있었다는 점이다. 물론 반미운동의 시각에서 그려진 영화도 존재하였다.[2) 반미적인 분위기의 영화들은 전쟁의 원인과 그 결과론에 대한 정치적인 주장을 강력하게 묘사함으로써 전쟁의 후유증을 전 인류의 희

---

1) 정형 「일본 전쟁영웅의 내러티브 연구」『日本學研究』第39輯, 단국대학교 일본연구소, 2013.
2) 전후 반미분위기를 고조시킨 영화로 1953년에 제작된 'やっさもっさ'와 '赤線地帯'가 대표적이다. '赤線地帯'의 경우 미군병사, 매춘부, 혼열아를 등장시켜 미군 주둔에 의해 발생하는 사회적 문제를 제기하였으며, 자연히 반미적이면서도 반전적인 분위기를 묘사하고 있다. 1957년에 제작된 세키가와 히데오(関川秀雄) 감독의 '爆音と大地'의 경우 반전투쟁과 반기지화라는 당시 사회현실을 반영하고 있다. 최영철 「전후 일본영화에 있어서 사회성과 정치성에 대한 연구」『영화교육연구』Vol. 6, 2004.

생으로 강조하고 있으며 다시금 그러한 전쟁이 재발되지 않도록 하는 목적을 가지고 있었다.[3)

90년대 이전까지 전쟁을 소재로 한 영화들의 특징은 주로 전쟁의 참혹함이나 이로 인한 반전사상과 평화의 갈망을 주제로 하거나, 아니면 집단적 영웅이라기보다는 이름 없이 죽어간 학도병이나 일반 병사들의 일상과 내면을 그리고 있다는 특징이 보인다.

그러나 2000년대에 들어서는 위에서 언급한 '남자들의 야마토(男たちの大和)'를 필두로 한 전쟁 영화의 경우 전쟁에 대한 처참함과 반성은커녕 노골적으로 전쟁을 미화하고 있다. 이러한 2000년대 이후 영상물들의 전환은 '내러티브 층위'와 그것을 둘러싼 정치·사회의 이데올로기 층위가 정치적 자의식에 의해 전전의 정체성으로의 회귀하려는 모습을 반영하는 것이라고 볼 수 있다. 현재까지 일본사회에 원죄처럼 기능하는 '전쟁의 패배와 전후 책임은 누가, 누구에 대해 지어야 하는가?' 등 전쟁책임에 대한 인식은 전쟁에 대한 재해석과 영웅의 재생산이라는 상징조작을 통해 구체화 되고 있으며, 결과적으로는 2000년대 이후 정체성의 변용이라는 단면을 통해 나타나고 있다.

이에 본 글에서는 2005년 일본영화 흥행 1위를 기록한 '남자들의 야마토(男たちの大和)', '니는 조게기 되고 싶다(私は貝になりたい)', '망국의 이지스(亡国のイージス)'를 텍스트로 선택하였다. '나는 조개가 되고 싶다'가 주목되는 것은 BC급 전범재판과 관련된 내용이 어떻게 왜곡되고 있는지를 보여주는 사례라는 점이다. 그리고 '남자들의 야마토'는 전쟁의 원인을 망각한 채 일본의 희생만을 강조한다는 점에서,

---

3) 최영철 위의 책.

'망국의 이지스'는 21세기 일본이라는 국가상을 모색하는 영화라는 점에서 전쟁과 전쟁영웅을 논하는 다양한 내러티브들이 어떠한 방향으로 조작·강화되고 있는지를 고찰할 수 있는 사례이기 때문이다. 따라서 본 글은 이들 영화를 통해 현재 일본사회의 '우리'라는 집단적 정체성이 어떻게 재생산되고 있는지에 대해 살펴보고, 정치사회적 의미에 대해 고찰해 보고자 한다.

II 냉전 이데올로기와 정체성, 이야기(narrative)

이데올로기란 사회 집단의 사상, 행동, 생활방법을 근본적으로 제약하고 있는 관념이나 신조의 체계, 역사적, 사회적 입장을 반영한 사상과 의식의 체계를 의미한다. 따라서 이데올로기는 특정한 사회집단이나 계급의 고유한 신념체계로 나타나며, 특정 사회집단이나 계급이 정치권력을 강악하거나 법적·제도적 장치를 창안해 가는 과정에서 그들의 이데올로기는 지배이데올로기로서 자리매김 한다.[4] 그리고 국가기구의 강제성이나 법적·제도적 장치를 통한 자발적 동의를 통해 국민 전체를 그들의 이데올로기로 포섭하려는 동일화(identification) 과정이 진행된다.[5]

제2차 세계대전이후 1990년까지 국제관계를 지배해 온 이데올로기

---

4) 손호철『한국현대정치: 이론과 역사, 1945~2003』, 사회평론, 2004, pp.156-157.
5) 남기정「냉전 이데올로기의 구조화와 내셔널 아이덴티티의 형성의 상관관계: 한일 비교」『한국문화』제41집, 2008, p.225.

는 자유주의 진영에서는 반소·반공 이데올로기로, 사회주의 진영에서는 반제국·반미라는 이데올로기로 적대적 대립관계에서 적의 제압을 통한 생존을 제일의 가치로 설정한 세계관을 의미한다.[6] 이와 같은 이데올로기는 체제 내부의 발전과 방향성에 경로의존성(path dependency)을 부과함으로써 구조화 되는데, 이데올로기의 구조화라는 것은 이데올로기가 정치·경제·사회·문화 등 제반 영역에 침투 확산되어 체제 존립의 근거로서 작용하는 것을 의미한다.

그러나 체제 존립의 근거로서 이데올로기가 작용하기 위해서는 총체적인 단일성, 자기 의식성이라는 정체성의 형성이 필요하다. 왜냐하면, 정체성은 행위에 있어서 정당성 획보의 근긴이 되기 때문이고, 이같은 행위의 정당성은 정체성이 다음과 같은 속성을 지니고 있기 때문이다. 첫째, 타자와의 관계성이다. 내가 누구인지 아는 것은 내가 어디에 서 있는지를 아는 것과 같은 의미이다. 따라서 정체성은 관여(commitment)와 확인(identification)에 의해서 정의되며, 개인이든 집단이든 정체성의 본질이 관여와 확인인 이상 그것은 항상 타자와의 교섭가운데에서 형성되기 때문이다.[7]

둘째, 타자에 대한 배제를 통한 폐쇄성과 경직성이다. 정체성은 모든 타자들의 배제를 통해 언제나 우리와 다른 그들의 차이점을 연속적으로 해석하고 재해석해야 하는 타자를 구축한다.[8] 이를 통해 타자의 타자성을 정립함으로써 자신의 정체성을 확보하게 되고, 결과적으로는 타자에 대한 지배의 정당화 혹은 타자에 대한 우월의식이 형성된다.

6) 남기정 같은 책 p.225.
7) 오네하라 겐 「4개의 전쟁과 일본 내셔널리즘의 변용-도쿠토미 소호(德富蘇峰)를 소재로-」『한국문화』제41집, 2008, p.116.
8) 에드워드 사이드지음, 박홍규 역 『오리엔탈리즘』, 교보문고, 2008, pp.569-570.

그러므로 이데올로기가 체제존립의 근거로 구조화되는 과정은 필연적으로 외부의 적, 그리고 외부의 적과 연결된 내부의 적을 준별하여 배제하고 내부를 동일화하는 과정을 동반하며, 결과적으로는 냉전 이데올로기가 국가정체성의 형성과 불가분의 관계를 맺고 있다고 할 수 있다.[9]

그러나 정체성이 '타자'와 '자아'를 구분 짓고 지속성, 총체적인 단일성, 자기 의식성을 함축하고 있다는 점은 정체성이 어떤 요인에 의해서도 변화될 수 없다는 본질적인 것, 초역사적인 것, 변하지 않는 것, 완성된 것을 의미하지 않는다는 점에 주목할 필요가 있다. 왜냐하면, 정체성의 형성은 일회적인 것이 아니라 거듭되는 것이며, 이후의 상황에 따라 끊임없이 정정됨으로써 재형상화 된다는 비본질적인 것을 특징으로 하고 있기 때문이다. 그리고 이러한 과정은 이야기(narrative)를 통해 형상화 된다.[10]

정체성 형성에 있어 이야기가 중요한 이유로 다음의 두 가지를 들수 있다. 첫째, 정체성은 시간의 진행에 따른 행동과 대응 방식, 타인과의 대화 등을 통해 만들어 지기 때문이다. 정체성이 문제가 되는 때는

---

9) 남기정 앞의 책 p.226.
10) 리쾨르는 정체성의 논의가 혼란을 불러일으키는 원인이 동일성(idem, same)으로서의 정체성과 자기성(ipse, self)으로서의 정체성을 구분하지 않기 때문이라고 본다. 동일성이란 시간이 지남에도 불구하고 지속되는 부분이며, 자기성은 시간 속에서 변화하는 부분을 말한다. 또한 전자가 타인의 시선에 비쳐지는 나라면, 후자는 존재의 내밀한 곳에서 지각되는 자기로 정의되는데, 전자가 타자와의 비교를 통한 정체성이라면, 후자는 타자와의 관계를 통해 형성되는 정체성이라고 할 수 있다. 그리고 전자가 '나는 무엇인가?'라는 사물화에 대한 물음이라면, 후자는 '나는 누구인가?'라는 행동의 주체에 대한 물음이다. 김한식 「폴 리쾨르의 이야기 해석학」『국어국문학』제146호, 2007, pp.235~236. 여기서 '나는 무엇인가'와 '나는 누구인가'를 매개할 수 있는 것이 바로 '이야기'라고 말한다. 그것은 각자의 자기가 이야기를 통해 해석되면 자기가 타자를 통해 그리고 타자와 함께 규정된다는 것을 의미한다.

불안정, 위기, 삶에 있어서 기본 방식이 위협받는 시기이다.[11] 그 이유는 타자와의 관계 속에서 어떻게 자신이 훌륭한 삶을 추구해야 하는지, 즉 훌륭한 삶이 무엇이며, 그 삶이 어떠해야 하는 지에 대한 윤리적 지향성을 지닌 각자의 자기를 보여주기 때문이다. 이러한 역할은 이야기란 형식을 통해서 구체화 되는데, 이야기는 사람의 삶에 대한 회고뿐만 아니라, 삶의 계획과 전망을 제시하는 통일성을 제시하며, 좋은 삶을 지향하는 윤리적 성격을 함축하기 때문이다. 따라서 이야기는 과거의 경험들과 미래에 대한 기대를 나의 '현재의 관심을 중심으로 이야기함' 안에서 구성해 내면서 정체성을 형성한다.[12]

둘째, 이야기가 형성되는 데에는 포섭과 배제의 과정이 동시에 발생하기 때문이다. 다시 말해 어떤 사건, 인물은 이야기의 구성 요소로서 포섭되고, 다른 사건이나 인물은 배제되는 것이다. 일단 이야기 안으로 들어온 인물과 사건도 줄거리 형성의 방식에 따라 긍정적으로 배열될 수도 있고, 부정적으로 배열될 수도 있다. 이야기의 이러한 특성은 역사적으로 제국주의가 정체성을 필두로 식민지에 대한 지배를 공고히 하는데 사용되었다고 볼 수 있으며, 이야기의 이러한 성격을 고려한다면, 정체성 형성에 있어 이야기는 핵심적 역할을 한다고 할 수 있다.[13]

이상의 논의를 패전 후 일본의 정체성 형성에 비춰 본다면, 냉진이데올로기의 구조화는 일본의 국가 정체성(national identity)의 재구축을 의미한다. 패전 이전 일본의 정체성이 혈통에 따른 독특한 인종적

---

11) 호르헤 라리인 지음, 김범춘 역 『이데올로기와 문화정체성』, 모티브북, 2009, p.303.
12) 김애령 「이야기로 구성된 인간의 시간: 리쾨르의 서사이론」,『철학과 현상학 연구』제18집, 2002, p.290.
13) 공병혜 「리쾨르의 이야기적 정체성과 생명윤리」,『철학과 현상학 연구』제24집, 2004, p.63.

정수로서 일본열도 주민들에게 부여된, 혹은 고안된 정체성, 즉 천황에 집약된 일종의 초국가주의적 '신민의식'이라고 한다면,[14] 패전과 함께 도래한 냉전은 일본에 있어 정체성의 재형상화를 요구하게 되었고, 그러한 작업은 과거에 대한 이야기(소설, 영화, 역사교육 등)의 형태로 진행되었으며, '평화국가 일본'이라는 '평화주의'를 정체성으로 재형상화 시키는 모습으로 전개되었다고 볼 수 있다.

III 전후 일본의 정체성 형성과 변용

1. 냉전 이데올로기 구조화와 국가정체성 형성

전후 일본에 있어 초국가주의를 대체할 새로운 국가정체성으로 등장한 것이 '평화주의'이며, 이를 통해 일본은 국가번영을 구가해 왔다. '평화주의'라는 국가정체성의 확립은 일본의 민주화(democratization)·탈군사화(demilitarization)에 중점이 놓였던 초기 미국의 대일점령정책[15]이 냉전의 시작과 함께 아시아의 반공 요새로 일본을 육성한다는

---

14) 개번 매코맥(G. McCormack) 지음, 한경구 역『일본, 허울뿐인 풍요』, 창작과비평사, 1998, p.235.

15) 패전 후 미국은 일본을 다시 미국에게 위협이 되지 않는 존재로 만들기 위해 군국주의 해체 및 민주개혁을 점령정책의 기본방향으로 설정하였다. 이를 위한 정책으로 일본군국주의의 핵심인 군과 재벌, 지주세력의 해체를 추진하는 이른바 '비군사화'와 함께 탄압입법 폐지, 정치범석방, 특별고등경찰폐지, 경찰개혁, 헌법개정, 지자체개혁, 선거제도개혁 등 '민주화' 정책 및 노동개혁, 교육개혁, 종교개혁, 여성해방 등 '사회개혁'정책을 추진하였다.

이른바 '역코스'정책이 구체화되는 가운데 창출되었다.

이처럼 반소·반공 이라는 냉전 이데올로기의 구조화는 일본사회에 있어 '평화주의'라는 국가정체성 창출로 수렴되는데, '평화주의'라는 국가정체성 창출은 두 가지 측면에서 진행되었다. 첫 번째 측면은 냉전에 대한 반작용으로 냉전을 거부하고 극복하고자 하는 일본 내 움직임인 '절대적 평화주의'로, 마루야먀 마사오(丸山真男) 등 지식인들이 참여한 평화문제담화회를 통해서 제시되기 시작하였다. 이들은 냉전의 현실을 인정하면서도 미국에 대한 군사기지 제공을 반대하고 미국과 소련 양 진영 사이에서 조화를 도모하는 비동맹 중립노선과 국제분쟁에 대해 일본이 개입하거나 참가하는 것을 피해야 하는 '평화주의'의 이념적 원형을 제시하였다. 그리고 이와 같은 '평화주의' 이념은 종합잡지와 문화단체들의 평화옹호 운동에 의해 국민들 사이에서 내재화 되었다.16) 특히, 일본을 반공기지로 활용하려는 미국의 정책은 1960년대 안보투쟁과 같은 대중적 평화운동으로 조직화되었으며, 일국평화주의를 유지하는 데 일조하였다.

두 번째 측면은 헌법개정을 통한 평화주의 수용인 '실리적 평화주의'이다. 1889년 제정된 메이지헌법은 천황제 파시즘체제를 지탱한 대전(大典)으로 천황은 군대를 통치하고 군대의 편제내권, 선선강화의 대권, 계엄대권을 가지고 있었다. 그러나 점령군사령부(GHQ)는 또다시 일본이 침략전쟁을 일으키지 못하도록 하는 구조를 만들 필요가 있었으며, 헌법9조에 전쟁포기와 비무장 규정을 넣음으로써 군국주의를 해체하고 천황제 파시즘으로부터 일본사회를 해방시킨다는 명목 하에

---

16) 남기정 앞의 책, p.233.

'평화주의'를 수용하도록 하였다. 이처럼 '평화주의'는 전후 일본의 구체제의 모순 즉 앙시앙 레짐의 해체를 위해 필연적인 것이었으며, '경무장·경제성장'이라는 요시다(吉田) 독트린 하에서 전후 일본 국민들 사이에 수용되었고, 평화를 지향하는 일본이라는 국가 이미지 구축에 있어 핵심이었다.

그러나 이와 같은 '평화주의'가 군군주의 해체과정에서 필연적으로 수용할 수밖에 없는 성격을 지니고 있었지만, 내재화는 일본사회의 긴장과 갈등의 균형점에서 유지되어 왔다는 점에 주목할 필요가 있다. 즉 '평화주의'는 냉전을 지탱하는 미일 동맹체제 하에서 침략전쟁에 대한 반성에 입각해 비무장 중립을 견지하면서 평화헌법을 지켜야 한다는 혁신세력과 침략전쟁을 부정하면서 헌법개정과 친미 군사동맹을 주장하는 우익세력 간의 타협에 의해 지탱되어 왔다. 타협에 의해 '평화주의'가 지속되었다는 것은 우익세력이 '평화주의'를 맹목적으로 부정한 것은 아니라는 점이다. 오히려 우익세력에 있어서 '평화주의'는 천황제와 반공을 담보 받는 한에서 유용하였으며, 보편적인 것도, 아시아를 향한 것도 아니고, 오로지 미국에 대한 공순(恭順)의 징표라고 볼수 있다.[17]

따라서 냉전 하에서 '평화주의'는 혁신세력이건, 우익세력이건 일본을 재구축하기 위해 필요한 것이었다. 특히, 우익세력에 있어 '평화주의' 수용은 천황제 유지와 반공을 보장받음으로써 군국주의자나 보수파가 살아남을 수 있는 현실적인 방안이었으며, 결국 냉전 하의 '평화주의'는 군국주의 해체와 천황제유지의 뜻이 담긴, 그리고 반공이라는

17) 서승 「현대 동아시아의 국가폭력과 일본평화주의의 회귀」, 한국사회학회 2004년도 특별심포지움, p.54.

공통의 의지로 맺어진 타협의 산물이라고 할 수 있다.[18]

그러나 이와 같은 '평화주의'는 지역안보의 불안정성의 증가 및 테러의 확산에 따른 일국평화주의에 대한 비판에 기반 한 적극적 평화주의의 대두로 인해 평화헌법의 역할종료와 함께 급격한 변화의 과정에 돌입하게 되었다.[19]

2. 냉전 이데올로기 변화와 국가정체성 변용

90년대 냉전 붕괴와 함께 일본의 정체성, 즉 '평화주의'의 근간이라고 할 수 있는 평화헌법을 개정하기 위한 움직임이 확실해 지고 있다. 흔히 이러한 현상을 일본의 우경화, 극우화 등으로 말하지만, 이러한 움직임은 새롭게 형성되는 것이 아닌 내재하고 있었던 것이 제자리로 돌아가는 회귀적 성격으로 설명해야 할 것이다.

1990년대 이후 '평화주의'가 극단적으로 형해화하는 결정적인 요인으로 첫째, 가상 적국인 소련을 대상으로 한 군사동맹인 미일안보조약에 대한 재정의가 불가피해졌고, 경제대국의 지위에 걸맞는 정치 군사적 지위를 가져야 한다는 논리가 대중적인 정서에 영합하여 대세를 이

---

18) 서승 같은 책, p.53.
19) '적극적 평화주의'는 평화헌법의 일국평화주의를 다음과 같이 비판하고 있다. 헌법 전문의 민주주의, 평화주의, 국제협조주의의 원리는 현재 국제사회에서 점차 의의를 더해가고 있고, 헌법을 제정한 역사적 경위와 구분하여 더욱 존중해야 할 가치이다. 헌법의 평화주의는 우리만의 평화라면 좋고 분쟁에 말려들지 않는 것이 좋다는 것이다. 일국평화주의만으로는 안 된다. 세계의 평화를 유지하고 세계의 평화를 창조하기 위해 국제사회에 작용하는 평화주의를 만들자는 것이다. 특히, 탈냉전기 글로벌한 질서유지를 위한 공헌이 불가피하고 이러한 새로운 책임을 수행하기 위해서는 자위대의 해외파병과 집단적 자위권 보유를 명백히 할 필요가 있다. 김지연 「전후 일본 국가이념의 변용」『동양정치사상사』제3권, 2호, 2004, p.82.

루었기 때문이다. 둘째, 북한 위협, 아프가니스탄과 이라크 전쟁, 9·11 테러 등과 같은 비전통적 위협이 우익세력들에 있어 개헌의 당위성을 역설할 기회로 작용함으로써 호헌의 논리가 현실정치에서 급속히 쇠퇴하였기 때문이다.

이와 같은 냉전체제의 종식과 사회주의 진영의 몰락, 그리고 새로운 국제적 위협의 등장은 냉전체제의 사고와 제도로는 더 이상 국제적 환경 변화에 국내 정치 및 경제가 효과적으로 대응할 수 없는 구조를 형성시켰다. 일본은 새로운 시대에 맞는 체제와 사고의 틀을 필요로 하고 있으며, 새로운 국가의 진로 모색이 절실해졌다. 이러한 시대적 환경 변화 속에서 일본은 과거사의 재정립과 재해석을 통해 적극적인 평화국가로 변모하려는 움직임을 보이기 시작하고 있는 것이다. 여기서 한 가지 분명한 사실은 냉전 종식과 사회주의의 몰락으로 인해 그동안 일본 사회 내에서 견제 역할을 해온 혁신세력 및 사회주의 진영의 영향력과 입지가 크게 상실됐다는 것이다. 그 이유로 첫째, 평화헌법 유지 및 자위대와 미일안보조약의 폐기가 혁신세력의 존립기반이자 정체성의 근간이었다는 점에 있다. 즉, 새로운 위협이 확산되는 상황에서 혁신세력들이 자위대 폐지와 미일 안보조약 폐기 이후 일본의 안전보장을 어떻게 할 것인가에 대한 대안을 제시하는데 실패하였기 때문이다.[20]

둘째, 일본에 있어서 '평화주의' 변용은 전후 서독과 달리 구지식인과 혁신파 신지식인 간의 단절, 즉 사상적 대립을 거치지 않은 채 이루어진 중심이동에 기인하기 때문이다. 과거를 부정한다는 것은 그것을

---

20) 권혁태 「일본 진보진영의 몰락」 『황해문화』 2005, 가을, p.70.

자신에게서 잘라내는 것이 아니라 지금까지와 다른 새로운 관계를 만들어낸다는 것인데 전후 일본은 여기에 실패했기 때문이다.[21]

특히, 1990년대 들어서 일본사회에 지대한 영향을 미쳤고, 대중적 내셔널리즘에 새로운 불씨를 지핀 자유주의 사관의 확산은 '일국평화주의'에 대한 비판을 강화하는 역할을 하였다. 사회주의 해체, 동서냉전구조의 소멸, 걸프전쟁 등 90년대 나타난 세계사적 변화가 기존의 인식과 사고를 근본적으로 뒤흔들어 놓았다고 평가하고 있는 자유주의사관 창시자 후지오카 노부카츠(藤岡信勝)는 일본을 둘러싸고 있는 국제환경과 상황이 근본적으로 변하면서 그동안 일본이 추구해 온 '일국평화주의'의 신앙은 결정적으로 파괴됐고, 따라서 새로운 선택이 필요하다고 보았다. 그에 의하면 일본이 올바른 국가진로를 선택하기 위해서는 세계사를 보는 새로운 패러다임이 필요하고, 그 어느 때 보다도 확실한 국가의식과 긍정적 역사교육을 심어줄 새로운 역사관의 확립과 역사연구가 필요하다는 것이다. 왜냐하면 패전 후 반세기에 걸쳐 일본이 실시해 온 근현대사 교육은 자국의 역사에 대한 긍지가 결여됐고, 미래를 전망하는 지혜와 용기가 결핍돼 있는 자학사관에 근거하고 있기 때문이라는 것이다.[22]

이와 같은 움직임은 〈그림 1〉과 〈그림 2〉에서처럼 2000년대 이후 9·11테러와 이라크 전쟁을 계기로 일본의 안전보장 개념의 변화를 통해 구체화 되고 있다. 즉, 국제평화가 곧 일본의 평화이며, 일본의 평화가 국제평화와 밀접한 관계에 있기 때문에 국제사회문제에 적극적으

---

21) 가토 노리히코 지음, 서은혜 역『사죄와 망언 사이에서』, 창작과비평사, 1998, p.11.
22) 한상일 「1990년대 이후의 일본정치사상사: 내셔널리즘과 동아시아」『동양정치사상사』제3권 1호, 2004.

로 개입하는 국제협조적 평화주의로 수렴되고 있는 것이다. 국제협조적 평화주의는 일본이 세계평화에 적극적으로 기여해야 한다고 하는 점에 있어서 적극적 평화주의와 동일한 입장을 취하고 있다.

따라서 2000년대 이후 일본의 안전보장 개념의 변화와 이에 수반한 헌법개정 움직임은 기존의 절대적·실리적 평화주의가 적극적 평화주의로 변용되고 있음을 의미한다.

〈그림 1〉 9·11 테러 이후 일본의 안전보장 개념 변화

일본 평화와 안전	내셔널 공간	지역·글로벌 공간
	북한 위협	국제테러
		동아시아 군사력 경쟁
		인도적 지원활동 (국제공헌)
		대량파괴무기
		국제평화와 안전

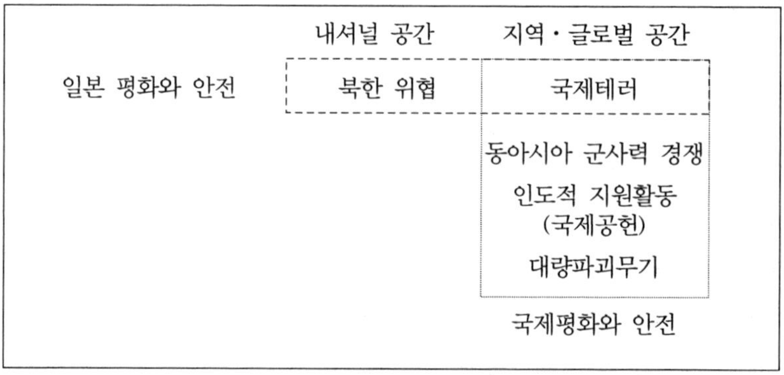

〈그림 2〉 이라크 전쟁 이후 일본의 안전보장 개념 변화

일본 평화와 안전	내셔널 공간	지역·글로벌 공간
	북한 위협	국제테러
		동아시아 군사력 경쟁
		인도적 지원활동 (국제공헌)
		내전 등 지역불안정
		대량파괴무기 확산
		국제평화와 안전

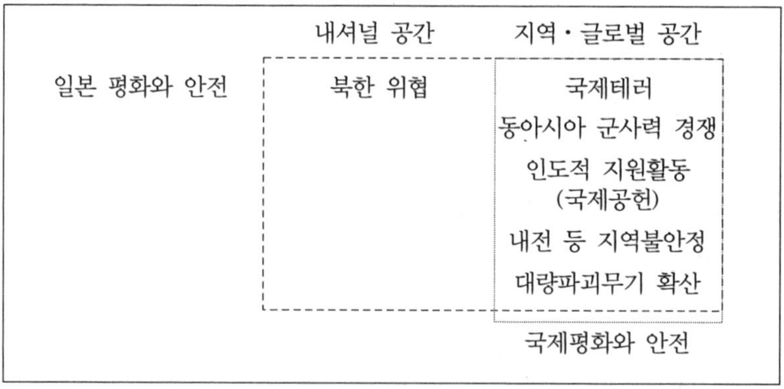

출처: 尹奭相「日本の安全保障概念の再構築に関する研究」『日本學研究』第39輯, 2009, 참조.

IV 전쟁영화와 국가정체성

1. 일본사회에 있어 전쟁의 기억

이상과 같이 전후 일본의 국가정체성을 규정해온 냉전 이데올로기의 변화는 일본에게 새로운 국가정체성을 모색하게 하고 있으며, 이러한 작업은 문학작품, 영상물 등 문화산업을 통한 내셔널리즘의 강조로 분출되고 있다. 요시노 코사쿠(吉野耕作)는 문화내셔널리즘(cultural nationalism)을 국민의 문화적 정체성이 결여되거나 불안정하거나, 또는 위협받고 있을 때, 그것을 창조, 유지 강화를 통해서 국민적 공동체의 재생을 목표로 하는 활동이라고 규정한다. 그리고 그 활동에는 국민의 문화적 아이덴티티에 대하여 생각하는 방법이 지식인에 의하여 체계화 되고, 비교적 교양 정도가 높은 사회집단에 의하여 수용된다고 주장한다. 또한 요시노는 문화내셔널리즘을 '창조형 문화내셔널리즘', '재구축형 문화내셔널리즘', 그리고 '전체론적·추상적 문화내셔널리즘', '제도론적·구상적 문화내셔널리즘'의 대칭 유형으로 구분하고 있으며, 1970년대 이후 일본의 문화내셔널리즘의 특징은 '재구축형'이고 '전체론적·추상적'성격을 보이고 있다고 규정하고 있다.[23]

특히, 냉전이후 일본의 국가정체성의 재구축에 있어 흥미로운 점은 전쟁에 대한 새로운 해석이 핵심으로 자리하고 있다는 것이다. 왜냐하면, 전후 일본사회에 있어 전쟁에 대한 기억은 한편에서는 일본사회의

---

23) 吉野耕作『文化ナショナリズムの社会学ー現代日本のアイデンティティの行方』, 名古屋大学出版会, 1997.

통합의 요인으로, 다른 한편에서는 일본사회의 균열의 요인으로 기능하고 있기 때문이다.

이와 같은 전쟁에 대한 기억은 다양한 세력 간의 경쟁과 갈등 속에서 일본인의 집단적 정체성을 규정해 왔다고 할 수 있다. 패전 후 일본사회는 두 가지 전쟁관이 공존하여 왔다. 하나는 전후 연합국점령사령부(GHQ)의 간접 통치의 영향으로 형성된 이른바 태평양전쟁관이다. 일본이 행한 전쟁을 침략전쟁으로 규정하면서, 일본 사회 내의 혁신세력에 의해 주장되어 왔다. 또 다른 하나의 전쟁관은 대동아전쟁관이다. 과거 전쟁을 '해방전쟁', '자위전쟁'으로 규정하면서 과거 침략을 정당화하려는 보수계열의 전쟁관이다.

그러나 이들 두 전쟁관은 일본 사회의 혁신과 보수 논쟁의 한 축을 형성하면서 어느 한 전쟁관이 우위에 서서 일본 사회를 지배할 정도의 세력을 형성하지 못한 채 타협을 통해 지난 50년 가까이 일본사회를 유지해 왔다고 볼 수 있다. 즉, 전쟁에 대한 혁신·보수의 논쟁은 50년대와 60년대를 거치면서 전쟁의 가해자로서가 아닌 '유일한' 원폭 피해자라는 의식에 기반 한 '전쟁 피해자로서 일본'이라는 서사를 통해 다시는 전쟁을 일으키지 않을 것이며, 세계평화를 유지하는데 기여하겠다는 '평화주의'로 수렴되었던 것이다.[24]

그러나 1990년을 전후로 타협을 통해 유지되어왔던 전쟁에 대한 시각은 대외적으로 최소한 책임을 인정하고 대내적으로는 불문에 부치는 전쟁관으로 변화되는 모습을 보이기 시작하였다. 그 이유는 경제대국으로 성장할 수 있는 냉전의 최대 수혜자로서 냉전 체제에 적합하

---

24) 한정선 「전후 일본의 기념비적 기억: 만화영화〈우주전함 야마토〉와 1970년대 전후 세대」 『사회와 역사』 제83집, 2009, p.88~89.

도록 대응해 온 일본이 냉전 종식으로 인해 능동적으로 대응할 수 있는 방안을 모색해야할 필요성이 증가했기 때문이다. 즉, 55년 체제의 한축을 담당해 왔던 혁신세력의 몰락, 그리고 거품 경제의 붕괴로 인한 일본 경제의 장기침체는 더 이상 냉전 시대의 체제와 사고가 지속할 수 없는 상황을 만들었다.

결과적으로 90년대 이후 국내외적인 변화는 일본에게 새로운 시대에 맞는 체제와 사고의 틀을 필요로 하고 있으며, 전쟁에 대한 기억의 재정립과 재해석을 통해 새로운 국가의 진로를 모색하고 있는 것이다.

특히, 1990년대 이후 전쟁관은 자유주의사관연구회와 역사수정주의의 등장으로 인해 침략전쟁을 긍정적으로 바라보는 대동아전쟁관, 동아시아라는 시장을 두고 제국주의 국가가 자원 확보를 위해 어쩔 수 없이 행한 자위전쟁이라는 미일동죄론, 식민지 근대화, 구미 식민지로부터의 해방이라는 아시아민족 독립론으로 수렴되고 있다. 그리고 이와 같은 움직임은 전시 미담, 가난 속에서 서로 돕고 사는 서민들이나 나라를 위해 목숨을 바친 병사들의 이야기를 문학작품, 애니메이션, 영화 등을 통해 독자들의 감정에 호소하는 한편, 전쟁에 대한 기억을 가공하고 있다.

이러한 문화물들은 미국과 일본의 대립축을 설정하여, 그 속에서 전쟁책임을 묻고 있으며, 그 가운데에서 국가 정체성을 구현한 바람직한 남성상을 부각시키려 하고 있고, 그에 결부시켜 다양한 도덕성의 문제를 제기한다는 점이 특징적이다.[25]

---

25) 신하경 「BC급 전범재판과 '전쟁책임'에 대한 기억의 변화-영화 「私は貝になりたい」 를 중심으로-」『日本學報』第81輯, 200, p.134.

2. 전쟁영화와 국가정체성

(1) 나는 조개가 되고 싶다(私は貝になりたい)
   : BC급 전범재판의 역사 왜곡

'나는 조개가 되고 싶다'는 이등병으로 전쟁에 참전하여 포로학살이라는 죄로 전후 BC급 전범재판에 회부되어 결국 사형을 당한다는 이야기로 전범재판에 대한 이미지를 구축하는 데 영향을 준 작품이라고 볼수 있다.

영화의 줄거리는 다음과 같다. 1945년 고치(高知)현에서 이발소를 운영하는 시미즈 도요마츠(清水豊松)는 열심히 살아가고 있었다. 그러던 어느 날 시미즈에게 입영통지서가 나오고 시미즈는 입영을 하여 참전하게 된다. 본토를 폭격하던 B-29가 피격되어 탑승원이 포로로 잡히게 되고, 시미즈는 상관의 명령에 의해 조종사를 처형하게 된다. 시미즈는 전쟁이 끝나고 살아 돌아오게 되지만, 어느 날 점령군과 경찰에의해 전범으로 체포되어 전범재판에서 사형을 언도 받는다. 상관의 명령에 의한 것이고 본인은 무죄라고 주장해 보지만, 결국 형이 집행되게된다.

마지막 장면에서 시미즈의 대사는 어느 시대, 어느 사회건 희생의몫은 권력을 갖지 못한 자들의 몫이며, 권력을 갖지 못한 선량한 시민이 권력에 의해 어떻게 희생되어가는 지를 보여주고 있다.

돌아가고 싶다. 모두하고 같이 토사로 돌아가고 싶다. 한번 더 한번 더 만나고 싶다. 한 번만 더 모두하고 같이 살고 싶다. 용서된다면 팔하나 다리하나를 뽑아서라도 모두하고 같이 살고 싶다. 적어도 적어도 환생하는게 가능하다면, 아니. 다시 태어나더라도 인간으로는 태어나고 싶지 않

아. 차라리 아무도 모르는 깊은. 깊은 바다 밑에 그래. 조개가 좋겠어. 깊은 바다바닥의 조개였다면 전쟁도 없고 군대에 잡혀가는 일도 없고. 깊은 바다 밑이라면, 전쟁도 없고 군대도 없고 어떻게든 환생을 해야 한다면, 나는 조개가 되고 싶다('私は貝になりたい' 대사).

그러나 '나는 조개가 되고 싶다'는 역사적 사실에 대한 철저한 왜곡을 시도하고 있다는 점에서 주지할 필요가 있다. 승전국인 연합군은 일본의 전쟁범죄를 A급 '전쟁을 일으킨 죄', B급 '교전법규 위반행위', C급 '인민의 대량학살'로 나누고, A급 전범은 주로 일본 동경에서 재판을 진행하였으며(동경재판), BC급 전범은 일본과 교전이 있었던 아시아 가지에서 진행하였다(BC급 전범재판).

〈표 1〉 BC급 전범재판에 회부된 계급별 구분

계급	미국	영국	호주	네덜란드	프랑스	필리핀	중국	합계	사형
대장	1		3	1			1	6	2
중장	42	11	12	9		3	29	106	30
소장	20	9	8	8		3	16	64	18
대령	63	24	17	19	5	1	21	150	41
중령	37	13	17	8	1	4	8	88	26
소령	47	29	28	31	8	9	26	178	51
대위	128	85	119	86	25	15	54	512	149
중위	129	62	75	55	6	21	16	364	78
소위	66	23	27	21	9	14	15	175	35
준사 하사	308	421	421	498	147	46	299	2,143	405
병사	170	68	49	52	8	26	48	421	28
합계	1,011	748	776	788	209	142	533	4,207	863

출처: 신하경 「BC급 전범재판과 '전쟁책임'에 대한 기억의 변화-영화 「私は貝になりたい」를 중심으로-」 『日本學報』 第81輯, 2009, p.136.

그러나 〈표 1〉에서 주목되는 것은 전범재판에서 일반병사가 사형에 처해진 경우가 드물다는 것이다. 이에 대해 신하경은 영화의 배경으로 하는 '요코하마 BC급 전범재판'을 예로 들어 역사적 허구성을 설명하고 있다. '요코하마 BC급 전범재판'의 경우 총 331건, 1039명이 기소되어, 그 중 123명이 포로학대 및 안전조치 위반, 살해, 참수, 생체해부 등의 죄목으로 사형 판결을 받았으며, 계급별 구성을 보면, 중장 3, 소장 2, 대령 7, 중령 3, 소령 2, 대위 16, 중위 9, 소위 7, 준하사 13, 병사 31명이다. 병사의 사형 판결의 경우 포로수용소에서의 학대에 해당하는데, 영화 속 시미즈의 B-29 탑승원 살해 행위의 경우 역사적 사실에 비추어 볼 때 허구에 불과한 것이다.[26]

이러한 사실에 비추어 볼 때, 이 영화의 의도와 목적은 분명해 진다. 첫째, 동경재판이 승자의 재판이었다는 점이다. 왜냐하면 일본은 BC급 전범재판의 기준이 되는 1929년 제네바 조약에 일본이 비준하지 않았고, 재판 자체가 성립하지 않는다는 것이다. 둘째, 재판과 관련해 피고의 선정이 작위적이었고, 변호의 기회가 충분하지 않았으며, 재판자체가 부당 했다는 점이다.[27]

결론적으로 '나는 조개가 되고 싶다'는 피해자로서의 일본을 부각시키는 90년대 이후 전형적인 전쟁의 기억에 대한 망각과 조작을 따르고 있으며, 그 속에서 도덕성의 문제를 제기함으로써 전쟁책임 회피와 전후처리의 부당함 주장하고 있다.

(2) 남자들의 야마토(男たちの大和) : 희생의 강조

2005년 종전 60주년에 즈음하여 개봉한 '남자들의 야마토'는 승조원과 그들의 가족, 연인의 이야기가 주를 이루며, 전쟁영화의 전형이라 할 수 있는 아군과 적군이라는 구도를 설정하지 않은 채, 일본군 병사

---

26) 신하경 같은 책, p.137.
27) 신하경 같은 책, p.138.

들을 피를 나눈 인간으로 확고한 국가방위 사명을 지니고 있는 존재로 그리고 있다.

태평양전쟁은 일본인들의 기대감과 좌절감이 복잡하게 얽힌 전쟁이라고 할 수 있다. 승리를 믿어 의심치 않던 일본의 군국주의 허상은 고스란히 야마토의 최후와 동일시되고 있다. 전함 야마토는 일본인들 손으로 만든 전세계 최강, 최대의 전함으로 일본이 갖고 있는 그야말로 '최종병기' 중 하나였다. 어떻게 보면 그 함명부터 시작해 상징성으로는 '천황'과 버금간다고 할 수 있을 것이다. 일본인은 곧 야마토 그 자체이고 야마토는 곧 일본이었다. 그러나 웅장한 야마토의 위용과 10대 소년들까지 수병으로 징집할 수밖에 없었던 비참한 전쟁 말기의 일본의 실태는 역설적이다.

그러나 '남자들의 야마토'의 특징은 전쟁을 소재로 하고 있지만, 전형적인 '극우영화'는 아니라는 점이다. 왜냐하면, 군국주의 찬양 요소를 표면적으로 찾기가 힘들기 때문이다. 그 이유로 첫째, 영화의 핵심이 '전우애'라는 점이다. 중국전선에서 아버지를 잃고, 미군 공습에 어머니를 잃은 병사, 형을 잃은 병사, 어머니와 사랑하는 연인과 이별하고 온 병사들, 부인과 아들과 이별하고 온 병사들이 그려진다. 후방은 미군의 공습에 의해 점점 폐허가 되어가고 이를 막기 위해, 또한 사랑하는 이들을 지키기 위해, 죽음을 각오하고 어쩔 수 없이 야마토는 특공작전을 감행한다는 것이다. 둘째, 타자에 대한 적대감 보다는 일본군의 희생만을 강조한다. 어쩔 수 없는 선택으로서 자기희생의 강조는 죽음의 정당화와 함께, 조국을 위한 희생의 정당함, 그리고 감정적 호소를 통해 보는 사람들의 역사에 대한 논리적 판단을 무력화 시키고 있다.[28]

결국 일본인들의 태평양전쟁의 부정적 기억은 '기억의 터'였던 야마토의 침몰과 함께 망각되었고, 오히려 '나는 전쟁의 피해자'라는 전형적인 전쟁책임회피의 주장을 표출하고 있으며, 기존 전쟁영화의 전형적인 내러티브인 타자에 대한 적대감 또는 승리감보다는 전쟁이라는 선택의 당위성과 조국을 위한 희생의 정당함을 강조하고 있다.

(3) 망국의 이지스(亡国のイージス) : 국가란 무엇인가?

망국의 이지스(亡国のイージス)의 경우 '누가 국가를 지킬 것인가', '국가방위 사명'이라는 화두를 던지며 이야기를 시작한다. '선과 악', '영웅의 등장'이라는 전형적인 헐리우드 영화의 논리구조를 따르면서 긴급사태에 해결책을 제시하지 못하는 정부를 비꼬며 영웅의 등장과 그에 의해 해결되는 모습을 그리고 있다.

정체불명의 테러리스트집단(북한이라는 의미가 상당히 강하게 나타는)에게 휘둘릴 정도로 힘없는 자위대의 모습, 긴급 상황에서 일본 특유의 연공서열 시스템은 무조건적인 복종을 낳고, 안일한 관료주의적 모습과 우유부단한 정치인들의 모습은 일본 정치에 대한 비판을 통해 '강한 일본' 구축이라는 일본 우익들의 주장을 대변하고 있다.

특히, 정체불명의 테러리스트 집단과의 대결이 영화의 핵심이라는 것은 국제평화도 일본의 안전보장 없이는 존재하지 않는다는 점에서 일국평화주의와의 단절을 의미한다. 또한 신의 방패를 자주적으로 활용하지 못하는 국가의 무능함을 통해 일본 정치사회를 비판하고, 그 원인을 헌법9조에 있다고 주장한다. 그러나 주목해야 할 것은 패전 후 현재까지 일본이 스스로의 힘으로 평화와 민주주의, 혹은 더 나아가 전후 일본을 능동적으로 구체화 시키지 못했다는 점이다. 오히려 그것

---

28) 강태웅 「일본영화 '버블'과 전쟁영화」『동아시아 브리프』제1집, 제4호, 2006, p.41.

은 미국의 그늘에서 이루어 졌으며, 90년대 이후 지속되는 경제 불황속에서 능동적으로 국가정체성을 형성하려는 모습으로 나타나고 있다. 특히, 2000년대 이후 일본은 일본인 납치문제에 대한 국민적 공분 속에서 냉전기 '반공'에 대한 반응을 '반북'에 대한 반응으로 대체시킴으로써 군사화와 우익의 발호를 통해 전전의 정체성으로 회귀기하는 모습을 보이고 있다. 이러한 상황에서 '망국의 이지스'는 자기결정권을 회수한 참된 국가의 모습을 그리고 있는 것이다.

V 맺음말

전후 일본을 역동적으로 움직이게 하고 현재의 경제대국이 된 것은 평화주의 국가정체성에 있다고 할 수 있다. 그러나 평화주의 국가정체성은 재군비 심화라는 정치적 현실, 개헌을 당의 존재명분으로 하는 자민당의 일당우위 속에서 전후 일본 역사에서 공동화되었다. 이러한 공동화는 1990년대 이후 개헌논의이고, 외교와 안보정책에서 일본이 추구하는 보통국가화에서 절대적 평화주의를 지향하는 국가이념은 실종되고 있다.

국제적으로 냉전의 종식과 국내적으로 보·혁대립의 종식은 일본에게 있어 새로운 국가 진로를 모색하게 하고 있으며, 그 과정에서 전쟁에 대한 새로운 해석이 일본의 국가상을 새롭게 규정하는데 핵심으로 자리하고 있다. 그리고 이러한 작업은 영화, 애니메이션, 문학작품 등을 통해 구체화 되고 있으며, 전쟁에 대한 책임 회피뿐만 아니라 오히려 희생이라는 주제를 통해 사회통합을, 무능력한 일본사회의 비판을 통해 국가상을 구현하려는 모습을 보이고 있다.

물론 일본의 국가상 구축을 위해 전쟁 이야기가 동원되었다는 점은 전후 공통된 현상이다. 그러나 현재와 패전 이후 영화의 차이점은 제국주의적인 제도 하에서 생산된 폐쇄적이고 구속적인 영화에서 탈피하여 민주주의 건설에 기여하며, 전쟁을 거부한다는 건설적인 방향으로 영화가 생산되었다는 점에서 현재의 모습과는 다른 양상을 보이고 있었다는 점이다.

그러나 2000년대 이후 전쟁에 대한 이야기는 일본 사회의 회고뿐만 아니라, 미래에 대한 전망을 제시하는 통일성을 제시함으로써 정체성 형성과 연결되고 있으며, 포섭과 배제의 과정을 동시에 진행함으로써 전전의 정체성을 정당화·공고히 하고, 이를 통해 '적극적 평화주의'를 국가정체성으로 재형상화 시키고 있다.

이러한 움직임들에 대한 일차적인 요인은 새로운 위협의 확산과 이에 따른 일본의 안전보장에 대한 대안 제시에 실패한 혁신세력의 몰락에서 찾을 수 있을 것이다. 또한 패전 후 '평화주의'라는 정체성이 군국주의 해체와 천황제유지의 뜻이 담긴, 그리고 반공이라는 공통의 의지로 맺어진 타협의 산물이라는 점에서 힘의 균형상태가 깨진 상태에서 전전으로의 회귀는 당연한 결과라고 볼 수 있다.

이상과 같이 현재 일본은 국가적 위기를 극복하기 위한 수단으로서 전쟁에 대한 기억의 재생산을 통해 역사에 대한 일체의 비판적 견해를 봉쇄하고 일본사회를 우측으로 편중되게 하고 있으며, 이를 통해 전전(戰前)의 영광의 원초였던 '집단적 정체성'을 부활시키고 있다는 점에 주목할 필요가 있다.

가토 노리히코 지음, 서은혜 역 『사죄와 망언 사이에서』, 창작과비평사, 1998.(加藤
　典洋 『敗戰後論』 講談社, 1997)

강태웅 「일본 영화 '버블'과 전쟁영화」 『동아시아프리프』제1집, 제4호, 2006.

_____ 「원폭영화와 '피해자'로서의 일본」, 『동북아역사논총』제24호, 2009.

개번 매코맥(G. McCormack) 지음, 한경구 역 『일본, 허울뿐인 풍요』, 창작과비평
　사, 1998.

공병혜 「리쾨르의 이야기적 정체성과 생명윤리」, 『철학과 현상학 연구』제24집, 2004.

구견서 「전후 일본영화의 전환과 시대성-1960년부터 1970년까지」 『일본학보』Vol.
　63, 2005.

_____ 「대국화기 일본영화의 시대성 -1990년대」, 『일본학보』Vol. 69, 2006.

_____ 「도약기 일본영화와 시대성-1970년부터 1980년까지」 『일본학보』Vol. 67,
　2006.

김려실 『일본 영화와 내셔널리즘』, 책세상, 2005.

김애령 「이야기로 구성된 인간의 시간: 리쾨르의 서사이론」, 『철학과 현상학 연구』
　제18집, 2002.

김지연 「전후 일본 국가이념의 변용」 『동양정치사상사』제3권, 2호, 2004.

김한식 「폴 리쾨르의 이야기 해석학」, 『국어국문학』제146호, 2007.

남기정 「냉전 이데올로기의 구조화와 내셔널 아이덴티티의 형성의 상관관계: 한일
　비교」 『한국문화』제41집, 2008.

서　승 「현대 동아시아의 국가폭력과 일본평화주의의 회귀」, 한국사회학회 2004년도
　특별심포지움, 2004.

손호철 『한국현대정치: 이론과 역사, 1945~2003』, 사회평론, 2004.

신하경 「BC급 전범재판과 '전쟁책임'에 대한 기억의 변화-영화 「私は貝になりたい」
　를 중심으로-」 『日本學報』第81輯, 2009.

에드워드 사이드 지음, 박홍규 역 『오리엔탈리즘』, 교보문고, 2008.

오네하라 겐 「4개의 전쟁과 일본 내셔널리즘의 변용-도쿠토미 소호(德富蘇峰)를 소
　재로-」 『한국문화』제41집, 2008.

유양근 「전쟁기 일본영화와 일본인의 자기 인식」 『일본학』 Vol. 30, 2010.

尹敬相 「日本の安全保障概念の再構築に関する研究」 『日本學研究』 第39輯, 2009.

정기철 「다문화 시대에 정체성을 위하여」 『해석학연구』 제25집, 2010.

정　형 「일본 전쟁영웅의 내러티브 연구」 『日本學研究』 제39집, 2013.

최영철 「전후 일본영화에 있어서 사회성과 정치성에 대한 연구」 『영화교육연구』 Vol. 6, 2004.

한상일 「1990년대 이후의 일본정치사상사: 내셔널리즘과 동아시아」 『동양정치사상사』 제3권 1호, 2004.

한정선 「전후 일본의 기념비적 기억: 만화영화 〈우주전함 야마토〉와 1970년대 전후 세대」 『사회와 역사』 제83집, 2009.

함충범 「전후 일본영화와 군국주의 일본의 과거」 『현대영화연구』 Vol. 11, 2011.

호르헤 라리인 지음, 김범춘 역 『이데올로기와 문화정체성』, 모티브북, 2009.

高橋史朗 『歴史教育はこれでよいのか)』, 東洋經濟新報社, 1997.

吉野耕作 『文化ナショナリズムの社会学ー現代日本のアイデンティティの行方』, 名古屋大学出版会, 1997.

加藤典洋 『敗戦後論』, 講談社, 1997.

초출일람 初出一覽

　본 학술연구총서는 2011년도 한국연구재단의 기초학문육성사업(NRF-2011-32A-A00116)의 지원을 받아 연구 수행한 결과물과 국제학술심포지엄을 통해 발표된 논문으로 구성되어 있다. 이하, 그 초출을 밝혀둔다.

총 론
정　　형: 「일본 전쟁영웅의 내러티브 연구 」『日本學硏究』39집, 단국대학교 일본연구소, 2013. 5

제1부
제1장
김정희: 「구스노키 마사시게(楠正成)와 삼덕(三德) - 명군(明君)으로서의 이미지 형성을 중심으로-」『일본문화연구』43집, 동아시아일본학회, 2012. 7

제2장
한경자: 「근대기 오다 노부나가 영웅상 형성에 대한 고찰」『日本硏究』제20집, 고려대학교 일본연구센터, 2013. 8

제2부
제3장
조혜숙: 「근대기 전쟁영웅연구 -일본교과서를 통해서 본 노기장군-」『日本思想』제24호, 韓國日本思想史學會, 2013. 6

제4장
이권희: 「메이지기(明治期) 국민교육과 전쟁·전쟁영웅 -창가(唱歌)교육을 중심으로-」『日本學硏究』37집, 단국대학교 일본연구소, 2012. 9

제5장

서재곤: 「일본 근대시가와 九軍神 -『애국시집』과 『군신을 따르라』를 중심으로-」 『日本學研究』39집, 단국대학교 일본연구소, 2013. 5

제3부

제6장

노병호: 「도조 히데키의 전후 - 소설과 영화 속의 도조상 -」 『日本學研究』39집, 단국대학교 일본연구소, 2013. 5

제7장

윤석상: 「일본의 전쟁 내러티브와 국가정체성의 재생성-영화 '나는 조개가 되고 싶다', '남자들의 야마토', '망국의 이지스'를 중심으로-」 『국제지역연구』 제17권 제2호, 한국외국어대학교 국제지역연구센터, 2013. 7

찾아보기

▶ ㄱ

가나우쓰시아즈치몬도(仮名寫安土問答)·························· 76

가이세이조(開成所)·············143

검정교과서(檢定敎科書)122, 123, 156

고노에 후미마로(近衛文麿)·······208

고다이고 천황(後醍醐天皇)··· 23, 25, 47, 52, 53, 54, 55, 56

고바야시 고기치(小林幸吉)·······208

곤구지(権宮司)······················199

공리주의(功利主義)················142

교육령······ 140, 141, 142, 143, 144

교육칙어(敎育勅語)·········· 26, 131, 145, 147, 166

교학성지(敎學聖旨)···· 26, 131, 142, 143, 151, 152

교회사·····························219

구군신(九軍神) 171, 172, 173, 174, 178, 179, 181, 183, 185, 186, 187, 188, 190, 191, 192, 193

구스노키 마사시게(楠木正成)····· 23, 24, 25, 41, 47, 48, 50, 51, 55, 56, 57, 65, 66, 68, 69, 71, 99

구로이타 가쓰미(黒板勝美)········ 88

구화사상(歐化思想)················142

국가신도(國家神道)····· 26, 131, 158

국가정체성····· 229, 230, 234, 236, 237, 239, 243, 246, 251

국민개학(國民皆學)·················135

국사안(国史眼)·····················86

국사의 건설과 완성 학습지침(国史の建設と完成 学習指針)·············· 99

국사의 연구(国史の研究)··········88

국어교과서············· 115, 119, 121

국정교과서(國定敎科書)· 31, 32, 113, 115, 117, 120, 121, 122, 125, 126, 157

국체(國體)····················· 134, 224

군국미담(軍國美談)26, 132, 155, 156

군신(軍神)··· 30, 31, 32, 33, 41, 58, 59, 72, 73, 109, 110, 111, 112, 120, 125, 126, 162, 171, 183, 184, 185, 186, 187, 188, 189, 190, 191, 193

군신을 따르라··· 171, 173, 174, 183, 184, 190, 193

군인칙유·····························117

그루만·····························204

극동국제군사재판················211

근세일본국민사(近世日本国民史)·· 84, 85, 89, 92

기도 다카요시(木戸孝允)········· 142

기도 고이치(木戸幸一)···········217

기리시탄노부나가(吉利支丹信長)82, 83

기온제례신앙기(祇園祭礼信仰記) 75, 77
기요세 이치로(清瀬一郎)··· 211, 213

▶ ㄴ
나는 너를 위해 죽으러 간다(俺は、君
のためにこそしにいく)······35, 230
나는 조개가 되고 싶다(私は貝になり
たい)··· 35, 229, 230, 231, 246, 247
나카소네 야스히로(中曾根康弘)·· 200
난학(蘭學)·····················134
남북조정윤문제(南北朝正閏問題)·· 25
남자들의 야마토(男たちの大和)·· 34,
37, 229, 231, 248, 249
냉전 이데올로기······ 232, 233, 234,
235, 236, 237, 239, 243
네오내셔널리즘(neo-nationalism)·· 4,
5, 18, 20
노기 마레스케(乃木希典)····· 31, 41,
110, 123, 124

▶ ㄷ
다나카 후지마로(田中不二麻呂)·· 141,
142
다몬인일기(多聞院日記)············ 22
다이몬(大門勲)····················· 208
다이헤이키(太平記)······· 23, 47, 51
다이헤이키효반히덴리진쇼(太平記評
判秘伝理尽鈔)·················· 24, 50
다치바나 슈타(橘周太)·· 30, 41, 162

다카하시 겐지(高橋健弌)········· 183
다케이사오신사(建勲神社)·· 81, 87, 101
단바 데쓰로(丹波哲郎)············ 207
대일본사(大日本史)············ 24, 25
대일본제국(大日本帝國)······· 37, 40,
203, 207, 209, 210, 220
덕육(德育)······· 26, 131, 141, 143,
146, 150, 154
덕정(德政)············ 51, 52, 53, 54
데라코야(寺子屋)············ 79, 137
데키가이소(荻外荘)··············· 208
도미타 도모히코(富田朝彦)······· 200
도에이·························· 207
도요타 데이지로(豊田貞次郎)···· 208
도요토미 히데요시(豊臣秀吉)····· 22,
71, 100
도조 미쓰에(東條光枝)··········· 203
도조 히데키 대일본제국을 위해 순교
한 남자····························· 39
도조 히데키(東条英機)········ 39, 40,
197, 198, 199, 202, 203, 205, 206, 210,
214, 224
도쿠가와 미쓰쿠니(徳川光圀)····· 24
도쿠가와 이에야스(徳川家康)····· 92
도쿠토미 소호(徳富蘇峰)······ 84, 85
도키모키교노슷세노우케죠(時桔梗出
世請状)···························· 77
독사여론(讀史餘論)··············· 78
독학제(督學制)··············· 140, 141

▶ ㄹ

라이 산요(賴山陽)·················· 78

러일전쟁····· 26, 30, 31, 32, 33, 41,
109, 111, 113, 114, 117, 118, 121, 122,
123, 125, 126, 132, 133, 214

러일전쟁(露日戰爭)·················· 147

로니 콕스(Ronny Cox)············· 211

로렐라이(ローレライ)········ 35, 230

▶ ㅁ

마루야마 마사오(丸山真男)······· 201

마사무네 하쿠초(正宗白鳥)······· 82,
83, 84, 85

마스다 도시오(舛田利雄)········· 207

마쓰다 주코쿠(松田十刻)········· 203

마쓰오카 요스케(松岡洋右)······ 208

만엔견미사절단(萬延遣米使節團)· 135

망국의 이지스(亡国のイージス)·· 35,
38, 229, 230, 231, 232, 250, 251

메가타 다네타로(目賀田種太郎)·· 149

메이슨(Luther Whiting Mason)··· 149

메이지유신(明治維新)········ 30, 109,
131, 143

메이지육군참모부(明治陸軍参謀部)87

메이지천황···26, 111, 117, 131, 151

명군(明君)······· 23, 24, 47, 48, 50,
52, 60, 66, 69

모리 아리노리(森有礼)············· 143

모토다 나가자네(元田永孚)······· 144

무사도(武士道)····· 31, 33, 112, 114,
115, 120, 123, 124, 125, 126

무인(武人)·· 31, 32, 33, 120, 125, 126

무책임의 체계··················· 201

문부성(文部省)·· 122, 135, 146, 149,
151, 155, 156, 157, 160, 166

문부성창가(文部省唱歌)······· 26, 28,
132, 155, 156, 158

문화내셔널리즘··················· 243

미나모토 요리토모(源頼朝)········ 22

미요시 다쓰지(三好達治)········· 173,
177, 178, 182, 183, 193

미일교섭···················· 215

▶ ㅂ

바이쇼론(梅松論)··············· 64, 65

병식체조(兵式体操)····· 29, 145, 166

본조삼국지(本朝三國志)······· 74, 75

본조통감(本朝通鑑)··················· 78

B, C급 전범···················· 209

▶ ㅅ

사숙(私塾)····················· 134

사이고 데루히코(西郷輝彦)······· 208

사카구치 안고(坂口安吾)········· 103

『사카노우에노쿠모(坂の上の雲)』109

사토 겐료(佐藤賢了)·············· 219

사토 다케시(佐藤武)·············· 98

사토우 롯코츠(佐藤肋骨)········· 188

사학잡지(史学雑誌)··········· 88, 89

삼덕(三德) 23, 47, 57, 58, 59, 60, 62, 64, 65, 66, 67, 68, 69

삼백삼고지(三百三高地)··········· 37

삼일태평기(三日太平記)······ 76, 77

새로운 역사교과서를 만드는 모임(新しい歴史教科書をつくる会)···· 4, 18, 32, 41, 123, 126

서양사정(西洋事情)··············· 135

세키 마사오(關正雄)·············· 174

소년 오다 노부나가전(少年織田信長傳)················· 97, 101

소년전차병이야기(少年戦車兵物語)98

소학교교칙강령(小學校敎則綱領)·165

소학교설비준칙(小學校設備準則)·145

소학교용일본역사(小學校用日本歷史)87

소학교축일대제일의식규정(小學校祝日大祭日儀式規定)················· 145

소학교칙(小學敎則)··············· 141

소학조목2건(小学條目2件)······· 152

소학창가집(小學唱歌集) 27, 133, 149

쇼와················· 199

쇼토쿠 태자(聖德太子)······· 22, 191

수신교과서· 116, 117, 118, 120, 121

순교············· 203

순난자············· 199

숩하스 찬드라 보스(Subhas Chandra Bose)················· 211

숭경자 대표··············· 199

숫세얏코오사나모노가타리(出世握虎稚物語)················· 75

스즈키 데이이치(鈴木貞一)······· 208

스코트 윌슨(Scott Wilson)······· 211

스이시에이(水師営)의 회견· 115, 117

승조필근(承詔必謹)··············· 192

시마즈고즈천왕(嶋津牛頭天王)···· 21

시마즈슈(嶋津衆)················· 21

시바 료타로(司馬遼太郎)··· 109, 126

신초코키(信長公記)········ 73, 80, 84

신초키(信長記)············· 73, 74

심상소학독본창가(尋常小學讀本唱歌)········ 27, 133, 155, 156, 157, 158

심상소학일본역사교수서(尋常小學日本歷史教授書)·············· 87

심상소학창가(尋常小學唱歌)······ 27, 133, 156, 157, 160

쓰가와 마사히코(津川雅彦)······· 211

▶ ㅇ

아라이 하쿠세키(新井白石) 24, 78, 89

아리마 요리치카(有馬頼義)······· 203

아시카가 요시아키(足利義昭)····· 20

아오키 겟토(青木月斗)··········· 186

아이잔사론(愛山史論)············· 93

아이치사범학교연표(愛知師範学校年表)················· 151

아즈치모모야마사론(安土桃山時代史論)················· 95

아즈치모모야마시대사(安土桃山時代史) ················· 86

아즈치의 봄(安土の春) ········ 82, 84

아홉 진주의 존함(九つの真珠のみ名) ················· 178, 182, 193

안자이 후유에 ··············· 190, 193

애국시집 ···· 171, 174, 176, 183, 192

애국심 ···· 4, 27, 29, 30, 31, 33, 41, 114, 115, 121, 125, 126, 132, 143, 145, 147, 158, 163, 166

야마가타 데이사브로(山縣悌三郎) ··················· 86, 87

야마구치 세이시(山口誓子) ······· 187

야마지 아이잔(山路愛山) ······ 92, 93

야스쿠니신사(靖国神社) 197, 199, 200

양학(洋學) ··················· 134

어전회의 ··················· 208, 214

어진영(御眞影) ················ 145

에가미(江上孝) ················ 208

A급전범 ···················· 197

에혼타이코키(絵本太功記) ········ 76

역사교과서 ··· 33, 86, 112, 115, 116, 117, 121, 122, 123, 124, 126, 229

역신 ····················· 223

연합함대(連合艦隊) ············· 37

5개조 서문(誓文) ·········· 138, 141

오기마치(正親町) 천황 ····· 21, 86, 90

오기하라 세이센스이(荻原井泉水) 188

오노 부시(小野蕪子) ············· 189

오다 노부나가(織田信長) ···· 20, 22, 41, 71, 72, 85, 86, 93, 96, 98, 99, 100, 102, 103

오다지마 고이치(小田島剛一) ···· 208

오사나이 가오루(小山内薫) ··· 82, 83

오슈고산넨키(奥州後三年記) ······· 63

오쓰키 후미히코(大槻文彦) ········ 86

오이카와 고시로(及川古志郎) ···· 208

오제 호안(小瀬甫庵) ·············· 73

오카모토 기도(岡本綺堂) ··········· 82

오쿠다 에이지(奥田瑛二) ········ 211

오타 규이치(太田牛一) ············ 73

오타 미즈호(太田水穂) ············ 184

오토모 야카모치(大伴家持) ······· 175

와타나베 요스케(渡辺世祐) ········ 86

왼손잡이 독재자─도조 히데키의 비극 ··············· 39, 203, 205, 215

요시다 쇼인(吉田松陰) ············· 25

우경화 ········· 32, 34, 41, 229, 239

우스다 아로우(臼田亜浪) ········ 187

원령 ······················ 223

유치원창가집(幼稚園唱歌集)27, 133, 149, 153, 154, 156

음악조사계(音楽取調掛) ····· 27, 133, 149, 151, 156

음악조사에 대한 계획서(音樂取調ニ付見込書) ················ 151

이나노 가즈코(稲野和子) ········ 208

이노우에 고와시(井上毅) ········· 145

이다 다코쓰(飯田蛇笏)·········· 187

이데올로기·········· 229, 231, 232

이시다 아유미(いしだあゆみ)···· 211

이와쿠라사절단(岩倉使節団) 141, 148

이자와 슈지(伊沢修二)·········· 149

이치가야법정····················· 225

이쿠호사(育鵬社)················ 124

이토 슌야(伊藤俊也)············· 211

이토 히로부미(伊藤博文)··· 143, 144

인도국민군····················· 211

일국평화주의····· 237, 239, 241, 250

일본 교과서····················· 110

일본소사(日本小史)·············· 86

일본왕대일람(日本王代一覧)······· 78

일본외사(日本外史)·············· 78

일본전사(日本戦史)·············· 87

▶ ㅈ

자유민권운동(自由民権運動) 142, 143

자유인도임시정부··············· 211

자유주의사관(自由主義史観)··· 4, 18,
123, 241

적극적 평화주의······· 239, 242, 252

전국자위대 1549(全国自衛隊1549) 35,
230

전쟁 내러티브··················· 229

전쟁영화···· 207, 243, 246, 248, 250

전후····· 4, 18, 33, 35, 38, 39, 103,
122, 123, 125, 135, 197, 198, 199, 203,

224, 225, 230, 231, 236, 238, 240, 243,
244, 246, 248, 250, 251, 252

제국국책요강····················· 208

제국소사(帝國小史)··············· 87

제국헌법(帝国憲法)··············· 144

존황사상(尊皇思想)······ 19, 95, 138

죠셉 키난····················· 211

죠지 브르웻(George Blewett)···· 205

중용(中庸)······· 58, 60, 62, 64, 65

중일전쟁················· 30, 109, 214

증보신초키(増補信長記)·········· 82

GHQ······· 207, 209, 212, 237, 244

지인용(智仁勇)··· 57, 58, 59, 62, 65

지카마쓰 몬자에몬(近松門左衛門) 74

진노쇼토키(神皇正統記)······ 60, 62

진주만····················· 214

집단적 정체성········· 232, 244, 252

▶ ㅊ

창가(唱歌)······ 26, 28, 30, 41, 112,
114, 116, 121, 131, 132, 147, 148, 149,
150, 152, 153, 155, 157, 158, 160, 163,
166, 167

창가교과서········ 31, 113, 115, 121,
149, 156, 157

천황····· 22, 23, 25, 32, 39, 47, 53,
54, 55, 56, 57, 65, 66, 68, 69, 74, 81,
82, 89, 90, 91, 94, 98, 100, 101, 111,
117, 118, 125, 138, 139, 141, 143, 144,

145, 146, 147, 150, 152, 153, 165, 176, 190, 191, 192, 200, 201, 202, 207, 208, 209, 210, 214, 215, 217, 218, 219, 220, 221, 222, 223, 224, 225, 236, 237, 249

청일(淸日)전쟁·················· 28

청일전쟁(淸日戰爭)·· 26, 28, 30, 35, 109, 147, 156, 162, 163, 166, 182, 214

초국가주의······················· 201

초망···························· 201

총(鉄砲)·························· 103

총람자··························· 202

출구 없는 바다(出口のない海) 35, 230

충군애국(忠君愛國)·········· 26, 132, 147, 150, 155, 159, 165, 166

충신(忠臣)··· 23, 24, 25, 47, 48, 56, 57, 66, 67, 68, 69, 71, 72, 76, 84, 102

칠덕(七德)의 무(武)··············· 21

칠무여론(七武餘論)················ 78

▶ ㅌ

태평양전쟁·········· 30, 37, 38, 101, 109, 163, 172, 173, 192, 197, 206, 208, 214, 249

통수부························· 216

트랜스내셔널리즘············ 3, 4, 19

특명전권대사미구회람실기(特命全權大使米歐回覽實記)················ 148

특별공격대(特別攻擊隊)···· 120, 181, 182, 183

▶ ㅍ

팔(Radhabinod Pal) 판사········ 211

패전······· 32, 35, 41, 42, 117, 122, 126, 167, 202, 204, 218, 220, 222, 230, 235, 236, 241, 244, 250, 252

평화주의········· 236, 237, 238, 239, 240, 242, 244

평화헌법················ 238, 239, 240

프라이드 운명의 순간······· 40, 210, 213, 223, 225

피부감각······················· 225

피앙출서······················· 137

▶ ㅎ

하나야마 신쇼(花山信勝)········ 219

하루후지 요이치로(春藤與市郎)··· 97

하야시 가호(林鵞峰)·················78

하야시 라잔(林羅山)·········· 24, 78

한다 료헤이(半田良平)············ 185

한코(藩校)······················· 137

할복자살······················· 111

합사····················· 197, 199, 200

헌법 17조······················· 191

헤이케모노가타리(平家物語)······· 22

현대 애국시집···················· 173

화혼양재(和魂洋才)·············· 142

황국론(皇國論)······················ 19

황도주의(皇道主義)········· 138, 142, 145, 146

회한의 공동체·······················202
후소샤(扶桑社)·····················124
후지오카 노부카쓰(藤岡信勝)·····18,
123, 241
후지타 가쓰시게·················199
후쿠자와 유키치(福沢諭吉)·······135
히로세 다케오(広瀬武夫)·····29, 30,
41, 110, 161, 162

저자약력

정 형(鄭澄)

일본근세사상 및 일본근세문학, 일본문화론 전공. 한국외국어대학교 일어일문학과 대학원과 쓰쿠바대학교 대학원 문예언어연구과에서 일본문학 전공을 수료했다. 문학박사. 현재 단국대학교 문과대학 일어일문학과 교수로 재직하고 있고 동교 일본연구소 소장 및 동양학연구원 평의원을 겸하고 있다. 한국일본사상사학회 및 한국일어일문학회 회장, 국제일본문화연구센터 초빙교수 등을 역임했다.
「사이카쿠(西鶴)의 우키요조시(浮世草子)에서 본 자연 - 본조이십불효(本朝二十不孝)의 천(天)의 용례를 중심으로-」(『日本思想』 24호, 2013년), 「韓国における日本近世古典人文学資料の翻訳出版および研究の動向」(『日本近世文学と朝鮮』勉誠出版, 2013年) 등 40 여 편의 학술논문이 있고, 『일본 일본인 일본문화』(다락원, 2004년), 『日本永代藏』(2009년, 소명출판) 등 30여권의 저역서가 있다. 특히 『일본문학 안의 에도도쿄표상연구』(제이앤씨, 2009년) 및 『日本近世文學과 神佛』(제이앤씨, 2008년)은 대한민국학술원 우수도서로 선정되었다.

김정희(金靜熙)

일본의 헤이안 문학 및 동아시아 문화교류 전공. 덕성여자대학교, 한국외국어대학교 대학원 일본어과 석사과정을 졸업하고 일본 도쿄대학 대학원 인문사회계연구과 일본문화연구전공 일본어일본문학 전문분야에서 석사 및 박사과정을 수료했다. 문학박사. 덕성여자대학교, 한국외국어대학교 등에서 강의하고, 현재 단국대학교 일본연구소 학술연구교수로 재직 중이다. 최근에는 동아시아와 일본과의 문화교류의 양상을 통시적인 관점에서 연구하고 있다. 저서로는 『일본명작기행』(공저, 한국방송통신대학교, 2011), 『공간으로 읽는 일본고전문학』(공저, 제이앤씨, 2013) 등이 있고, 「'벚꽃'을 통해서 본 일본의 자국문화의식 고찰」, 「노리나가의 와카론에서 보이는 표현과 심정」 등 다수의 논문이 있다.

한경자(韓京子)

일본의 근세 희곡 전공. 덕성여자대학교, 한국외국어대학교 교육대학원 석사과정을 졸업하고 일본 도쿄대학 대학원 인문사회계연구과 일본문화연구전공 일본어일본문학전문분야에서 석사 및 박사과정을 수료했다. 문학박사. 현재 경희대학교 외국어대학 일본어학과 조교수로 재직 중이다. 일본 근세시대의 지카마쓰 몬자에몬을 중심으로 하는 조루리 작품에 나타난 작가의 역사관과 극작법을 주된 연구테마로 하고 있다. 최근 연구 논문으로는 「국학자의 『쇄국론』 수용과정과 야마토다마시이(大和魂)의 재정의」 『일본사상』 22집(2012.6), 「지카마쓰의 정사물과 오사카 도시공간」 『일본연구』 34집(2012.12), 「색과 사랑의 드라마, 인형극」 『에로티시즘으로 읽는 일본문화』(제이앤씨, 2013) 등이 있다.

조혜숙(趙惠淑)

일본 근현대문학 전공. 단국대학교 대학원 일어일문학과 석사과정을 졸업하고 일본 센슈대학(專修大學) 대학원 일본어일본문학 전공과정에서 석·박사과정을 수료했다. 문학박사. 센슈대학 인문과학연구소 특별연구원을 거쳐 현재 단국대학교 일본연구소 연구교수로 재직 중이다. 히구치 이치요(樋口一葉)를 중심으로 한 일본메이지문학(明治文學)을 전공하였으며 동시대의 일본문화에도 많은 관심을 가지고 있다. 저서로는 『일본근대여성의 시대인식-여류작가 히구치 이치요(樋口一葉)의 시선-』(제이앤씨, 2010)이 있고, 주요논문으로는 「樋口一葉『大つごもり』論-<正直>을 메구치」 「『키재기』시론-미도리의 수난에 대해서」 「메이지시대 조선문화의 소개양상-나카라이 도스이(半井桃水)『胡砂吹く風』에 대해서」 등이 있다.

이권희(李權熙)

일본의 상대문학 및 근대 교육사상 전공. 단국대학교, 한국외국어대학교 대학원 일본어과 석사과정을 졸업하고 일본 도쿄대학 총합문화대학원 비교문학비교문화 전공과정에서 석·박사과정을 수료했다. 문학박사.

경희대학교 관광일어통역학과 객원교수, 단국대학교 일본연구소 연구교수를 거쳐 현재 동 대학 동양학연구원의 연구교수(Research Fellow)로 재직 중이다. 고대가요를 중심으로 하는 내러티브 분석을 통해『古事記』의 구조론 연구에 진력해 왔으며, 최근에는 창가(唱歌)를 중심으로 하는 근대 일본의 교육사상 연구에 주력하고 있다. 저서로는『일본문화 속 에도·도쿄 표상연구(공저, 제이엔씨, 2009),『『古事記』왕권의 내러티브』(제이엔씨, 2010)가 있고, 「근대일본의 '소리문화'와 창가(唱歌)」, 「근대기 일본의 국민국가 형성과 창가(唱歌)」, 「메이지기(明治期) 국민교육과 전쟁·전쟁」 등 다수의 논문이 있다.

서재곤(徐載坤)

일본 근현대문학 전공. 계명대 일문과 및 대학원 석사과정 졸업하고 일본 정부 장학생으로 도쿄대학 대학원 일본어일본문학전문 석·박사과정을 졸업했다. 문학박사. 계명대 일문과 교수를 거쳐 현재 한국외국어대학교 통번역대학 일본어통번역학과 교수로 재직 중이다.

하기와라 사쿠타로(萩原朔太郎)를 중심으로 일본 근현대시를 연구하여 왔으나 최근에는 일본 근대전쟁문학 및 전후시에 대해서 중점적으로 연구하고 있다. 저서에는 『『日本詩人』と大正詩─<口語共同体>の誕生─』(공저, 森話社, 2006),『문학, 일본의 문학 ─현대의 테마 ─』(공저, 제이앤씨, 2012)가 있고, 「萩原朔太郎と近代日本」, 「『荒地』派と戦争」,「敗戦直後の日本詩壇研究─詩誌「鵬」を中心に」, 「일본 근대 시가와 九軍神─『애국시집』과『군신을 따르라』를 중심으로」 등 다수의 논문이 있다.

노병호(魯炳浩)

일본 근현대 정치사상사 전공. 한국외국어대, 한국외국어대 대학원 석사과정을 졸업하고, 교토대학 대학원 인간환경학연구과에서 석·박사과정을 졸업했다. 인간환경학박사.

현재 한국외국어대학교 일본연구소 초빙연구원이며 한국외국어대학교·한림대학교 등에 출강하고 있다. 메이지전후로부터 현대에 이르는 일본의 지성사에 관심을 갖고 있다. 근대주의에 중점을 두고 있지만 근대주의의 보편성에 의문을 제기하는 전전과 전후의 보수사상 및 사상사 또한 지속적인 관심의 대상이다. 저서로는『ナショナリズムの時代精神』(공저, 萌書房, 2009),『일본지역학 입문Ⅰ』(공저, 한국외국어대학교출판부, 2011),『민의와 의론』(공저, 이학사, 2012)이 있고, 논문으로는「일본의 민주주의와 1960년—시미즈 이쿠타로와 마루야마 마사오」,「현대일본의 아이덴티티와 미국」,「전전 일본의 군부정치와 帷幄上奏」등이 있다.

윤석상(尹奭相)

현대 일본정치 및 정치경제 전공. 인천대학교, 한국외국어대학교 대학원 정치외교학과 석사과정을 졸업하고 일본 오사카대학 법학연구과 법학정치학 전공과정에서 박사과정을 졸업했다. 법학박사.

강원대학교 사회과학연구소 연구교수, 단국대학교 일본연구소 연구원, 한국연구재단 박사후 연구원을 거쳐 현재 한국외국어대학교 국제지역연구센터 초빙연구원으로 재직 중이다. 일본의 정책결정과정과 정치경제 및 공적개발원조(ODA)를 중심으로 연구를 수행하고 있다. 주요 논문으로는「정책아이디어와 정책변용에 관한 고찰」,「민주당 정권의 ODA 정책」,「NTT 재편의 정치과정」,「일본의 지방분권, 민주당 정권의 '지역주권론'과 지자체 재편」,「Foreign Aid and Donor-Recipient Relations after Jakarta Commitment」,「日本の安全保障の概念の再構築に関する考察」등이 있다.

단국대학교 일본연구소 학술총서 5

일본의 전쟁영웅 내러티브 연구

초판인쇄	2013년 8월 12일
초판발행	2013년 8월 24일

공 저	정형 외
발 행 인	윤석현
발 행 처	제이앤씨
등록번호	제7-220

우편주소	서울시 도봉구 창동 624-1 현대홈시티 102-1106
대표전화	(02) 992 / 3253
전 송	(02) 991 / 1285
홈페이지	www.jncbms.co.kr
전자우편	jncbook@hanmail.net
책임편집	김선은

ⓒ 정형 외, 2013. Printed in KOREA.

ISBN 978-89-5668-977-7 93830   정가 19,000원